La malédiction des Montfort

Du même auteur
aux Éditions J'ai lu

L'idylle interdite, *J'ai lu* 5472

Teresa Medeiros

La malédiction des Montfort

Traduit de l'américain
par Viviane Ascain

J'AI LU

Titre original :

FAIREST OF THEM ALL
BANTAM BOOKS, NEW YORK

Aucun chevalier revêtu de sa brillante armure,
quelle que soit sa valeur, ne vaut un mari
qui fait les courses quand sa femme est en retard
dans son travail, et qui est toujours le premier
à proposer : « Chérie, si on dînait au restaurant ? »
Michaël, c'est toi le meilleur, et ce livre t'est dédié.

Au Bon Dieu qui change tous mes sortilèges
en miracles.

PROLOGUE

Pays de Galles, 518 après J.-C.

Tout son corps brûlait pour elle d'une flamme plus ardente que la soif de victoire qui le consumait sur le champ de bataille. Son haubert était couvert de sang séché, et pourtant aucun sentiment de triomphe ne l'habitait. Le tonnerre grondait dans ses reins, le besoin de tenir Rhiannon entre ses bras le taraudait.

Rhiannon...

Douce et féminine. Mystérieuse et moqueuse. Il l'avait rencontrée dans une forêt aussi profonde que celle dans laquelle il chevauchait maintenant. Une créature irréelle, chimérique, dont la chevelure d'or flottait au vent. En riant, elle l'avait attiré à sa poursuite et rendu fou de désir. Lorsqu'il avait crié grâce, elle était enfin venue à lui.

Elle lui avait doucement caressé les cheveux, avait pressé son visage contre ses seins nus en murmurant son nom avec une tendresse farouche. Il n'avait jamais osé lui demander comment elle connaissait son nom, comment elle connaissait son cœur, son âme. Elle avait enfourché son membre dressé et ils avaient fait l'amour sauvagement.

Rhiannon…

Il éperonna son cheval, indifférent à ses flancs haletants, à sa robe couverte de sueur, à ses naseaux écumants. Il irait jusqu'aux limites de l'épuisement, il laisserait des royaumes s'effondrer pour goûter à nouveau aux lèvres de Rhiannon.

Il arrivait au sommet d'une colline quand il aperçut le toit d'une chaumière. C'est là qu'il avait vécu des jours d'enchantement avec sa mystérieuse dame, qu'ils avaient assouvi tous leurs désirs avant de s'endormir, épuisés…

Un éclair doré à travers les branchages aiguisa son ardeur. Elle était là ! Ses hommes n'auraient jamais reconnu le sourire radieux qui illumina ses traits. Mais ce sourire s'évanouit lorsqu'il découvrit Rhiannon dans les bras d'un autre. Le vent lui apportait les éclats de son rire cristallin. Il vit leurs corps nus étendus sur l'herbe, leurs visages crispés par le plaisir.

Sans réfléchir, il tira son épée du fourreau. À travers la brume rouge qui voilait son regard, il discerna les yeux étonnés d'un jeune homme, Rhiannon pâle comme un linge. Le garçon tenta de protéger sa compagne mais, avec une force surhumaine, elle se jeta devant lui, les bras tendus comme dans une prière.

Un hurlement de rage retentit dans la clairière. Son épée plongea dans le cœur de la traîtresse et empala d'un seul coup les deux amants.

Son cheval se cabra et il s'efforça de le calmer. Puis, mettant pied à terre, il s'approcha. L'homme, un adolescent plutôt, était recroquevillé sur le sol. Son visage imberbe avait encore les rondeurs de l'enfance.

— C'est mon frère, pauvre fou. Mais lui est mortel, gronda derrière lui une voix vibrante de colère.

Il pivota d'un bond. Rhiannon se dressait à quelques pas, tout de blanc vêtue, indemne.

— Mortel ?

— Moi, je suis une fée. Et toi, tu n'es qu'un assassin.

La brise se leva sur la clairière. Il s'avança. S'il pouvait seulement la toucher, caresser la soie de sa chevelure, presser ses lèvres sur sa gorge, implorer son pardon...

— Non !

Ce cri lui arracha le cœur. Il recula et tomba à genoux. Le visage de Rhiannon, aussi beau et terrible que celui de Dieu, ne montrait aucune trace de miséricorde. Elle leva les bras et sa voix mélodieuse enfla en un grondement de fureur.

— Tu as voulu m'attacher par l'épée alors que je te donnais librement mon cœur, mon amour et ma fidélité. Que Dieu te maudisse, Arthur de Montfort, toi et tous tes descendants ! Qu'à compter de ce jour, la beauté vous soit fatale ! Que l'amour vous conduise à votre perte !

Désespéré, il s'élança vers elle. Plutôt la damnation éternelle que ne plus jamais la serrer dans ses bras, ne plus boire le nectar de sa bouche, ne plus frissonner au son de sa voix de velours.

Mais, au lieu de la douceur de sa chair, ses mains ne rencontrèrent que le vide, et il ne lui resta que l'écho sardonique de son rire.

Anéanti, le fier Arthur de Montfort qui un jour dominerait toute la Bretagne, jusqu'à ce que la beauté d'une reine le conduise à sa perte, s'effondra et pleura comme un enfant.

PREMIÈRE PARTIE

Qui est-elle, celle qui a la douceur du matin,
l'éclat de la lune...

Cantique des cantiques

La beauté et la vertu se trouvent rarement
en la même personne.

PÉTRARQUE

1

Angleterre, 1325

— Plus douce que la brise céleste est le souffle de ma dame,

« Plus mélodieuse que le roucoulement de la colombe sa voix.

« Les perles blanches de son sourire,

« L'éclat rose de ses lèvres

« Sont promesses d'amour à mon cœur.

Holly étouffa un bâillement quand le ménestrel entonna un autre couplet. Elle avait peur de s'endormir avant qu'il ait détaillé tout son corps. Cela vaudrait d'ailleurs peut-être mieux pour elle !

Un nouvel accord vibra sous les doigts du troubadour.

— Plus douce que la brise céleste est le souffle de ma dame,

« Son oreille a la douceur du velours,

« Ses boucles la couleur de l'ébène,

« Mais à mon regard, plus aimable...

Holly se demanda à quoi le ménestrel allait comparer sa poitrine.

— ... est son sein,

« Ce nuage de...

— Holly Félicia Bernadette de Chastel !

Le ménestrel en fit une fausse note et Elspeth, la gouvernante, baissa le nez sur sa tapisserie. Même de loin, les rugissements du père de Holly faisaient trembler le pichet de vin épicé sur la table.

Des pas furieux résonnèrent dans l'escalier. Holly leva sans conviction son gobelet en direction du musicien tout tremblant. Les colères de son père l'impressionnaient toujours, même si elle avait appris à le dissimuler. Lorsqu'il entra en trombe, elle se consola – maigre consolation – en constatant qu'il n'avait pas remarqué l'homme assis en face d'elle dans un fauteuil à haut dossier.

Le teint rubicond de Bernard de Chastel trahissait des origines saxonnes. L'inquiétude de Holly grandit quand elle reconnut le sceau sur la lettre qu'il brandissait.

— Sais-tu d'où vient cette lettre, ma fille ?

Elle secoua la tête d'un air innocent en enfournant une sucrerie. Elle avait bien assimilé les leçons de frère Nathanaël, son tyrannique précepteur : une dame ne devait jamais parler la bouche pleine...

Brisant le sceau d'un coup sec, son père déplia la missive.

— « C'est avec un profond regret que je me vois dans l'obligation de retirer la demande que je vous avais faite de m'accorder la main de votre fille. Bien que ses charmes soient à mes yeux inégalables... »

Il eut un léger ricanement avant de poursuivre :

— « ... je ne peux hélas me permettre le risque d'engendrer un héritier affecté de l'infirmité que lady Holly m'a décrite lors de ma dernière visite à Tewksbury. »

Son père la foudroya du regard.

— De quelle infirmité s'agit-il, je te prie ?

Holly avala péniblement sa friandise. Mentir était inutile, il découvrirait rapidement le pot aux roses.

— Les pieds palmés, bafouilla-t-elle.

— Les pieds palmés ?

— Je lui ai dit que les premiers-nés des Chastel avaient les pieds palmés.

Elspeth eut un sursaut horrifié, le ménestrel l'air perplexe. Holly se demanda quelle rime il allait trouver pour « canard ». Le comte vira à l'écarlate.

— Il ne faut pas vous mettre dans un état pareil, père. Vous finirez par avoir une apoplexie.

— Il y a quinze jours, rétorqua-t-il avec un calme trompeur, tu as raconté au baron Kendall que la pleine lune provoquait une violence meurtrière chez les femmes de Chastel, alors que ta mère était la créature la plus douce du monde.

Holly pensa que c'était là une de ses meilleures trouvailles. Elspeth gesticulait frénétiquement en désignant le siège à haut dossier face à la jeune fille, mais sa timidité l'empêchait d'interrompre son maître.

— Ensuite, tu as simulé la cécité et mis le feu au chapeau préféré de lord Fairfax.

— Comment pouvais-je deviner que c'était son chapeau préféré ? Il n'avait pas pris la peine de...

— Et pas plus tard qu'hier, fulmina-t-il, tu t'es peint des taches rouges sur la figure et tu as raconté à sir Henry que tu avais attrapé une maladie honteuse dans des toilettes malpropres et que tu étais devenue stérile !

Le comte de Chastel pâlit en entendant un éclat de rire masculin, puis se décomposa en apercevant l'homme mince, vêtu de noir et d'argent, qui se levait de son siège.

— Je suis ravi de voir mes rivaux renvoyés si énergiquement. La raison en est simple, monseigneur. Votre charmante fille se garde pour moi.

— Gaven, bredouilla le comte, se rendant compte qu'il avait montré sa fille sous un jour bien peu favorable devant son prétendant le plus sérieux. Je ne savais pas que…

— Je m'en doute. Encore que des pieds palmés soient l'idéal pour patauger dans les douves.

De tous ses soupirants, Eugène de Legget, baron de Gaven, était celui qui déplaisait le plus à Holly. Ses terres jouxtaient les leurs, et elle avait passé une bonne partie de son enfance sous son regard perçant. Elle n'avait que douze ans quand il avait demandé sa main pour la première fois. Lorsque le comte avait refusé, arguant de son jeune âge, Gaven avait juré qu'elle serait sienne un jour. Ce qui ne l'avait pas empêché de prendre pour épouse une très jeune fille en attendant que Holly atteigne l'âge de convoler.

Les refus cinglants de Holly attisaient encore l'ardeur de cet homme aussi intelligent que malfaisant. Il appréciait la résistance qu'on lui opposait. La jeune fille le redoutait. C'était le genre de personnage à s'amuser avec sa proie, une fois qu'il l'avait acculée.

— Je voulais vous demander de vous joindre à nous, père, mais le baron prenait justement congé. N'est-ce pas, Elspeth ?

— Bien au contraire !

La voix de Gaven étouffa l'approbation d'Elspeth. Une lueur mauvaise au fond de ses yeux noirs, il se renversa sur son siège et passa négligemment une jambe sur le bras de son siège, comme s'il était le maître des lieux. Il vida son gobelet d'un trait.

— Mon ménestrel célébrait justement par une chanson de ma composition les charmes de la future lady Gaven.

Son regard s'attardant sur le buste de Holly indiquait clairement à quels charmes il faisait allusion. Elle dissimula son irritation derrière un sourire poli.

— Avant que votre troubadour ne reprenne son hommage, peut-on vous resservir du vin ?

— Mais, avec grand plaisir.

Avant qu'Elspeth ait eu le temps de se lever, Holly attrapa la poignée de l'aiguière d'argent et, l'inclinant vers le gobelet qu'Eugène lui tendait, versa délibérément une rasade de vin chaud sur les genoux du gentilhomme.

— Morbleu, faites attention !

Il bondit sur ses pieds, en tirant frénétiquement sur le velours fumant de son habit.

— Oh, comme je suis maladroite ! Heureusement que le vin n'était pas si chaud ! Je doute que le mal soit grand, ajouta-t-elle avec un regard ironique sur le haut de ses chausses.

Son père intervint.

— Veuillez excuser ma fille, messire. Elle a depuis son enfance de légers accès de paralysie. Rien d'héréditaire, bien entendu, se hâta-t-il de préciser en tendant au baron un mouchoir de soie.

Eugène le repoussa avec hauteur. Son regard était glacial, et Holly se demanda si son geste n'avait pas transformé un soupirant indésirable en ennemi mortel.

— Je n'ai que trop abusé de votre hospitalité. Au revoir, monseigneur, grinça-t-il en jetant sa cape sur ses épaules.

Il lança un regard de défi à Holly en agrafant son manteau.

— À très bientôt, ma dame.

Il disparut, le ménestrel trottant sur ses talons comme un chien battu, et un lourd silence s'installa dans la pièce. Holly se leva discrètement, comme si elle espérait devenir invisible.

— Assieds-toi ! lui ordonna son père.

Elle obéit tandis qu'Elspeth se recroquevillait dans l'embrasure de la fenêtre. Si son maître n'avait pas fait remplacer au printemps les anciens volets de bois par des carreaux de verre coloré, elle se serait sûrement réfugiée sur le rebord.

Le comte s'appuya au manteau de la cheminée en se balançant sur ses talons.

Holly envisagea d'éclater en sanglots, mais elle écarta bien vite cette solution. Qu'une seule larme vienne embuer son regard d'azur et tous, princes ou valets, tombaient à ses pieds. Malheureusement, depuis dix-huit ans, son père avait appris à résister à ses stratagèmes.

— Il a dit que j'avais des oreilles de lapin, tenta-t-elle de plaider.

Pour le coup, le rugissement de son père lui fit vraiment tinter les oreilles.

— Gaven a la faveur du roi. Il peut bien dire que tu as des oreilles d'âne si ça lui chante !

— Tout le monde sait comment il a obtenu la faveur de Sa Majesté. En exploitant ses malheureux serfs, en achetant pour eux des aliments avariés et des semences stériles pour leurs champs, en leur imposant des corvées le jour du Seigneur. C'est grâce à sa fortune qu'il a obtenu la faveur du roi.

— Ça n'en fait pas pour autant un mauvais parti !

— On ne peut pas dire qu'il ait été un excellent mari pour la malheureuse héritière qu'il avait épousée. La pauvre petite est malencontreusement tombée par la fenêtre, quelques heures avant mon dix-huitième anniversaire, comme par hasard. Père, vous avez tellement hâte de me voir mariée ?

— Oui, mon petit. La plupart des filles de ton âge ont déjà deux ou trois enfants, et un autre en route. Qu'attends-tu, Holly ? Je t'ai donné plus d'un an pour choisir un époux, mais tu abuses de ma patience, comme tu abuses de la beauté dont Dieu t'a fait don.

Holly se redressa, serrant autour d'elle les plis de sa robe de brocart.

— Ce n'est pas un don, c'est un fardeau. Une vraie malédiction, protesta-t-elle d'un ton véhément. « Holly, ne sortez pas au soleil, vous allez vous gâter le teint » ; « Holly, n'oubliez pas vos gants, vous allez vous abîmer les ongles » ; « Holly, ne riez pas si fort, vous allez vous casser la voix »... Les hommes accourent de tout le pays pour admirer le son de ma voix, mais personne n'écoute ce que je dis. Ils louent l'éclat de mon regard, mais ne me regardent jamais dans les yeux. Tout ce qu'ils voient, c'est l'albâtre de mon teint ! L'ébène de mes tresses ! La rondeur de mes...

Elle joignait le geste à la parole quand elle réalisa à qui elle parlait. Écarlate, elle baissa les yeux.

Le comte aurait ri de son embarras si la sortie de sa fille n'avait si justement résumé son éternel dilemme. Lorsqu'elle était de bonne humeur, Holly était d'une sublime beauté. Mais lorsqu'elle s'emportait, ce qui n'altérait en rien sa séduction, elle aurait rendu fou l'homme le plus sensé.

Le cœur du comte de Chastel se serra. Il eut une pensée teintée de reproche pour Félicia, son épouse, qui lui avait en mourant laissé l'entière responsabilité de cette enfant précoce. La fillette aux genoux écorchés et aux boucles de jais ébouriffées était devenue d'un seul coup cette femme à la grâce de lys, sans jamais avoir montré la gaucherie qui afflige si souvent les adolescentes.

On disait maintenant qu'elle était la plus belle femme d'Angleterre et de Normandie, du monde entier peut-être. Des inconnus venaient de tous les horizons simplement pour l'apercevoir. Mais seuls les plus nobles et les plus fortunés avaient droit à une audience.

Ce n'était pas pour préserver la blancheur de son teint que le comte confinait Holly dans l'enceinte du château, mais pour la protéger d'un enlèvement. Il avait toujours craint qu'un soudard ne l'emmène et ne souille son innocence.

Cette obsession le taraudait et souvent il se réveillait au milieu de la nuit, baigné de sueur et tremblant comme un vieillard. Il *était* un vieillard, pensa-t-il sans la moindre complaisance. Il allait sur ses cinquante ans, et tous ses os craquaient quand il montait à cheval. De vieilles blessures le faisaient souffrir les jours de pluie.

Il avait fait de son mieux pour élever sa fille unique, il était temps maintenant de passer le relais à un époux.

— J'ai décidé d'organiser un tournoi, annonça-t-il tout à trac.

Pour Holly, les tournois étaient choses banales. Cela permettait aux nobles et aux chevaliers de faire étalage de leur force.

— Un tournoi ? Et quelle en sera la récompense, cette fois-ci ? Un de mes mouchoirs parfumés ? Le droit de boire dans mon soulier ? Une chanson de ma voix de rossignol ?

— Toi. Ce sera toi la récompense.

Holly sentit le sang refluer de son visage. La gravité et le calme de son père l'effrayaient encore plus que sa colère.

— Mais, père...

— Il suffit ! coupa-t-il, à bout de patience. J'ai promis à ta mère sur son lit de mort que je te marierai, et c'est ce que je vais faire, dans les deux semaines qui viennent. Si ma décision ne te plaît pas, tu pourras toujours te retirer dans un couvent.

Il s'éloigna d'un pas moins alerte qu'à l'accoutumée et laissa Holly méditer sa décision.

— Un couvent ? murmura-t-elle en s'approchant de la fenêtre.

— Personne ne vous remarquerait là-bas, expliqua Elspeth. Vous pourriez recouvrir vos beaux cheveux d'une guimpe et faire vœu de silence.

Un couvent...

Le cœur de Holly s'alourdit. Des murs encore plus infranchissables que ceux qui l'avaient enfermée jusqu'à ce jour. Non pas une retraite, mais une prison où tous ses rêves de grands espaces et de cieux infinis se faneraient définitivement.

Elle ouvrit la fenêtre et contempla, au-delà des grilles et des remparts, le champ clos que son père avait fait aménager pour les tournois. Bientôt, il se couvrirait d'étendards armoriés et retentirait des cris des chevaliers risquant leur vie pour lui offrir leur nom et leur protection. Mais y en aurait-il un seul pour lui offrir aussi son cœur ?

Son regard se perdit au loin vers les forêts impénétrables et les montagnes bleutées du pays de Galles. La douceur de l'air printanier attisait encore son désespoir. Les larmes lui montèrent aux paupières.

Elle aurait voulu sangloter tout son soûl, mais elle ne put que pleurer comme on le lui avait appris depuis l'enfance : laisser perler à ses cils des larmes cristallines qui ne lui rougiraient pas les yeux.

— Une femme trop belle est une malédiction pour son époux, lança sir Austyn de Montfort pardessus son épaule, tandis que les sabots de son cheval faisaient jaillir des mottes d'herbe du sol ameubli par l'averse printanière.

Discuter avec son écuyer lui fournissait un bon prétexte pour regarder derrière lui, comme il le faisait de plus en plus souvent depuis qu'ils avaient quitté l'abri de la forêt galloise. La frontière anglaise franchie, il ne se sentait pas en sécurité, et l'on est peu disposé à admirer la beauté du paysage quand une flèche risque de vous transpercer le dos à tout moment.

Carey le rattrapa. Tout en guidant les chevaux de bât, il brandissait la bannière aux couleurs fanées des Montfort. Un souffle de vent plaqua sur son visage l'étendard vert et écarlate.

— Vous préférez coucher avec un laideron plutôt qu'avec une jolie fille ?

— Coucher avec une fille et l'épouser, ce n'est pas la même chose. Dans le premier cas, on peut admettre une certaine exigence esthétique. Dans le second, un physique quelconque et un bon caractère sont les atouts les plus précieux. Après tout, « la tendresse n'est que tromperie et la beauté vanité, mais louée soit la femme qui craint son seigneur ».

— Cessez de déformer les Écritures pour étayer vos arguments. L'Évangile parle d'une femme qui craint *le Seigneur*. C'est vrai que si elle a un Montfort pour seigneur, elle a toutes les raisons de le redouter, ajouta l'écuyer à voix basse.

Austyn ralentit le pas de son cheval. Depuis plus de huit siècles, la célèbre jalousie des Montfort avait alimenté toutes sortes de légendes.

Son grand-père avait tenu sa grand-mère enfermée dans une tour pendant dix ans, parce qu'elle avait osé sourire à un bateleur de passage. On ignorait le sort du malheureux acrobate, mais la rumeur disait que sa dernière danse sur une corde avait été macabre.

— Je n'ai jamais levé la main sur une femme, grogna-t-il.

— Vous ne vous êtes jamais marié non plus, rétorqua Carey.

L'air irrité d'Austyn le laissait de marbre. Il y était habitué depuis l'enfance.

— Et si cette fille de Tewksbury était aussi belle qu'on le dit ?

— Aucune femme au monde ne peut être aussi belle qu'ils le prétendent. Et si elle l'était, pourquoi son père offrirait-il une si grosse dot ? Je parie qu'elle a les oreilles en chou-fleur et des dents de lapin. Et sans doute, par-dessus le marché, un caractère de dogue !

— Elle peut être très belle et avoir mauvais caractère, être capricieuse...

Austyn pâlit soudain. Ses mains gantées de fer se crispèrent sur les rênes, comme s'il anticipait les horreurs dont il serait capable si son épouse lui était infidèle.

Que la beauté vous soit fatale...

La malédiction de Rhiannon, la reine des fées, accusée à tort d'infidélité par son ancêtre, lui revint à l'esprit.

Ils traversaient une prairie semée de primevères lorsqu'il aperçut à l'horizon les remparts du château qui se profilaient dans la brume.

— Alors, que Dieu nous garde tous les deux, déclara-t-il. Car je compte bien remporter ce tournoi et la main de cette femme !

2

Des rafales de vent soulevaient la cape de Holly tandis qu'elle arpentait nerveusement le chemin de ronde. Ses paupières étaient grosses de larmes, et le bandeau d'argent qu'elle avait passé autour de son front pour retenir sa chevelure lui semblait un étau. Elle finit par l'arracher et laisser ses cheveux lui fouetter le visage.

Elle s'était réfugiée en haut des remparts pour échapper aux dames d'atour que son père lui avait envoyées, afin de la préparer en vue du tournoi du lendemain. Le havre de sa chambre se trouvait envahi par une demi-douzaine de tantes attentionnées et une armée de cousines s'activant sous la direction de frère Nathanaël, plus autoritaire que jamais.

Le vent lui apportait un parfum de printemps, mais la froide pâleur de la lune convenait mieux à son humeur. Les étoiles luisaient doucement sur la voûte céleste, leur éclat terni par la lueur des feux de camp allumés aux alentours du château.

Une forêt de tentes colorées et d'étendards tapissait la colline. Demain, dès l'aube, le pont-levis de Tewksbury s'abaisserait, on lèverait la herse et on ouvrirait les portes pour accueillir les combattants.

Et avant la fin du jour, l'un d'eux revendiquerait Holly pour prix de sa bravoure...

Elle entendait au loin des bribes de chansons et des rires avinés. Depuis l'enfance, son père l'avait toujours tenue à l'abri des regards masculins, même ceux des domestiques, et elle savait peu de chose des hommes.

Les nombreux prétendants qui la courtisaient depuis un an ne lui en avaient pas appris beaucoup plus. Ils prenaient soin de toujours se montrer sous leur meilleur jour, mais il lui était arrivé de surprendre, lorsqu'ils ne se sentaient pas observés, la convoitise qu'ils dissimulaient derrière une courtoisie de façade. Une œillade furtive, un sourire carnassier, comme s'ils anticipaient elle ne savait quelle sauvage et mystérieuse célébration qui l'emplissait de crainte.

Elle appuya les mains sur le parapet. Aujourd'hui, elle avait été chassée de ses appartements, mais demain c'est du château qu'elle serait exilée. Elle ne pouvait en vouloir à son père. Alors que dans la plupart des familles, les filles étaient fiancées dès l'enfance au mieux des intérêts de leurs parents, il lui avait donné toute latitude de choisir elle-même son époux.

C'est elle qui n'avait pas su profiter de cette chance.

La lueur tremblotante des feux de camp lui apparut comme autant de clins d'œil moqueurs. Les rires et les chants qui retentissaient dans l'obscurité l'emplirent de désespoir. Demain, elle serait à tout jamais liée devant Dieu et les hommes à un inconnu.

Cette nuit, elle vivait ses derniers moments de liberté.

Elle jeta un rapide regard à la fenêtre de sa chambre, rabattit sa capuche sur son visage et s'enfonça dans la nuit.

— Vous m'écorchez l'oreille !

— Désolé, mais si tu cessais de gigoter, j'arriverais peut-être à fixer la corde.

— Vous gigoteriez aussi si vous aviez un colosse comme vous sur les épaules, rétorqua Carey, les dents serrées. Et ce n'est pas vous qui êtes tombé dans les douves, ajouta-t-il en reniflant. Maintenant, je sais l'usage qu'en font les gardes du comte…

Austyn sourit triomphalement lorsque, enfin, le crochet s'ancra sur le mur d'enceinte. Il testa la solidité de la prise avant de commencer son ascension, laissant Carey tout pantelant. Même dans l'obscurité, Austyn apercevait sa chevelure de paille, sans doute héritée d'un lointain ancêtre viking.

— C'est de la folie, plaida l'écuyer dès que son maître marqua une pause pour s'assurer que la cacophonie des beuveries couvrait le bruit de son escalade.

Un rire féminin parvint à ses oreilles. Les Anglais festoyaient comme s'ils devaient tous célébrer leurs noces le lendemain. Ils n'auraient pas remarqué une armée d'assiégeants.

— C'est peut-être une folie, chuchota Austyn, mais je veux voir de mes yeux si cette dame est aussi belle qu'on le dit.

— Et si c'est le cas ?

Austyn continua à grimper sans répondre. Carey mit ses mains en cornet pour étouffer le son de sa voix :

— Si on vous surprend penché sur le lit de cette beauté avant d'avoir obtenu la bénédiction d'un prêtre, vous serez pendu !

Austyn passa une jambe par-dessus le parapet, remonta la corde et la laissa retomber de l'autre côté.

— Tu hériteras de mon armure, de mes armes et de cette jolie petite jument qui te plaît depuis si longtemps.

— Vous sous-estimez mon dévouement et cela me blesse cruellement, messire, rétorqua Carey, la main sur le cœur.

— Tu peux t'estimer heureux. En général, les Montfort finissent par tuer ceux qu'ils aiment.

Après un salut ironique qui démentait la gravité de ses paroles, il disparut de l'autre côté du mur.

Holly repoussa sa capuche en arrivant dans le jardin de sa mère. Les murs qui l'entouraient, la ramure des ormes et des chênes assourdissaient le vacarme des ripailles. Elle avait toujours le cœur lourd, mais son pas devenait plus alerte. Elle respira à pleins poumons le parfum subtil des fleurs, comme si elle était restée enfermée depuis des lustres.

La lune éclairait d'un éclat argenté les jeunes pousses des arbres, les pétales délicats des violettes et des primevères. Du doigt, elle effleura une feuille ourlée de rosée.

On lui refusait les plaisirs du soleil pour préserver la blancheur de son teint mais, dans ce jardin, elle devenait fille de la lune. Ici, elle trouvait la tranquillité que ses dames d'atour lui interdisaient.

Quand elle était petite, elle s'échappait pour courir comme tous les enfants sur les sentiers, et comptait sur le tapis de mousse et de feuilles pour amortir ses chutes et lui éviter les écorchures.

Elle aurait voulu retrouver la joie innocente, le sentiment de liberté qu'elle éprouvait à cette époque dès qu'elle trompait la surveillance de ses précepteurs. C'était la dernière fois qu'elle goûtait à cette liberté, songea-t-elle en se laissant tomber sur la balançoire accrochée aux branches d'un orme.

Elle entonna à mi-voix un air mélancolique. Ici, elle pouvait chanter ce qui lui plaisait, une simple ballade galloise par exemple, au lieu des morceaux compliqués que lui apprenait frère Nathanaël pour distraire ses prétendants.

Elle s'abandonna à la mélodie, savourant le plaisir de chanter pour elle-même...

Austyn écarta une branche basse en étouffant un juron. Tous ses efforts pour pénétrer dans le château l'avaient amené dans un jardin clos, sans aucune porte en vue. Les murs étaient recouverts de vigne vierge et de fleurs grimpantes. Un étroit sentier se perdait entre les haies d'arbustes bourgeonnants. Il s'y engagea, en prenant soin de ne pas s'accrocher aux épines d'un arceau de roses odorantes.

Ce jardin n'avait qu'une lointaine ressemblance avec les parterres de plantes médicinales que sa mère entretenait soigneusement. Il semblait plutôt avoir poussé naturellement, sans autre but que d'enchanter les sens par sa végétation luxuriante. Austyn mettait un point d'honneur à mépriser les superstitions de ses compatriotes gallois ; cependant, il n'aurait pas été surpris de voir quelque créature surnaturelle venir lui jeter un sort. Mais, à vrai dire, il était déjà victime d'un maléfice...

— Sornettes, grommela-t-il en faisant un signe de croix à tout hasard.

Cette précaution ne lui parut pas superflue quand il perçut une chanson mélancolique. Il crut tout d'abord à un tour de son imagination, et s'arrêta pour écouter plus attentivement. Cette mélodie évoquait de funestes souvenirs... Instinctivement, il porta la main à son épée.

Il connaissait cette ballade par cœur. Sa mère la lui chantait le soir. Elle était triste – l'histoire d'une dame qui demande à son amoureux de poser la tête sur sa poitrine pour s'endormir. Pas pour une nuit, mais pour l'éternité, car mieux vaut être unis dans la mort que subir la trahison. Une douleur aiguë submergea Austyn, qui fit bientôt place à la colère.

— Rhiannon, murmura-t-il.

Il se serait fait tuer plutôt que de l'avouer à Carey ou à qui que ce soit, mais il avait déjà senti la présence de cette maudite fée quand il chevauchait au crépuscule dans la forêt, ou près de la tombe de sa mère. Une présence immatérielle, sans plus de substance qu'un souffle d'air frais, la caresse d'une mèche soyeuse sur son visage, un murmure indistinct, un souffle sur sa nuque...

Abandonnant le sentier, il s'enfonça dans les buissons, bien décidé à trouver la sorcière responsable de ce sortilège. Sa voix, un soprano parfait, était plus haute que celle de sa mère. Il se figea lorsque la dernière note résonna comme un défi.

Un léger craquement sur sa gauche. Il tira son épée.

— Qui va là ? lança-t-il, oubliant que c'était lui l'intrus.

Il n'obtint pour toute réponse qu'un bruissement de feuilles. Il s'élança, brandissant son épée, et se retrouva seul au milieu d'une clairière baignée de lune. Aux branches d'un orme, une balançoire s'agitait doucement.

Austyn fronça les sourcils. Les murs qui entouraient le jardin le protégeaient du vent. Il posa la main sur le siège de la balançoire : il était encore tiède. Au moins, sa proie n'était ni une fée ni un fantôme, mais une créature de chair et de sang...

Et bien vivante, à en juger par le léger éternuement en provenance d'un massif de fleurs. Il remit son épée au fourreau et écarta les rameaux. Personne ! Sa mystérieuse proie était décidément plus rapide que lui.

Un bruit étouffé l'attira à la limite de la clairière. Il savourait déjà sa victoire lorsqu'il entendit un grincement derrière lui. Il pivota d'un bond, juste à temps pour apercevoir une créature lancée vers lui à toute vitesse. Il n'eut pas le temps de l'éviter. La femme aux cheveux d'ébène lui percuta la poitrine de ses pieds et le renversa en arrière. Sa tête heurta le marbre d'un banc.

Un éclair lui brouilla la vue et, avant de perdre conscience, il crut discerner l'écho moqueur d'un rire féminin.

3

Holly sauta de la balançoire et, le cœur battant, s'approcha du géant qu'elle venait de heurter. En vérité, il avait plutôt l'air d'un fauve que d'un homme. Une barbe lui cachait le menton, sa chevelure en désordre retombait sur son front. Elle aurait eu peine à serrer entre ses deux mains son cou de taureau. Dommage, elle l'aurait volontiers étranglé !

Elle hésitait entre appeler les gardes, ou prendre la fuite et regagner ses appartements comme si de rien n'était.

Le chevalier gisait à ses pieds, immobile, les bras en croix. Avec ses longs cils bruns dessinant une ombre sur ses joues, il lui sembla soudain aussi vulnérable qu'un enfant endormi. Ou un ours endormi, corrigea-t-elle.

Une idée effrayante lui glaça le cœur. Et si elle l'avait tué ?

Il l'aurait mérité pour avoir profané son refuge et lui avoir fait une peur bleue. Elle s'éloigna vers l'escalier, se ravisa ; elle ne pouvait pas l'abandonner sans s'assurer qu'elle ne l'avait pas blessé mortellement.

Elle s'agenouilla et posa une main tremblante sur la poitrine de l'inconnu. Ce faisant, elle s'aperçut qu'elle avait cassé l'un de ses jolis ongles corail.

— Nathanaël sera furieux, marmonna-t-elle.

Par bonheur, elle sentit le cœur du géant battre sous sa paume. En lui donnant ce violent coup de pied, elle avait pensé qu'il portait une cotte de mailles mais, à son grand étonnement, elle ne trouva rien de tel sous le surcot défraîchi. Elle regarda derrière elle, comme si frère Nathanaël allait surgir d'un massif, et passa timidement la main sous les vêtements de l'étranger. En fait d'armure, elle ne découvrit qu'une musculature impressionnante sous une douce toison.

Elle retira sa main précipitamment comme si elle s'était brûlée. Le désir qu'elle avait de poursuivre son exploration la troublait.

Elle s'apprêtait à prendre la fuite, quand un gémissement la retint. Elle ne sut que faire. Il n'était pas mort, mais il était peut-être mourant. Elle ne pouvait quand même pas l'abandonner ainsi ! Et si elle le ranimait et s'enfuyait avant qu'il ne recouvre complètement ses esprits, sans lui laisser le temps d'exécuter les noirs desseins qu'il avait certainement en tête ? Elle se pencha sur lui, sa longue chevelure frôla le visage de l'homme. Il fronça le nez.

— Messire, vous m'entendez ? Je vous en prie, répondez-moi...

Pour toute réponse, elle n'obtint qu'une sorte de ronflement, comme s'il comptait s'endormir pour l'éternité, sourd à ses prières. Il n'y avait vraiment pas d'autre solution, il fallait qu'elle le touche encore une fois.

En l'attrapant par le cou pour le secouer, elle s'étonna qu'un être humain puisse dégager une telle chaleur. Ses boucles en désordre étaient douces et propres, contrairement à ce qu'elle avait cru au premier abord. Elle scruta son visage, se demandant quelle disgrâce une pilosité si exubérante pouvait bien cacher. Pour satisfaire sa curiosité, elle suivit du doigt la courbe volontaire du menton.

— Arrête, sorcière !

Avant qu'elle puisse réagir, un bras vigoureux enserra sa taille, une main de fer saisit sa nuque sans ménagement. Holly se retrouva plaquée contre la poitrine du chevalier. Elle détourna la tête, convaincue qu'il allait écraser son cou fragile entre le pouce et l'index.

— Sorcière, répéta-t-il d'un ton accusateur.

Frissonnant de terreur, la jeune fille leva les yeux. Elle s'attendait à croiser un regard aussi sombre que le reste du visage de l'inconnu. Quelle ne fut pas sa surprise en rencontrant deux yeux pâles, dont le bleu brillait d'une lueur glaciale !

Pourtant, elle ne lut aucune menace au fond de ce regard, mais plutôt une perplexité teintée de crainte. D'un geste précautionneux, presque caressant, le chevalier baissa la capuche de Holly, exposant son visage à la clarté de la lune.

Elle réprima un tressaillement. Jamais elle ne s'était sentie aussi vulnérable.

Dès qu'il vit le visage de Holly, l'étranger fut parcouru d'un frisson. Cet aveu inconscient de fragilité annihila toute volonté chez la jeune fille. Cet homme n'essayait pas de dissimuler son désir. Elle comprit qu'il était lui aussi sans défense. Il glissa les doigts dans sa chevelure et, avec une douce autorité, s'empara de sa bouche.

Holly avait déjà été embrassée. De timides bécots sur la joue, des lèvres ardentes qui se pressaient sur sa main, et même une fois un baiser sur les lèvres qui avait valu à Eugène de Legget une gifle retentissante. Mais cet homme n'embrassait pas ses lèvres, il en prenait possession.

Avec Eugène, elle avait gardé les siennes fermement serrées, mais avec cet inconnu, il lui sembla tout naturel de les entrouvrir et de céder à sa pression impérieuse. Le chatouillis de sa moustache, la chaleur brûlante de sa langue l'affolaient. Elle se sentit submergée par son charme irrésistible et par la tendresse avec laquelle il savourait leurs souffles mêlés. Elle laissa échapper un gémissement.

Comme si cette plainte avait rendu ses esprits à l'étranger, il repoussa Holly pour la scruter entre ses longs cils noirs. Des larmes de frustration montèrent aux yeux de la jeune fille. Elle ne put retenir un frémissement d'attente lorsque le regard de l'homme glissa jusqu'à sa bouche, gonflée du baiser passionné qu'ils venaient d'échanger. Elle humecta ses lèvres.

Il la lâcha et se releva.

D'un revers de main, il s'essuya la bouche, comme s'il craignait de s'être empoisonné. Holly s'apprêta à battre en retraite, drapée dans sa dignité. Mais les doigts du chevalier tremblaient imperceptiblement, remarqua-t-elle. Elle eut soudain envie de le toucher, de lui prendre la main pour apaiser ce tremblement.

Elle avait souvent vu des hommes rester sans voix ou bégayer d'émotion en sa présence, mais jamais encore son apparition n'avait rendu malade qui que ce soit. À croire que ce n'était pas un coup de pied qu'il avait reçu en pleine poitrine, mais un coup de lance.

Tandis qu'elle se levait à son tour, il recula dans l'ombre des arbres. Tout ce qu'elle distinguait de lui maintenant, c'était une lueur de répulsion dans son regard glacial.

— Au nom de Dieu, femme, couvre-toi, lui ordonna-t-il sèchement.

Sans aucune raison, Holly rougit de honte. Elle se souvint d'un cauchemar où elle se trouvait nue, dehors, incapable de se réfugier à l'intérieur du château. Elle voulut couvrir sa poitrine de ses mains, baissa les yeux et fut rassurée. L'étreinte de l'inconnu avait laissé intacts ses vêtements. Elle ébaucha le geste de relever sa capuche, mais préféra défier le chevalier et offrit son visage à la clarté de la lune.

— Je vous préviens, si vous ne me laissez pas en paix, vous en supporterez les conséquences, lança-t-il d'un ton menaçant.

À son accent, Holly reconnut un de ces sauvages Gallois qui ravageaient fréquemment la frontière. Elle s'approcha prudemment.

— Vous voulez me faire du mal, messire ?

Elle connaissait la réponse. S'il lui avait voulu du mal, pourquoi lui aurait-il épargné le pire qu'un homme puisse infliger à une femme seule dans un jardin désert ? Et pourquoi chercherait-il à la mettre en garde encore maintenant ?

— Ce que je veux faire a peu de rapport avec ce que je peux être amené à faire.

— Ah, un amateur de devinettes. Vous pourrez peut-être répondre à celle-ci, ironisa Holly en écartant une branche pour mieux voir son mystérieux interlocuteur.

— Et vous me laisserez en paix ?

Holly tressaillit. Elle avait l'habitude que les hommes se bousculent pour jouir de sa compagnie. La réticence de l'inconnu commençait à lui paraître insultante.

— Si c'est là votre souhait, répliqua-t-elle avec froideur.

Ils étaient tout proches à présent et, en levant la tête pour chercher son regard, elle frémit devant sa haute stature. Elle avait sans doute tort de le provoquer, il était dangereux. Mais ce fut plus fort qu'elle.

— Pourquoi m'avez-vous poursuivie ? Et une fois que vous m'avez rattrapée, pourquoi m'avez-vous relâchée ? murmura-t-elle.

Le cœur battant, elle attendit la réponse, mais il semblait changé en statue de sel. Enfin, il se pencha vers elle avec un sourire sardonique.

— J'avais rendez-vous avec mon amie, je vous ai prise pour elle. Vous vous êtes enfuie, et j'ai pensé à un jeu pour me taquiner, comme elle le fait souvent.

Holly devina sans peine comment se terminait le jeu, et cette idée lui fut profondément pénible. Le tendre envoûtement de leur baiser n'avait été qu'une illusion. En fait, elle avait tout simplement dérangé un banal rendez-vous d'amoureux.

Elle se serait fait hacher menu plutôt que de l'avouer, mais elle était cruellement déçue.

Il croisa les bras, comme s'il venait de prendre une résolution nouvelle.

— Ne soyez pas si dépitée, ma dame. Il est encore tôt. Nous avons le temps de vous redonner un peu de gaieté avant l'arrivée de mon amie…

— Pour qui me prenez-vous, messire ? Je préférerais me dessécher sur place plutôt que d'accorder mes faveurs à un vagabond infidèle de votre espèce !

— Je suis un vagabond infidèle, vraiment ? railla-t-il. Et vous, que peut-on dire de vous, qui embrassez le premier venu ?

Ces paroles la blessèrent d'autant plus qu'elles étaient vraies.

Il s'avança vers elle. Elle recula devant cette silhouette menaçante et trébucha sur son long manteau. Il avait toutes les raisons de la considérer comme une fille facile, sa conduite pouvait prêter à confusion. Mais, même si elle ne lui donnait pas entièrement tort, il n'était pas question de ne pas avoir le dernier mot.

— Il m'arrivera peut-être encore de donner un baiser au premier venu, messire, mais vous pouvez être certain que vous, je ne vous embrasserai plus jamais !

Elle tourna les talons, mais se trouva brutalement immobilisée. Elle crut qu'il l'avait attrapée par les cheveux et ferma les yeux en attendant, tremblant de peur, qu'il la renverse sur le sol pour déchirer sans scrupule ses vêtements.

— Vous voilà trahie par ce qui fait votre plus grande beauté. Comme c'est amusant, ironisa-t-il.

Avec incrédulité, Holly comprit que le chevalier ne l'avait poursuivie que dans son imagination.

Elle regarda au-dessus d'elle. Une branche d'orme retenait sa chevelure. Elle essaya de se dégager, mais ne réussit qu'à emmêler davantage ses cheveux. Elle était accrochée à cette branche comme un lapin pris au collet.

En voyant l'homme s'approcher, elle s'humecta les lèvres... et le regretta aussitôt. Elle retrouvait le goût insolite, mais tellement agréable, du baiser de l'étranger, une saveur fraîche et puissante de menthe et de réglisse qui la laissait pantelante.

Son sang se figea quand il tira une dague de sa ceinture. La petite lame pointue disparaissait presque dans sa main puissante. Elle étouffa une exclamation.

— Ce n'est pas la peine de geindre, ma belle. Je ne vais pas vous trancher la gorge !

Il saisit fermement sa chevelure, ce qui la soulagea immédiatement. Elle poussa un petit cri de détresse en sentant le poignard s'attaquer à ses mèches emprisonnées dans les branchages. Le chevalier s'interrompit, comme s'il avait changé d'avis.

La jeune fille voulut le rassurer.

— Pardonnez-moi, messire, mais aucune lame n'a jamais touché mes cheveux depuis le jour de ma naissance.

— Aucun peigne non plus ? demanda-t-il en jaugeant du regard les boucles d'ébène qui cascadaient jusqu'à ses reins.

— Bien sûr que si ! Ma gouvernante leur donne cinq cents coups de brosse tous les soirs avant mon coucher.

— Et je suppose que vous dormez assise pour ne pas emmêler vos précieuses boucles ? ironisa-t-il.

Holly lui aurait volontiers fait la grimace, mais Nathanaël lui avait toujours répété que ce genre de gaminerie finissait par donner des rides.

— Si vous vous êtes suffisamment moqué de moi, messire, je vous autorise à poursuivre votre besogne.

Au lieu de procéder avec la brutalité du rufian qu'il était, et de massacrer sa chevelure comme elle s'y attendait, il prit le temps de couper délicatement chaque mèche. Il n'aurait pas mis plus de soin s'il s'était agi de fils d'or.

Dès qu'il eut fini, elle tâta ses cheveux, craignant de sentir sous ses doigts un crâne pelé. Elle jeta un coup d'œil empli de regret sur la longue mèche noire qu'il tenait à la main, comme un trophée. D'un doigt maladroit, il effleura la joue de Holly.

— Laissez-moi maintenant, ma dame. Je garde cette mèche de cheveux en souvenir d'une joute que nous aurions pu livrer, mais qui n'aura jamais lieu.

Impressionnée par l'éclat glacial de son regard, Holly hésita. Elle comprit que c'était le dernier avertissement. Haletante, partagée entre la peur qu'il lui inspirait et l'envie dévorante de découvrir quel sort il lui réserverait si elle ne suivait pas ses injonctions, elle ne savait quel parti adopter.

En l'observant à la dérobée, la vérité se fit jour dans son esprit. Ce n'était pas elle qui lui faisait peur. Ce qui effrayait cet inconnu, c'était ce qu'il était capable de lui faire si elle s'attardait plus longtemps. Elle détourna les yeux et s'élança en direction de l'escalier.

Si elle s'était retournée, elle aurait vu le chevalier s'effondrer sur le banc de marbre, les mains crispées sur le cœur, anéanti, comme terrassé par un coup mortel.

— Les hommes ! Tous des vantards, et des menteurs infidèles !

Holly soupira d'aise en se plongeant dans le bain chaud qu'Elspeth lui avait préparé. Une odorante vapeur de myrrhe s'élevait de l'eau parfumée et faisait frisotter les mèches qui s'échappaient de la serviette nouée autour de sa tête.

Mais le massage et les soins qu'Elspeth lui prodiguaient ne suffisaient pas à la détendre comme à l'accoutumée.

— Vous n'auriez pas dû disparaître de cette façon, ma dame. Frère Nathanaël a failli appeler les gardes. Ce n'est pas prudent de se promener seule, avec tous ces hommes qui traînent aux alentours.

Holly se rappela avec une pointe de dépit le désir sans fard qu'elle avait lu sur le visage du chevalier.

— Tu as raison, Elspeth. On dirait que dans l'obscurité, n'importe quelle femme peut faire l'affaire.

Elle appuya sa nuque sur le rebord de la baignoire tandis que la gouvernante lui frottait la poitrine et le ventre. Elle ferma les yeux pour se laisser aller à ses rêveries, mais ce fut la vision indésirable du chevalier inconnu s'abandonnant aux bras de son « amie » qui lui vint à l'esprit.

— Son amie ! Certainement une de ces catins qui rôdent autour du château, ou une fille de cuisine.

— Qu'est-ce que vous dites, mon enfant ?

— Rien, rétorqua Holly sans ouvrir les yeux. Et il a sans doute une femme qui l'attend chez lui. Un porc ! Et un ours !

Elspeth observait sa maîtresse d'un air intrigué. La jeune fille était arrivée dans sa chambre en courant comme si une bête féroce la poursuivait, rouge de fureur, les yeux étincelants. En dépit de leurs protestations, elle avait mis dehors ses suivantes sans même se donner la peine de répondre à leurs questions. Elle avait même osé claquer la porte au nez de son précepteur. Les dames d'atour s'étaient prudemment retirées, mais frère Nathanaël arpentait le couloir et, à intervalles réguliers, frappait à la porte en exigeant qu'on le laisse entrer.

La stupéfaction de la domestique s'accrut encore lorsque Holly lui arracha l'éponge des mains, pour se frotter vigoureusement les lèvres.

Devinant la curiosité d'Elspeth, la jeune fille reposa l'éponge. De toute façon, ses efforts étaient inutiles. Elle pouvait frotter tant qu'elle voulait, elle n'effacerait pas le goût des lèvres du chevalier. Comme si son baiser n'avait pas seulement pénétré sa bouche, mais avait imprégné son âme. Elle aurait voulu enfouir son visage dans ses mains et pleurer toutes les larmes de son corps.

Elle avait failli accepter la décision de son père, mais sa rencontre avec le chevalier lui avait rendu sa détermination. Il lui fallait se battre pour sa liberté. Jamais elle ne serait un instrument docile aux mains d'un tyran comme Eugène de Legget ou, pire, la propriété d'un homme qui la laisserait se languir pour courir aux rendez-vous d'une catin dans un jardin au clair de lune !

Un poing rageur tambourina à la porte.

— Je vous ordonne de me laisser entrer, Holly ! Il faut que nous préparions la ballade que vous chanterez demain. Cessez de bouder comme une enfant !

Le frère conclut sa tirade par un coup de pied rageur dans la porte close. Holly serra les dents. Elle soupçonnait Nathanaël de ne pas avoir quitté son abbaye pour un pèlerinage, comme il l'avait juré au comte quand il était devenu son précepteur, mais d'avoir été mis à la porte par son supérieur.

— Allez-vous-en, Nathanaël, répondit-elle.

Elle seule osait l'appeler par son prénom, ce qui blessait profondément le jeune chapelain.

— Je ne chanterai pour personne ce soir, même pas pour vous.

Une exclamation qui n'avait rien de religieux filtra à travers l'épaisse porte de chêne, puis Holly l'entendit s'éloigner.

— Les hommes ! s'exclama-t-elle en sautant sur ses pieds, éclaboussant les alentours de la baignoire. Ces gredins ne s'intéressent qu'au charme de notre voix, à la beauté de notre visage ou à notre poitrine généreuse. Pourquoi accordent-ils tant d'importance à ces futilités ? Pourquoi ne loue-t-on jamais ma vivacité d'esprit, ou la douceur de mon caractère ?

Sur ces bonnes paroles, elle lança l'éponge qui s'écrasa contre le mur d'en face, laissant une traînée d'eau sur le plancher. Elle bondit hors de la baignoire et traversa la pièce comme une furie. Elspeth trottinait derrière elle en brandissant une serviette de linon.

— Voyons, ma dame, vous allez prendre froid...

Holly s'arrêta devant sa psyché en se tournant pour inspecter son corps nu d'un œil critique. Il n'y avait vraiment rien à faire, pensa-t-elle, préoccupée. De quelque côté qu'on la regarde, sa beauté était parfaite. Tandis qu'Elspeth lui essuyait gentiment le dos, elle se demanda comment elle pourrait bien déjouer les plans de son père et de son précepteur. S'ils arrivaient à leurs fins, cette nuit serait la dernière qu'elle passerait seule dans son lit.

Elle dénoua la serviette qui enveloppait sa tête et chercha machinalement l'endroit où le chevalier avait prélevé son trophée. Il l'avait coupée avec tant de soin qu'elle avait peine à trouver la mèche manquante. Elle sentit dans ses reins le frisson qui l'avait parcourue quand il lui avait caressé le visage. Qui l'aurait cru capable d'une telle délicatesse ?

— Pourquoi les hommes sont-ils si agaçants ? soupira-t-elle devant son miroir.

— Je n'en sais rien, ma dame, rétorqua Elspeth. Ils ne m'ont jamais causé d'ennuis.

Holly baissa les yeux vers le reflet de sa gouvernante. Elle avait peut-être une idée... Un sourire espiègle lui vint aux lèvres.

— Il faut que tu gagnes ta place au château, ma fille, me disait mon père, car seul un aveugle serait prêt à t'épouser, pouffa la gouvernante, découvrant des chicots noirâtres. Il m'appelait sa petite gargouille, poursuivit-elle d'un ton badin. Il menaçait de me faire asseoir sur le toit de notre chaumière pour éloigner les mauvais esprits !

Elle lâcha la serviette avec un couinement étonné quand Holly lui sauta au cou avec tant d'ardeur qu'elle la renversa presque.

— Ton père ne savait pas ce qu'il disait ! Tu es la plus belle femme du monde !

Elspeth aperçut avec angoisse au fond des yeux de sa maîtresse une lueur qu'elle connaissait trop bien, et qui ne présageait rien de bon...

4

Le rythme joyeux d'une fanfare vibrait dans l'air matinal.

Carey posa la plume qu'il mâchonnait et leva les yeux vers le château. Le pont-levis s'abaissait, couvrant le son des trompettes.

Comme pour répondre à cette invitation, Austyn émergea de leur tente et s'étira dans la lumière du soleil naissant. Carey s'assit précipitamment sur son parchemin et coinça sa plume sur son oreille. Il s'attendait à des reproches sur sa façon d'occuper son temps libre, au lieu de vaquer à des tâches utiles, comme astiquer la cotte de mailles de son maître, par exemple. Mais il sauta sur ses pieds en découvrant le visage d'Austyn.

Toute la matinée, Carey avait évité les soldats anglais pantelants, gémissants, blêmes comme des cadavres après une nuit de beuverie et de débauche. Aucun cependant n'avait aussi pitoyable mine que le sire Austyn de Montfort. À la connaissance de Carey, son maître ne s'était pourtant livré à aucun excès. Il était rentré tôt, avait refusé d'expliquer ce qu'avaient donné ses recherches et s'était couché sans un mot. Il semblait ne pas avoir fermé l'œil, comme s'il avait passé la nuit à combattre Dieu savait quels démons.

Il était pâle comme un linge, les yeux creusés de cernes, mais sous sa moustache brune, sa bouche crispée montrait une obstination que son écuyer ne lui avait vue qu'une seule fois. Ils avaient à peine dix ans à l'époque, et il avait trouvé Austyn dans l'escalier en colimaçon du château de Montfort. Titubant, il s'efforçait désespérément de descendre le corps de sa mère morte sans heurter sa tête contre les murs.

Carey retint son souffle, attendant l'ordre de faire les préparatifs de départ et de seller les chevaux. Sans un mot, Austyn passa devant lui et se dirigea vers le château.

L'écuyer rassembla précipitamment encre et parchemin et lui emboîta le pas.

— Nous restons ? hasarda-t-il.

— Oui. Nous n'allons pas mener ce genre de vie jusqu'à la fin de nos jours, répondit sèchement Austyn. On ne peut pas continuer à courir de tournoi en tournoi pour grappiller chaque once d'or que les Anglais veulent bien nous abandonner. Que se passerait-il si je perdais un bras ou une jambe ? Si je mourais sur le champ de bataille ? Que deviendrait Caer Montfort ?

« Je ne partirai pas sans cette dot. Mon père a suffisamment souffert de cette malédiction. Je préfère rôtir en enfer plutôt que de le voir privé de sa liberté et de tout ce qui lui est cher.

Ce discours n'avait pas adouci le visage d'Austyn, et un acrobate qui cabriolait sur son chemin s'empressa de déguerpir pour chercher des spectateurs plus complaisants.

Le bateleur n'était pas le seul à observer Austyn à la dérobée. Sur leur passage, les hommes en armes qui se pressaient vers le château le regardaient d'un air perplexe et se poussaient du coude en murmurant son nom d'un ton chargé de sous-entendus.

Le géant gallois les dépassait tous d'une bonne tête. Son pas décidé et sa mauvaise mine rendaient son allure encore plus menaçante. Il avait tout d'un homme prêt à vendre son âme au diable.

— La dame est donc si belle ? demanda Carey, qui n'en pouvait plus de curiosité.

— Belle comme la mort, rétorqua Austyn sans ralentir.

— Ses yeux ?

— Si bleus qu'ils en sont presque violets.

— Son front ?

— Pur comme la neige.

— Son nez ? insista Carey en déroulant son parchemin.

— Droit, répondit Austyn en tâtant le sien, aussi bosselé que son casque.

— Sa voix ? continua l'écuyer, tout en trempant sa plume dans l'encre.

— Aussi suave que le miel.

— Bien, très bien. Et ses cheveux ?

Austyn glissa la main sous son haubert et en retira une boucle de jais qui frôla ses genoux. Carey s'arrêta d'écrire.

— Grands dieux, Austyn, vous lui en avez laissé un peu ? Ses lèvres ? enchaîna l'écuyer.

— Aussi tentantes qu'un fruit mûr. On voudrait y mordre jusqu'à la fin des temps, déclara le chevalier, rêveur.

— Son caractère ? dit Carey, qui écrivait frénétiquement.

— Une hardiesse inouïe ! Une fierté d'airain ! Un esprit mordant, et pas une ombre de logique. Dans un jardin désert, elle ne s'enfuit pas devant un chevalier en armes, mais elle a failli s'évanouir quand ma dague a touché sa précieuse chevelure.

Carey s'immobilisa pour réfléchir en mordillant sa plume.

— Alors elle ne vous plaît pas ? Votre répugnance vous protégera peut-être de...

Austyn agrippa son écuyer par la tunique et le plaqua contre le tronc d'un chêne.

— Ma répugnance ? articula-t-il avec un désespoir qui fit frémir Carey. J'aurais voulu la renverser sur l'herbe et la faire mienne à l'instant même. J'aurais voulu tomber à ses genoux, couvrir ses pieds de baisers et lui jurer une fidélité éternelle. J'aurais aimé l'enfermer pour être le seul homme à la contempler.

Dans le regard de son ami, Carey entrevit la bête fauve qu'il portait en lui et qu'il avait passé sa vie à combattre. L'écuyer frissonna, terrifié. Ignorant les regards curieux des passants, il murmura :

— Il est encore temps de tourner bride...

Austyn le lâcha.

— Tu te trompes. Il était déjà trop tard avant ma naissance. Qu'est-ce que c'est ? demanda-t-il en se baissant pour ramasser la plume et les parchemins éparpillés.

Carey rassembla ses papiers, mal à l'aise. Il avait repoussé le plus possible l'instant des explications.

— Hier soir, quand vous êtes parti, j'ai passé un moment avec les bardes qui accompagnent les chevaliers normands. Il paraît que le tournoi va commencer par une épreuve de chevalerie.

— De chevalerie ?

Dans la bouche d'Austyn, le mot sonnait comme un juron.

— Oui. La fille du comte ouvrira le tournoi en chantant une ballade, puis ses prétendants disputeront une épreuve de... de poésie, termina-t-il dans un souffle.

Austyn pivota pour regagner leur tente. Carey s'élança à sa poursuite.

— Ne soyez pas si impulsif ! Le comte veut simplement repérer les hommes civilisés et éliminer les sauvages illettrés qui pourraient briguer la main de sa fille.

— Eh bien, le sauvage illettré que tu as devant toi retourne au pays de Galles. Se damner est une chose, se ridiculiser en est une autre, grommela Austyn sans ralentir.

Carey courut pour dépasser son maître, lui brandissant ses parchemins sous le nez.

— Je ne laisserai personne vous ridiculiser. C'est pour ça que j'ai passé la nuit à écrire ces remarquables vers en hommage à la beauté de votre dame.

Le chevalier s'arrêta net, tel un taureau prêt à charger.

— Très bien, mais si elle se moque de moi, ce n'est pas elle que je tuerai, dit-il en pointant un index accusateur vers Carey, radieux. Ce sera toi !

Austyn eut du mal à cacher son malaise lorsqu'ils traversèrent la cour intérieure du château de Tewksbury et pénétrèrent dans le vaste hall.

Sous son surcot, le poids de son haubert le rassurait. Jamais il n'aurait exposé son dos sans protection à une telle foule d'Anglais en armes. Aucun traité de paix, aucune reddition ne pouvait effacer des siècles de défiance dans son cœur de Gallois.

Un groupe de chevaliers vêtus avec un luxe extravagant, conduits par un seigneur encapuchonné, ricanèrent en regardant la tunique râpée et les bottes élimées de Carey. L'écuyer les menaça de son poing.

— Prenez garde ! Êtes-vous des chevaliers ou des damoiselles ?

Austyn le retint par l'épaule. Dégainer son épée le démangeait aussi, mais il se contint. Il savait trop bien que ses colères se terminaient souvent dans un bain de sang. Il valait mieux garder son agressivité pour le tournoi. Là, il pourrait donner libre cours à son ardeur belliqueuse, avec les honneurs, et pour une récompense inestimable.

À condition, bien entendu, d'éviter l'humiliation d'une joute où les vers remplaceraient le glaive. Il se sentit rougir en imaginant la beauté rencontrée la veille dans le jardin riant à ses dépens.

Il darda sur Carey un regard noir, en pure perte. L'écuyer contemplait le décor, bouche bée, comme si les portes du paradis venaient de s'ouvrir devant lui. Austyn leva les yeux au ciel. Carey n'avait que deux ans de moins que lui, mais parfois il avait l'impression que ses vingt-neuf ans comptaient double.

Lui-même, néanmoins, cachait difficilement son admiration. Tewksbury n'était pas un château, mais un véritable palais. Au lieu d'un foyer central surmonté d'un simple conduit d'aération, trois cheminées aux manteaux en pierre sculptée occupaient les murs recouverts de stuc. Ici, on ne foulait pas des brassées d'herbe et de paille, mais de riches tapis d'Orient. Austyn se souvenait que, jadis, Caer Montfort possédait de pareils trésors, avant qu'ils ne soient vendus pour payer les impôts qui les écrasaient. Avant la mort de sa mère...

Tout au bout de l'immense salle voûtée, sur une estrade, trônait un fauteuil imposant sous un dais de brocart. Derrière l'estrade, les rayons du soleil filtraient à travers les carreaux colorés d'une fenêtre à meneaux, teintant de jade et de pourpre les visages des membres de l'assistance.

— On se croirait dans une cathédrale, lui souffla Carey.

— Oui, et voilà un autel dressé pour un ange, rétorqua Austyn en désignant le dais.

Il avait remarqué que le comte avait eu l'habileté de n'admettre aucune femme dans ce lieu, pas même la plus humble servante. Il voulait sans doute que la gent masculine consacre toute son attention à celle qui représentait le prix du tournoi. Austyn jugea cette précaution superflue. Il avait vu la fille du comte : elle incarnait les désirs les plus fous de tous les hommes au monde depuis Adam. L'éclat de n'importe quelle autre créature aurait pâli comme celui de la lune dans un ciel ensoleillé.

Les tentures cramoisies qui masquaient une porte à côté de l'estrade s'écartèrent. Le cœur d'Austyn battit plus vite, et il sentit son estomac se nouer.

Un homme trapu pénétra dans la salle. Si les armoiries de Tewksbury n'avaient pas orné sa robe safran, Austyn l'aurait pris pour un bouffon. Il ne comprenait pas comment ce nain à la démarche de crapaud pouvait avoir engendré la sublime sylphide du jardin.

L'identité de son hôte lui fut confirmée par l'acclamation qui accueillit son entrée et par la bousculade qui s'ensuivit. Austyn avait suffisamment d'espace pour bien voir, mais il dut rattraper Carey par le dos de sa tunique pour lui éviter de se faire piétiner. Lui n'avait pas besoin de jouer des coudes, sa taille lui permettant de dominer la foule.

Le comte monta sur l'estrade et leva ses bras potelés. Ses larges manches doublées de fourrure se déployèrent comme deux grandes ailes.

— Bienvenue ! Bienvenue à Tewksbury !

Austyn pensa que la voix grave et sonore du comte suffisait à lui conférer toute l'autorité dont sa taille le privait.

— Beaucoup d'entre vous ont accompli un long voyage et enduré de grandes difficultés pour répondre à mon invitation. Avant de commencer les épreuves, je tiens à vous offrir un spectacle qui vous inspirera tous.

— La dame ! Il va nous montrer la dame, se chuchotèrent les chevaliers, ravis.

Austyn s'aperçut qu'il avait crispé les poings. Il lui faudrait se retenir de bondir sur l'estrade pour la protéger des regards affamés de cette meute. Il ne les imaginait que trop, ces hommes déshabillant du regard son corps gracile...

Un gémissement lui échappa. Carey le dévisagea avec inquiétude, remarquant les gouttes de sueur qui perlaient à son front.

— Je ne veux pas vous faire languir plus longtemps, continua le comte, dont la voix sonnait maintenant comme un glas aux oreilles d'Austyn.

Ma fille bien-aimée a choisi d'encourager vos nobles efforts par une chanson.

Le comte prit place sous le dais, et les cris enthousiastes qui avaient salué ses paroles se turent peu à peu. Carey se haussa sur la pointe des pieds pour mieux voir.

Austyn glissa la main sous son haubert pour effleurer son précieux trophée, plus doux que de la soie. Un délicat parfum de myrrhe monta à ses narines. Il entendit les premières mesures d'une berceuse, mais il n'aurait pu dire s'il s'agissait d'un songe ou de la réalité.

Les tentures s'ouvrirent, et une silhouette féminine s'avança.

Carey le tira par la manche. Dans le silence qui avait envahi la grande salle, son chuchotement retentit comme une trompette :

— Pardonnez-moi, messire, mais il devait faire très sombre dans ce jardin...

5

Comme tous les chevaliers présents, Austyn s'attendait au gazouillement d'un ange. Un besoin irrépressible de se boucher les oreilles le saisit quand la femme qui venait d'apparaître sur l'estrade ouvrit la bouche, découvrant des chicots noirâtres, et coassa :

— Un chevalier servait une dame.
« Sa lance vagabonde
« Frappait les filles
« À la ronde.
« Mais un jour, la dame
« Le jeta dehors sans lui donner
« Une seconde chance.

À regret, Austyn lâcha son trophée. Il aurait dû remercier Dieu de la chance qu'il avait mais, tandis qu'il laissait filer entre ses doigts la soyeuse mèche de cheveux, son cœur saignait comme s'il venait de subir une perte incalculable.

— Ce pouvait être n'importe qui. Une suivante, la sœur du comte, ou sa maîtresse. Je ne lui ai même pas demandé son nom. Il ne m'est pas venu à l'idée... bredouilla-t-il, anéanti.

— Heureusement que vous vous êtes trompé. C'est la femme idéale pour vous. Une créature bien ordinaire... observa Carey en cachant à grand-peine sa répulsion.

— Elle n'est pas ordinaire, elle est hideuse, rétorqua Austyn qui frémit tandis que la jeune fille entamait de sa voix de fausset un second couplet.

Il n'était apparemment pas le seul de cet avis. Un bourdonnement furieux, où fusaient moqueries et commentaires indignés, s'élevait dans le hall. Les hommes se poussaient du coude d'un air entendu. Quelqu'un parla d'un sortilège et, immédiatement, les premiers rangs de l'assistance s'éclaircirent.

L'intervention d'un gentilhomme richement vêtu empêcha la foule de manifester une franche hostilité.

— C'est une terrible maladie. Elle m'avait prévenu, mais sa beauté était encore tellement éblouissante que je n'ai pas voulu la croire, expliqua-t-il avec un hochement de tête navré.

On captait dans les conversations les expressions « pieds palmés », « accès de cécité » ; on évoquait même quelque maladie honteuse...

Tandis que s'enflait la rumeur, une autre idée s'insinuait parmi l'assistance. Maintenant, on comprenait pourquoi le comte était si pressé de marier sa fille, et pourquoi il offrait une dot si somptueuse. Il espérait la marier avant que son physique ne se gâte davantage encore.

La chanteuse termina sa ballade, au soulagement général. Le comte considéra longuement sa fille avant de s'avancer vers elle. Austyn observait la scène avec une extrême attention. Souvent, sur le champ de bataille, il n'avait dû son salut qu'à sa faculté de deviner les pensées et les réactions de son adversaire. Il aurait juré que ce n'était pas la honte qui incitait le comte à serrer les poings de cette façon, mais une fureur prête à éclater.

Sa voix d'airain claqua comme un fouet.

— Nous allons commencer par l'épreuve de poésie. Qui sera le premier à rendre hommage à ma fille par un poème ou une chanson ?

Le silence se fit encore plus pesant. Le vide autour du dais sembla s'élargir. Certains regardaient en l'air, d'autres essayaient de dissimuler un luth derrière leur dos ou de cacher une flûte sous leurs vêtements.

Austyn était cloué sur place. Carey se pencha vers lui.

— C'est vous qui disiez qu'une femme trop belle était une malédiction pour son mari ? Eh bien, le Bon Dieu vous offre une chance de forcer le destin. Ne la laissez pas passer.

Austyn regarda avec envie la porte derrière lui, puis se retourna vers la jeune femme sous le dais. Elle saluait la foule, comme si elle était trop sotte pour comprendre la réaction qu'avait provoquée son physique. Son père s'essuyait le front d'un revers de manche.

Carey mit fin aux hésitations de son maître en le poussant en avant. Le chevalier trébucha et faillit tomber.

Il s'éclaircit la gorge, se redressa de toute sa taille, posa la main sur la garde de son épée et avança vers l'estrade.

— Je veux cette femme !

Holly n'avait aucun mal à garder aux lèvres son sourire angélique. Elle savourait déjà sa victoire.

Elle avait souvent enchanté son auditoire par ses chants, mais jamais elle n'avait produit un tel effet !

Elle aurait pu s'interroger sur le succès de son stratagème si lord Fairfax, avec son plumet roussi, n'était venu malgré lui à son secours en répétant toutes les fariboles qu'elle lui avait racontées. Les coups sourds provenant de la penderie où Elspeth et elle avaient enfermé frère Nathanaël restaient maintenant son principal souci ; ils se faisaient cependant de plus en plus rares.

Bien sûr, elle avait remarqué la rougeur alarmante qui colorait le visage de son père, et le martèlement saccadé de ses talons, comme s'il était prêt à exploser, mais il lui pardonnerait le moment venu. Il lui pardonnait toujours. Elle sourit en songeant à la façon dont elle s'y prendrait pour le ramener à de meilleures dispositions.

Elle commencerait par lui faire servir son menu préféré : un paon rôti farci au romarin et orné de son plumage, avec de petites câpres rissolées juste à point, puis des sucreries et des pâtisseries luisantes de beurre. Elle revêtirait la robe qu'il préférait, en soie violette avec une guimpe assortie doublée d'or.

Elle se retint de porter la main à ses cheveux. Ils finiraient bien par repousser et, d'ici là, elle possédait des douzaines de coiffes ravissantes pour cacher son crâne tondu à la diable. Pourvu que ses cils repoussent aussi vite !

Une fois son père installé au coin du feu, elle s'assiérait à ses pieds, prendrait sa harpe et lui chanterait sa chanson favorite, celle que la comtesse lui chantait pour le consoler de la perte d'un cheval ou le réconforter après une bataille.

Bien entendu, il ne se laisserait pas manœuvrer sans résistance. Il bouderait et ronchonnerait comme à son habitude. Mais quand elle aurait terminé sa chanson, il hocherait la tête d'un air découragé et lui caresserait les... Il caresserait sa coiffe. Ensuite il lui avouerait à quel point il était heureux de la garder à son côté. Ils trinqueraient ensemble à l'imagination de Holly et...

— *Je veux cette femme !*

La brutalité de cette déclaration arracha Holly à sa douce rêverie. Son sourire s'évanouit. L'horizon radieux se couvrit de nuages menaçants. Un « nuage » particulièrement important s'avançait vers l'estrade d'un pas décidé. Elle ne l'aurait jamais cru possible, mais l'inconnu du jardin était encore plus imposant en plein jour qu'au clair de lune.

Sa longue chevelure et sa barbe en broussaille contrastaient avec les cheveux ras et les figures glabres des autres. Il n'avait pas simplement l'air d'un étranger, mais d'une créature venue d'un autre univers. Malgré sa haute taille, sa démarche restait empreinte de grâce, sans lourdeur aucune.

Holly ne pouvait imaginer que ce grand escogriffe l'avait embrassée si tendrement. Jamais elle n'oublierait le goût de son baiser.

Le premier étonnement passé, elle fut soulevée par une colère irrationnelle. Ainsi, il prétendait obtenir sa main ? Pourtant, pas plus tard que la veille, il se vantait d'avoir un rendez-vous galant. Pire encore, comme son « amie » était en retard, il lui avait fait la cour et avait ainsi trompé sa fiancée !

— Approchez, messire, déclara le comte.

Holly chuchota un « non » énergique, qui lui valut un regard impérieux de son père. Visiblement, il mourait d'envie de lui arracher son déguisement devant tout le monde. Seule le retenait la peur de provoquer un nouveau scandale.

La foule s'écarta lentement devant l'étranger tandis que des regards inquisiteurs convergeaient sur la poignée de son épée. Un jeune homme, aussi blond que le chevalier était brun, le suivait.

— Votre nom, messire ? demanda le comte.

— Austyn de Montfort.

Au nom de Montfort, l'assemblée se figea. Holly se remémora les rares potins parvenus à ses oreilles, mais elle ne se rappelait pas avoir jamais entendu parler d'un Gallois arrogant avec des manières de rustre et un cœur d'artichaut.

— Vous venez rendre hommage à ma fille ?

Le chevalier eut un moment d'hésitation. Il baissa les yeux sur la pointe de ses chaussures, les bottes usées de son écuyer, tout ce qui pouvait lui permettre d'éviter de regarder Holly. Celle-ci admit en son for intérieur qu'elle ne pouvait lui en vouloir.

— Oui, admit-il enfin.

La jeune fille tressaillit. Montfort avait répondu de façon si résolue que cette parole semblait sceller irrévocablement leur destin à tous deux.

— Nous vous écoutons, intima le comte avant de prendre place à côté de sa fille.

Le coup d'œil qu'il jeta à Holly signifiait clairement : « J'espère que tu es satisfaite, ma fille... »

Elle croisa les doigts afin de cacher leur tremblement. Pour se consoler, elle se dit que le chevalier paraissait encore plus malheureux qu'elle. Son compagnon lui glissa dans la main un papier tout chiffonné, et son visage se rembrunit encore.

Il s'éclaircit la gorge et commença sa lecture d'une voix étranglée, à peine audible.

— Elle s'approche comme un rêve,

« Ma douce dame...

En entendant un rire derrière lui, il s'interrompit et porta la main à son épée. Comme tout le monde, Holly retint son souffle. Elle s'attendait à le voir couper bras et têtes tel un fou furieux. La main du chevalier se crispa. Il inspira profondément, puis reprit sa lecture.

— Elle s'approche comme un rêve,

« Ma douce dame,

« D'un pied léger.

« Son regard d'améthyste...

Il regarda son compagnon, d'un air si misérable que Holly elle-même ne put s'empêcher de compatir. Le jeune homme blond adressa à son maître un signe d'encouragement, tout en restant prudemment hors d'atteinte.

— Son regard d'améthyste

« Hante mon sommeil.

« Elle s'approche comme un rêve,

« Avec son front neigeux

« Et ses boucles...

Il leva à nouveau les yeux vers l'estrade. Holly le gratifia d'un sourire qui se voulait engageant, découvrant ses dents noircies au brou de noix. Austyn plongea la main sous son haubert en considérant les pitoyables touffes de cheveux qui parsemaient le crâne de la jeune fille.

— Et ses boucles d'étoupe, conclut-il, malgré les signes de Carey.

Beaucoup de seigneurs et de chevaliers furent saisis de subites quintes de toux. Au fond de la salle, un homme s'échappa en hâte pour rire tout son saoul.

Austyn corrigea gauchement :

— Avec son front neigeux

« Et ses boucles... d'ébène.

Il froissa le papier dans sa main et resta planté là, aussi immobile qu'une statue de pierre.

Un secours inattendu lui vint en la personne du comte, qui bondit sur ses pieds avec des applaudissements si chaleureux que les autres concurrents furent obligés de l'imiter pour ne pas offenser leur hôte.

— Voilà un poème bien tourné, messire de Montfort ! s'écria-t-il. Qui osera se mesurer à un adversaire aussi éloquent ?

Un silence embarrassé retomba dans la salle. À nouveau, des regards emplis de regret se tournèrent vers la porte.

— Très bien, poursuivit le comte. Dans ce cas, je déclare sir Austyn vainqueur de l'épreuve de poésie. Nous allons maintenant diriger nos pas vers le champ clos. Peut-être certains d'entre vous préféreront-ils s'affronter les armes à la main.

Tout le monde se rua vers la porte. Holly se dit que la plupart de ces hommes allaient monter en selle et franchir le pont-levis en moins de temps qu'il ne fallait pour le dire.

Elle se dirigea vers son père, mais la froideur de son attitude l'arrêta, et elle le laissa disparaître derrière le rideau cramoisi.

Elle avait espéré qu'il annulerait le tournoi. Hélas, son plan si soigneusement préparé était sur le point d'échouer, à cause d'un rustre trop entêté pour s'avouer vaincu !

Elle se retourna pour jeter au chevalier un regard noir de rancune, et s'aperçut que la salle était vide. Apparemment, son champion s'était éclipsé comme les autres. Elle n'eut pas le temps d'épiloguer sur le dédain qu'il lui inspirait, car son père passa le bras dans l'entrebâillement des tentures et la tira par le poignet.

Holly fut bien obligée de le suivre. Elle se demandait quel sort il lui réservait. Il ne l'avait jamais frappée, mais il allait peut-être commencer aujourd'hui...

Il l'entraîna à l'écart. Elle s'apprêtait à affronter sa colère, mais pas l'anxiété qu'elle lut dans son regard.

— Sais-tu quel genre d'homme tu as provoqué ?

— Enfin, père, je sais que vous affectez un tempérament irascible, mais je n'ai jamais réellement eu peur...

— Il ne s'agit pas de moi, mais de ce Montfort, grinça-t-il, les dents serrées.

Holly n'avait aucune envie d'avouer ce qu'elle savait des manières d'Austyn de Montfort. Elle préféra feindre d'en rire.

— Ce n'est qu'un chevalier sans importance, un Gallois sans manières. Il ne connaît rien à la poésie.

— Austyn de Montfort est l'un des plus valeureux et des plus dangereux guerriers du pays de Galles. L'un des plus imprévisibles aussi. Si je l'offensais ou provoquais sa colère, cela pourrait ranimer la guerre entre l'Angleterre et le pays de Galles.

Il se mit à faire les cent pas.

— J'aurais dû te précipiter loin de cette estrade dès que tu es apparue dans cet accoutrement ridicule. Je n'aurais jamais pensé qu'un chevalier serait assez fou pour demander ta main. Et maintenant, il est trop tard !

Holly était désemparée.

— Voulez-vous que j'avoue ma ruse publiquement ? Que je présente des excuses ? balbutia-t-elle.

— Tu tiens à te déconsidérer aux yeux de toute l'Angleterre ? Qui voudrait pour épouse d'une menteuse éhontée ? Mieux vaut te raser complètement le crâne et entrer au couvent. Mieux vaut Montfort que pas de mari du tout, conclut-il en fourrageant dans ses cheveux jusqu'à ce qu'ils soient aussi ébouriffés que ceux de sa fille.

Puisqu'elle était impuissante à calmer les craintes de son père, Holly se contenta de le recoiffer, du bout des doigts.

— Ne vous inquiétez pas, père. Ce rustre arrogant est sans doute déjà parti. Il a demandé ma main par orgueil ou dans un accès de démence.

Le regard qu'il lui jeta la glaça.

— Dieu t'entende, ma fille. Depuis cinq ans, Montfort a remporté tous les tournois où il a concouru. Tu risques d'être le prix le plus étonnant qu'il ait remporté.

Jamais on n'avait vu trôner, dans la galerie de bois édifiée au-dessus de la lice, une reine d'amour et de beauté plus insolite.

Holly se tortillait sur son siège pour trouver une position moins inconfortable au milieu des chiffons qu'Elspeth lui avait entortillés autour des hanches. Ses seins comprimés par un bandage commençaient à la faire souffrir. Le soleil était chaud, elle avait le visage en sueur et, quand elle s'humectait les lèvres, elle sentait sur sa langue la suie qui dessinait sur sa lèvre supérieure une ombre de moustache.

Une bonne moitié des prétendants étaient déjà partis. Seuls restaient les vassaux de son père et une poignée de chevaliers obstinés qui craignaient d'être accusés de lâcheté s'ils abandonnaient.

Une foule de curieux avait rejoint le champ clos : des paysans du village, des enfants qui gambadaient, des servantes du château, des filles de peu qui arrivaient du campement, les cheveux en désordre et les yeux cernés par le manque de sommeil.

Leurs rires aigus faisaient écho aux ricanements plus discrets, mais tout aussi malveillants, des dames assises autour de Holly sur la galerie. Toutes les tantes et cousines installées derrière elle évitaient soigneusement de l'approcher, de peur d'attraper sa maladie et de retrouver un beau matin leurs longues chevelures et leurs cils touffus éparpillés sur l'oreiller.

Elle regarda du coin de d'œil le profil impassible de son père. Il était perché sur le siège à côté d'elle, mais ses pieds se balançaient à une bonne dizaine de centimètres au-dessus du plancher. Depuis leur conversation, il ne l'avait pas gratifiée d'un seul mot. Holly en était toute mélancolique et souhaitait que cette comédie se termine le plus vite possible.

Les hérauts s'avancèrent avec leurs trompettes et, un instant, Holly espéra voir son souhait se réaliser. Lorsqu'il serait évident qu'aucun concurrent ne se présenterait, elle pourrait regagner ses appartements et affronter la colère légitime de son père.

Les notes joyeuses de l'appel au combat retentirent. Holly bâilla en se grattant la tête. Elle allait pouvoir faire une bonne sieste.

Mais un cavalier apparut au bout de la lice. Elle bondit sur ses pieds et agrippa la rambarde de ses mains moites.

— Il ne comprend peut-être rien à la poésie ou aux femmes, mais en tout cas, il s'y connaît en chevaux, marmonna le comte tandis que le Gallois se frayait un chemin à travers la foule.

Si Holly n'avait pas eu la gorge nouée, elle aurait acquiescé. Montfort avait vraiment fière allure. Il semblait ne faire qu'un avec son cheval. Son armure n'était qu'une modeste cotte de mailles renforcée par des plaques de métal aux coudes et aux genoux. Le casque d'argent qui masquait son visage le rendait encore plus impressionnant.

Elle reprit sa place en espérant que le chevalier ne l'avait pas vue se lever.

— Je ne sais pas pourquoi il met un casque. Sa tête est assez dure pour repousser n'importe quel coup.

Tandis que le chevalier et son destrier se dirigeaient vers la tribune, Holly ne put s'empêcher d'entendre les commérages de ses parentes.

— Ce Montfort est si arrogant. Il n'a amené qu'un seul écuyer au tournoi, mais on dit qu'il a un millier de soldats en armes cachés dans les bois. Ils n'attendent que son signal pour nous attaquer.

La jeune fille sentit son père se raidir à côté d'elle.

— ... un sauvage mal dégrossi.

— ... ils étaient jadis extrêmement riches.

— ... on leur a pris leur comté quand le père du chevalier a assassiné sa femme.

— ... on m'avait dit qu'il l'avait mangée !

Holly ne saisit pas une dernière remarque chuchotée qui déclencha des gloussements.

Toute sa combativité et son optimisme s'étaient évanouis. Elle était épouvantée. À quel genre d'homme avait-elle affaire ? Elle n'eut pas le temps de s'interroger davantage, car le chevalier et sa monture s'arrêtaient devant la galerie. Retenant son cheval qui piaffait, Montfort leva son poing ganté de fer et tendit à Holly la pointe de sa lance.

Elle aurait volontiers disparu sous terre, si elle avait pu faire un mouvement. Elle regarda sans comprendre la lance inclinée vers elle. Peut-être vaudrait-il mieux s'y empaler immédiatement ? Mais la pointe était mouchetée pour le tournoi.

— Ton champion te demande un gage. Qu'as-tu à lui offrir ? bougonna son père.

Holly, affolée, considéra son costume. Si elle se trompait et tirait au mauvais endroit, elle risquait de réduire son déguisement en lambeaux devant tout le monde.

Le chevalier manifestait des signes d'impatience. Il n'était peut-être pas trop tard pour décourager cet importun. Elle passa la main sous sa jupe et fit glisser un des bas qu'elle avait emprunté à Elspeth. Elle rabattit sa jupe précipitamment en sentant le regard du Gallois glisser vers sa cheville.

Elle passa le bas rapiécé autour de la lance, fit un joli nœud. Avec un battement de ses cils mités, elle décocha une œillade au chevalier et coassa :

— Mon cœur vous accompagnera dans cette joute, messire.

La réponse de Montfort fut heureusement étouffée par son heaume. Il tourna bride, et elle espéra que c'était pour reprendre le chemin du pays de Galles, ou même de Bagdad si cela lui chantait !

Mais il stoppa au bout de la galerie et releva la visière de son heaume. Il scruta les visages des dames assises derrière Holly. De nouveaux gloussements accueillirent cette marque d'intérêt.

Holly se retourna, un pincement au cœur. Est-ce que la veille il avait rendez-vous avec l'une de ses cousines ? Mais il rabattit brusquement sa visière, laissant la jeune fille à ses interrogations : avait-il trouvé celle qu'il cherchait ?

Pendant qu'il trottait vers l'extrémité du champ clos, le héraut appela les autres concurrents.

— Messires, prenez place pour la joute !

Encouragé par son escorte, lord Fairfax, tout rougissant, mit son casque, prit son bouclier et conduisit sa monture à l'autre bout de la lice.

Le comte leva les bras.

— Battez-vous selon le code de l'honneur, messires, et montrez-vous magnanimes envers votre adversaire.

Les acclamations et les cris d'encouragement fusèrent lorsque les combattants se ruèrent l'un vers l'autre. Montfort galopait comme s'il ne faisait qu'un avec sa magnifique monture. Le cœur battant, Holly agrippa avec anxiété la balustrade.

Montfort leva sa lance, et lord Fairfax tomba de sa monture tête la première.

Holly rougit de dépit. Pendant que Fairfax se relevait, les remarques et les moqueries confirmèrent ses soupçons. La lance de Montfort ne l'avait pas touché. Elle doutait même qu'il soit resté suffisamment longtemps à cheval pour l'avoir vue de près !

Vaincre le concurrent suivant demanda encore moins d'effort au chevalier gallois. Henry de Sovermoth dégringola de son cheval avant même que Montfort ait eu le temps de lever sa lance. Holly comprit avec horreur que pas un de ses anciens admirateurs n'était prêt à risquer sa vie pour la sauver des mains du Gallois, maintenant que sa beauté légendaire semblait avoir disparu.

La lâcheté de ses concurrents exaspérait Montfort encore plus que Holly. Quand le troisième combattant tomba de cheval avant que le héraut ait donné le signal du combat, il jeta son bouclier, arracha son heaume et sauta à terre. Sans prêter attention aux efforts de son écuyer pour le retenir, il s'avança jusqu'au milieu de la lice.

Un silence pesant s'abattit sur le champ clos, troublé seulement par le vent. Montfort balaya l'assemblée d'un regard méprisant.

Il tira son épée du fourreau et, des deux mains, la brandit au-dessus de sa tête.

— Couards d'Anglais ! Y a-t-il parmi vous un seul homme assez courageux pour oser m'affronter en combat loyal ?

Le père de Holly se leva avec lenteur, et elle dut résister à la tentation de le retenir. Le comportement des prétendants de sa fille semblait l'avoir affecté.

— Puisqu'il n'y a pas d'autre concurrent, je me vois dans l'obligation de déclarer sir Austyn vainqu...

— Un instant, monseigneur ! clama une voix impérieuse. Je suis bien décidé à combattre loyalement ce sauvage Gallois pour obtenir la main de cette dame.

Une silhouette se détacha de la foule. L'homme rejeta la capuche damassée qui lui cachait le visage. Il n'accorda pas un regard à Austyn ni au comte, mais fixa Holly d'un air moqueur. Elle se leva et, malgré le soleil qui l'éblouissait, reconnut Eugène de Legget, baron de Gaven.

6

Eugène se fraya un chemin à travers la foule. Sa grâce et sa minceur formaient un saisissant contraste avec la puissante stature de Montfort. Holly, les jambes flageolantes, se rassit tandis qu'Eugène montait les degrés menant à la galerie. Contrairement à tous les autres hommes présents, il la regarda bien en face avant de mettre un genou à terre et de porter à ses lèvres la main glacée de la jeune fille.

— Petite rusée, murmura-t-il. Tous ces imbéciles peuvent se laisser prendre à votre comédie, mais je ne suis pas si naïf. Vous m'avez facilité la tâche. Quand j'aurai vaincu cet homme des bois, le seul rôle qui vous restera à jouer sera celui de mon épouse, et vous n'aurez plus que mon lit pour scène.

Du bout de la langue, il lui effleura les doigts. Holly retira sa main et l'essuya ostensiblement sur sa jupe.

— Il faudra que je devienne une excellente actrice, monseigneur, car je n'éprouve pas une once d'affection ni même de sympathie pour vous.

Le sourire d'Eugène lui fit froid dans le dos. Elle jeta un regard désespéré à Montfort. Il avait observé avec attention ce bref échange, son épée toujours dégainée.

— J'aurais dû me douter que Gaven viendrait te sauver du désastre. Il fera un bon époux, tu verras, dit le comte en tapotant la main de sa fille.

Celle-ci eut un sursaut horrifié. Elle n'avait pas de peine à imaginer son avenir aux côtés d'Eugène. Le temps venu, quand sa beauté commencerait à se faner, il jetterait son dévolu sur une autre, plus jeune, pourvue d'une dot alléchante et d'une opulente poitrine. Et Holly serait condamnée à une chute mortelle dans un escalier du château.

Le héraut présenta le nouveau concurrent pendant que trois écuyers revêtaient Eugène d'une armure si brillante qu'elle semblait avoir gardé en elle le feu de la forge où on l'avait façonnée.

Cette fois, la bénédiction du comte fut empreinte de conviction.

— Combattez loyalement, messeigneurs, et montrez-vous magnanimes envers votre adversaire.

Eugène tira son épée du fourreau, et Holly regretta de s'être coupé les ongles si court. Elle n'avait que le bout de ses doigts à mordiller pour tromper son anxiété.

Les deux hommes s'observaient comme des loups prêts au combat. À un autre moment, Holly aurait peut-être apprécié ce spectacle peu ordinaire. Hélas, le vainqueur serait en droit de faire d'elle sa prochaine proie.

Si Montfort surpassait largement Gaven en puissance, la souplesse et l'agilité d'Eugène compensaient ce handicap. Rapide comme l'éclair, il esquivait les assauts du géant. Seul retentissait maintenant le cliquetis furieux de leurs armes qui s'entrechoquaient.

Eugène assena sur la tête de Montfort un coup si formidable qu'un autre se serait écroulé. Une acclamation enthousiaste monta de l'assistance. Holly fronça les sourcils. Gaven n'était pas particulièrement populaire, mais ils auraient sans doute applaudi Satan en personne s'il s'était porté volontaire pour combattre le Gallois et sauver ainsi l'honneur anglais.

Eugène abattit sur son adversaire le tranchant de son glaive. Du sang tacha les chausses d'Austyn.

Gaven releva la visière de son heaume.

— Demandez-vous merci ? interrogea-t-il d'un ton méprisant. Je ne tiens pas à vous couper en morceaux, membre après membre. Cela risquerait de heurter l'exquise sensibilité de ma fiancée.

Malgré elle, Holly retint son souffle tandis que Montfort relevait à son tour la visière de son heaume et le jetait au loin. Dans son visage barbu, son sourire parut encore plus carnassier. Il essuya la sueur qui ruisselait sur son front.

— Ce n'est pas cette dame que vous devriez craindre de heurter, messire, c'est moi.

Sur ces mots, il chargea en poussant un rugissement digne d'un fauve. Holly aurait eu du mal à dire qui fut le plus surpris, d'Eugène ou des spectateurs. Le sauvage qu'ils craignaient tous se découvrait enfin. La fureur du chevalier ne laissait à Gaven qu'une solution : reculer et se contenter d'esquiver les attaques.

Lorsque Montfort infligea à Eugène un coup si violent que les oreilles de Holly en bourdonneraient sans doute une quinzaine de jours, elle sauta sur ses pieds en applaudissant frénétiquement. S'apercevant que tous la regardaient avec stupeur, à commencer par son père, blanc comme un linge, elle se rassit précipitamment, regrettant de ne plus pouvoir dissimuler ses yeux brillants derrière ses longs cils.

Le chevalier continuait à frapper, et Eugène battait toujours en retraite en virevoltant. Il trébucha soudain et tomba à la renverse. Dans sa chute, il perdit son casque et lâcha son épée.

Montfort appuya la pointe de sa lame sur sa gorge. Le visage caché dans ses mains, Holly se demanda si on avait pensé à prévenir le Gallois qu'il ne s'agissait pas d'un combat à mort.

— Demandez-vous grâce, messire ?

Il n'y avait dans sa voix aucune trace du mépris qu'avait manifesté Gaven quand il avait posé la même question.

Après une hésitation, Eugène fit le geste de reddition traditionnel. Il tendit les mains, paumes vers le ciel.

— Je me rends, dit-il enfin d'une voix assourdie.

Une seule acclamation résonna dans l'assistance. L'écuyer d'Austyn sautait de joie en lançant son bonnet en l'air. Son maître lui ayant adressé un signe, il courut chercher sa monture.

Montfort tourna le dos à Eugène et se dirigea vers la galerie pour recevoir sa récompense. La lourdeur de sa démarche trahissait une fatigue que Holly n'aurait pas soupçonnée.

Elle vit Eugène se redresser et la lame de son épée briller au soleil lorsqu'il la brandit derrière le Gallois.

Le temps semblait suspendu. Holly tourna la tête de tous côtés, horrifiée, se rendant compte que personne ne voulait prévenir le chevalier. Il n'avait rien fait de mal, il s'était battu avec vaillance et loyauté, pourtant on ne prononcerait pas un mot pour l'alerter. Ces gens le laisseraient se faire tuer sans broncher, simplement parce qu'il n'était pas des leurs.

Soudain, tous ces visages familiers lui devinrent étrangers.

C'étaient eux les sauvages, et non ce chevalier à la barbe hirsute. Le comte serra les poings, mais garda le silence. Elle ne connaissait aucun homme au monde plus droit et plus estimable que lui, cependant il était prêt à sacrifier ce Gallois pour servir ses intérêts.

Une fraction de seconde, l'idée qu'elle pouvait faire d'une pierre deux coups – se débarrasser à la fois d'Eugène et du Gallois – l'effleura. La félonie de Gaven empêcherait qu'on le déclare vainqueur, et le Gallois serait mort, son sourire moqueur figé pour l'éternité...

Eugène brandit son épée.

Holly se leva d'un bond.

— Montfort ! Prenez garde ! Derrière vous !

Le chevalier se retourna en tendant instinctivement le bras pour se protéger. La lame glissa sur le gantelet de fer et tomba à terre. Montfort la regarda longuement, impassible, avant de la ramasser et de s'avancer vers Gaven. Holly se demanda si elle ne venait pas de signer l'arrêt de mort d'Eugène.

Mais Austyn saisit l'épée par la lame et la lança à son adversaire, pour bien montrer qu'il ne lui inspirait pas la moindre crainte. Cette réaction était plus insultante qu'une gifle.

— Vous êtes un lâche, messire, et votre présence est une offense aux participants de ce tournoi.

Eugène n'ébaucha pas un mouvement pour reprendre son épée ; tout son corps tremblait de rage.

— Profitez de votre fiancée, Montfort. Elle sera bientôt veuve.

Avec un haussement d'épaules, le chevalier pivota à nouveau vers la galerie.

Holly se sentit pétrifiée à son approche, comme la veille quand elle s'était accroché les cheveux dans les branches. Ses genoux refusaient de plier, elle était incapable de s'asseoir.

Une petite fille aux cheveux carotte enjamba la barrière et courut porter au chevalier une couronne de campanules, offrant ainsi à Holly une minute de répit. Montfort accepta le cadeau en inclinant la tête, ce qui arracha à la fillette un gloussement ravi.

Il monta enfin les marches menant à la galerie. Chacun de ses pas ébranlait l'estrade. Holly rassembla son courage pour lui faire face, livrant aux regards du chevalier et des spectateurs la laideur qu'elle s'était délibérément infligée. On aurait entendu une mouche voler.

Elle s'attendait à ce qu'il se proclame vainqueur et exige le prix qui lui revenait, mais elle ne l'aurait jamais imaginé capable d'une telle délicatesse : il lui posa sur la tête la couronne de campanules offerte par la petite fille, mit un genou à terre et lui baisa la main.

— Ma dame, murmura-t-il, et ces simples mots résonnèrent comme un hommage et comme un serment.

7

Holly se glissa dans la chapelle du château. Elle cherchait un peu de solitude pour mettre de l'ordre dans ses idées, mais elle ne fut pas surprise de trouver son père près de la tombe de son épouse, comme pour y puiser des forces.

Elle le rejoignit sans bruit. L'effigie de sa mère qui surmontait le tombeau ne rendait pas justice à la vivacité chaleureuse dont Holly gardait le souvenir. Félicia de Chastel n'avait pas la beauté parfaite de sa fille, mais un charme subtil, une joie de vivre impossible à graver dans la pierre, même pour l'artiste le plus talentueux.

— Père ? hasarda-t-elle timidement.

— Je l'ai trahie, je vous ai trahies toutes les deux, gémit le comte en caressant de sa grosse main la chevelure de la statue.

— Bien sûr que non, protesta Holly, bouleversée par son chagrin. Si maman était encore ici, elle rirait bien de toute cette plaisanterie.

— Dieu merci, elle n'est plus là pour voir une telle catastrophe. Elle m'avait mis en garde contre ton obstination. Elle m'avait prévenu que j'aurais sans doute à te protéger de toi-même. Mais j'ai failli à la mission qu'elle m'avait confiée. Depuis sa mort, je t'ai laissée faire tes quatre volontés. Quand tu pleurais, j'étais au bord de fondre en larmes moi-même. Quand tu boudais, je cédais à tes caprices. Et voilà où ma faiblesse nous a conduits.

La jeune fille était désemparée par la véhémence de son père. Elle le tira par la manche, espérant ranimer leur complicité habituelle.

— Mais non, père. Allons trouver ensemble ce sire de Montfort, nous lui expliquerons. Il a l'air d'un homme raisonnable...

Elle-même n'arrivait pas à s'en convaincre. Cet « homme raisonnable » l'avait pourchassée dans le jardin, l'épée à la main, l'avait accusée d'être une sorcière, avant de l'embrasser avec une telle ardeur qu'elle en frissonnait encore.

— S'il est trop en colère, vous pourriez l'enfermer dans le donjon pour qu'il se calme ?

— Quelle bonne idée ! tonna son père en se dégageant. Allons donc expliquer à ce Montfort comment ta fine plaisanterie nous a ridiculisés, toi et moi. Nous lui dirons également que je compte manquer à ma parole d'accorder ta main au vainqueur du tournoi, et que je m'apprête à déshonorer le nom de Tewksbury ! Et s'il décide de te prendre de force et d'assiéger le château, que ferons-nous ? Souhaitera-t-il encore t'épouser, ou cherchera-t-il à te punir pour l'avoir dupé ?

— Je ne voulais faire de mal à personne, balbutia Holly.

À sa grande honte, elle était bien obligée d'admettre que son père avait raison.

— Tu voulais simplement n'en faire qu'à ta tête, sans songer aux conséquences. Mais tu viens de sceller ton destin. Tu deviendras l'épouse du Gallois, ainsi que je m'y suis engagé. Tu aurais pu avoir le compagnon de ton choix, qui t'aurait adorée, qui aurait baisé l'ourlet de ta robe...

Si Holly avait pu articuler une parole, elle aurait rétorqué que ce n'était pas de cette façon qu'elle imaginait son avenir. Elle savait bien que seules ses qualités les plus superficielles lui valaient les hommages masculins. Or jamais elle ne pourrait donner son cœur à un homme assez stupide pour l'adorer béatement. Cependant elle devinait que son père n'en supporterait pas davantage, aussi préféra-t-elle l'abandonner à son amertume.

Après le départ de sa fille, Bernard de Chastel s'autorisa ce qu'il n'avait jamais osé depuis treize ans que sa femme était morte. Il montra le poing, non pas à l'effigie de son épouse chérie, mais aux cieux indifférents.

— J'ai fait de mon mieux, Félicia. Maintenant, c'est à toi de veiller sur elle !

En quittant la chapelle, Holly chercha refuge au jardin. Le mariage devait avoir lieu l'après-midi même, et elle craignait d'être ensuite bannie à jamais de ce lieu.

Le calme de cette journée printanière contrastait avec le tumulte qui l'agitait. Un bourdon voletait au-dessus des primevères, les papillons multicolores butinaient les violettes et les héliotropes, l'air embaumait le jasmin.

Hélas, le soleil ne parvenait pas à la réchauffer. Ce qui l'affectait surtout, plus que la diatribe de son père, c'était la répulsion qu'elle avait lue dans son regard. Il la rejetait, non pas à cause de son apparence physique, mais de sa conduite, de son caractère.

Elle effleura les cordes de la balançoire. Elle commençait à comprendre qu'il ne changerait pas d'avis. Il accorderait sa main, quoi qu'il arrive, au géant gallois.

Au pied du banc, l'herbe gardait encore l'empreinte du corps du chevalier. Elle se remémora comment ce colosse gisant de tout son long, les bras en croix, avait semblé vulnérable. Au souvenir du baiser qu'ils avaient échangé, si doux et passionné, Holly toucha du bout des doigts ses lèvres tremblantes. Pourtant ce baiser ne lui était pas destiné, il était pour une autre.

Repoussant cette pensée désagréable, elle ferma les yeux.

Tout à coup, elle sentit une main se plaquer sur sa bouche, tandis qu'une poigne de fer enserrait sa taille.

Holly pensa tout d'abord que Montfort avait deviné sa tricherie et lancé ses soudards à l'assaut du château. Ils allaient s'emparer d'elle et de Tewksbury tout entier.

Elle fut partagée entre le soulagement et le dégoût en reconnaissant la voix ironique qui murmurait à son oreille :

— Vous avez réussi, petite futée. Toutefois, je parierais que votre plan ne s'est pas déroulé comme vous l'aviez prévu.

La jeune fille pouvait admettre que son père lui fasse la morale, mais pas Eugène de Legget. Elle lui assena un violent coup de talon dans le tibia qui manqua lui faire perdre l'équilibre.

Elle se retourna. Jamais il n'aurait osé poser la main sur elle dans le passé, mais à présent il n'avait plus rien à perdre, sa félonie l'avait déshonoré à jamais. Il portait sur son visage les marques de sa défaite. Cependant, dans ses yeux brillait toujours la même fureur. Holly fut submergée par le mépris.

Elle plongea dans une profonde révérence. La couronne de fleurs lui tomba sur les yeux.

— Vous désiriez admirer ma beauté une dernière fois, messire ? Vous avez amené votre ménestrel pour chanter ma chevelure luxuriante et mes dents pareilles à des perles ? persifla-t-elle avec son sourire noirci au brou de noix.

Il la détailla des pieds à la tête, s'attardant sur ses hanches rebondies et sa poitrine comprimée.

— Montfort n'a sans doute pas l'imagination nécessaire pour deviner quels trésors cache cet accoutrement ridicule, mais moi, si. J'aurais dû vous prendre dès le jour où je vous ai vue, poursuivit-il avec passion. Si j'avais enlevé sa fille adorée, votre père aurait été obligé de m'accorder votre main. Maintenant, je suis obligé d'attendre que vous soyez débarrassée de ce sauvage.

— Vous n'allez donc pas clamer la vérité à la ronde ? s'enquit-elle, sincèrement étonnée.

— J'ai bien eu la tentation de révéler quelle menteuse vous faites, mais j'ai pensé qu'épouser ce Gallois serait une punition bien plus rude. Quand vous aurez tâté d'une bête fauve comme Montfort, vous serez toute disposée à accueillir un homme, un vrai, entre vos jolies cuisses. Adieu, ma dame, ou plutôt au revoir !

Il salua Holly cérémonieusement et s'éloigna aussi dignement que le lui permettaient ses blessures.

Quand vous aurez tâté d'une bête fauve comme Montfort.

Holly n'avait jamais réfléchi à l'intimité du mariage. À vrai dire, elle n'avait que de vagues notions de la relation qui liait une femme à son mari. Le peu qu'elle savait, elle le tenait de Nathanaël, qui n'avait pas grande expérience en la matière.

— Nathanaël !

Elle leva les yeux vers les fenêtres de ses appartements. Elle avait complètement oublié le chapelain, enfermé dans la garde-robe. On le chercherait bientôt partout pour célébrer le mariage, à condition qu'il n'ait pas étouffé dans ce réduit.

Elle s'élança et monta les escaliers quatre à quatre. Si jamais la science infaillible de Nathanaël pouvait être utile, c'était bien en ce moment !

Holly tapotait les joues livides du chapelain pendant qu'Elspeth lui aspergeait le visage d'eau fraîche. Lorsqu'elles l'avaient tiré de la penderie, tout congestionné, et qu'il avait découvert son élève défigurée, le prêtre s'était évanoui pour de bon.

Tandis qu'il reprenait ses esprits, elle lui avait expliqué son complot. Malheureusement, ce récit l'avait fait défaillir à nouveau.

Les tapes de Holly ne paraissaient pas produire beaucoup d'effet.

— Il faut peut-être davantage d'eau ? suggéra-t-elle à Elspeth.

Celle-ci opina et éclaboussa carrément Nathanaël. Malgré son inquiétude, la gouvernante ne pouvait dissimuler sa satisfaction. Elle avait toujours trouvé le chapelain imbu de sa personne, et s'était maintes fois disputée avec lui sur l'éducation qui convenait à sa maîtresse.

Ce baptême plutôt brutal réveilla Nathanaël, qui se dressa sur son séant, toussant et crachant. Il repoussa la main que Holly lui tendait, se leva d'un bond et se lança dans une tirade véhémente, comme si ce moment d'indisposition n'avait fait qu'aiguiser sa fureur.

— Quel péché ai-je commis pour mériter une telle punition ? se lamenta-t-il, arpentant la pièce en piétinant les mèches massacrées de Holly. Un joyau ! J'avais ciselé un joyau inestimable, et un sauvage inculte va l'emporter ! J'avais élevé une fiancée digne d'un roi, et elle va tomber entre des mains mercenaires ! Sans doute Dieu a-t-il été jaloux d'une telle perfection. Il a voulu dans son infinie sagesse me punir d'avoir usurpé son rôle de Créateur. Vous m'avez châtié, mon Dieu ! Vous m'avez rappelé à plus d'humilité !

Il s'affala sur un coffre et enfouit la tête dans ses mains.

Holly échangea un coup d'œil perplexe avec Elspeth. À entendre les reproches incessants du chapelain, elles n'auraient jamais deviné qu'il appréciait autant son élève, et encore moins qu'elle incarnait à ses yeux « la perfection ».

— Nathanaël ?

— *Frère* Nathanaël, s'il vous plaît, corrigea-t-il en la détaillant attentivement, toute son agressivité retrouvée. Comment avez-vous atteint une telle laideur ?

— Ça n'a pas été difficile, répliqua Holly en tournant fièrement sur elle-même. Nous avons éliminé toutes les qualités que louaient mes soupirants : mes tresses d'ébène, mes cils, mes seins...

— Au moins, vous n'avez rien perdu de votre esprit. Et comment comptez-vous garder votre déguisement lorsque votre mari entrera dans votre lit ?

— C'est pour ça que j'ai besoin de vos conseils, avoua-t-elle timidement. Je n'ai plus de mère, et je ne sais pas trop ce qu'on attend de moi.

Ce fut au tour d'Elspeth et de Nathanaël, réunis par leur ignorance commune, d'échanger un regard perplexe. Holly comprit sa bévue : elle interrogeait sur les réalités de la vie conjugale une vieille fille et un chapelain voué à la chasteté.

Mais Nathanaël savait tout, se dit-elle pour se rassurer. Il avait tellement étudié qu'il en savait presque autant que Dieu lui-même. Il le lui avait répété des centaines de fois.

Et cette fois encore, elle ne fut pas déçue. Trônant sur son coffre comme s'il présidait le Jugement dernier, il expliqua d'un ton docte :

— Votre seul devoir, mon enfant, sera d'obéir à votre mari.

— Voilà, il faudra lui obéir, approuva Elspeth.

— Dieu a doté l'homme d'un instrument divin, d'une lance puissante, d'une arme sacrée.

Holly écarquilla les yeux au souvenir de la lance que lui avait tendue le chevalier pendant le tournoi.

— Voilà, c'est ça, renchérit la gouvernante. Il l'enfoncera en vous, et il vous fera saigner. Vous saignerez beaucoup, mais vous y prendrez du plaisir.

Holly se sentit défaillir. Malheureusement, il ne restait plus une goutte d'eau dans le broc. Elle en aurait pourtant eu besoin.

— Taisez-vous, bonne femme, intima Nathanaël à une Elspeth outrée. Elle n'y trouvera aucun plaisir ! La femme doit souffrir pour expier le péché qu'elle a commis dans le jardin.

Comment savait-il ce qui s'était passé dans le jardin ? se demanda Holly. Comment savait-il qu'elle s'était abandonnée sans la moindre résistance au baiser du chevalier ?

— Si elle n'avait pas accepté la pomme offerte par le serpent, l'humanité serait encore en état de grâce.

Holly fut soulagée en comprenant que Nathanaël parlait du péché commis par Ève, et non du sien.

— Il faut en passer par là, mon enfant, déclara la gouvernante. Sinon il ne pourra pas vous mettre son bébé dans le ventre.

L'horreur de Holly s'accrut encore. Un bébé ! Un bébé qui l'attacherait à jamais à ce Gallois ! Elle frissonna à la vision d'une portée de marmots aux cheveux embroussaillés, réclamant leur pitance avec avidité. Quel dieu impitoyable pouvait bien lui infliger un tel châtiment ?

Elle voulait bien payer pour ses péchés, se dit-elle en arpentant la pièce comme Nathanaël, mais il n'était pas question de payer pour ceux d'une lointaine aïeule qui avait eu la malencontreuse idée d'écouter un serpent !

Elle se tourna vers le chapelain et la gouvernante.

— Je vais épouser ce Gallois. De toute façon, je n'ai pas le choix. Mais je n'ai aucune intention d'avoir avec lui des relations conjugales. Il me faut à tout prix rester tellement repoussante que ce Montfort ne puisse pas me regarder, encore moins dormir avec moi.

— Il est encore temps de fuir, souffla Carey en suivant la servante qui les guidait dans l'enceinte du château. Nous ne sommes pas obligés de retourner à Montfort. Nous pouvons partir à l'aventure, tous les deux. Il y a suffisamment de seigneurs qui ne demandent qu'à vider leur bourse pour deux vaillants guerriers comme nous.

— Tu as des remords ? rétorqua Austyn. C'est toi qui m'as persuadé de demander la main de cette fille. Tu prétendais qu'épouser cette lady Ivy était le meilleur moyen de rompre la malédiction.

— Lady Holly, corrigea Carey machinalement. Mais franchement, se réveiller tous les matins à côté d'elle...

Il sombra dans un silence lugubre, et le sentiment qu'avait Austyn de marcher vers le gibet plutôt que vers l'autel s'accentua. Un gros nuage noir cacha le soleil, comme pour se mettre au diapason de son humeur. Une brise légère lui effleura le front. Il avait déjà, dans des moments semblables, senti à ses côtés la présence narquoise de la fée Rhiannon. Mais aujourd'hui, le vent ne lui apportait aucun écho de rire moqueur, et il était le seul à saisir l'ironie de la situation.

Carey avait peut-être raison. Ce mariage pouvait mettre fin à la malédiction qui pesait sur lui.

Cependant, étrangement, cette pensée ne le réconfortait pas.

Austyn suivit la vieille servante jusqu'à un mur couvert de lierre. La matrone écarta le rideau de verdure et découvrit une grille, qui devait être invisible la nuit. Il sourit tristement en pénétrant dans le jardin au désordre luxuriant. Ce lieu ne perdait rien de son charme à la lumière du jour.

— J'aurais cru qu'elle préférerait se marier le soir, dans l'obscurité, marmonna Carey.

— Tais-toi, lui ordonna son maître. Elle n'est pas responsable de sa laideur.

Heureusement, il n'y avait pas foule. Le père de Holly les attendait, avec un prêtre, devant le banc de marbre. Le comte de Tewksbury paraissait encore plus petit, comme s'il avait rétréci à la perspective de se séparer de sa fille.

Avec un regard nostalgique en direction de la balançoire, Austyn prit place au côté de sa fiancée. Les nuages se dissipèrent, et un rayon de soleil auréola la jeune fille. La tristesse d'Austyn se mua en effroi. Depuis la fin du tournoi, il caressait l'espoir d'avoir mal regardé sa fiancée. C'était effectivement le cas : elle était encore plus laide qu'il ne le pensait !

— Lady Ivy, balbutia-t-il.

— Holly, corrigea-t-elle gentiment.

Il retint un soupir de soulagement lorsqu'elle baissa la tête pour réciter timidement la formule sacramentelle.

Il ne pouvait détacher son regard des maigres touffes de cheveux qui se dressaient sur son crâne. Il mourait d'envie de les palper pour vérifier si elles avaient la même texture que la laine des moutons fraîchement tondus. On aurait pu penser qu'elle les aurait dissimulées sous une coiffe ou un voile, mais seule la couronne de campanules ornait sa tête. Les fleurs commençaient à se faner, comme si elle possédait le pouvoir de flétrir tout ce qu'elle touchait.

Austyn commençait à douter de sa faculté à engendrer un héritier avec une telle compagne.

Ses yeux se posèrent sur la balançoire. Il allait donner son nom à ce laideron, mais il aurait volontiers donné son âme pour épouser la mystérieuse créature entrevue la nuit dernière.

La voix du prêtre interrompit ses rêveries.

— Êtes-vous prêt à vous engager dans le sacrement du mariage, messire ?

— Oui, articula-t-il à contrecœur.

Il prononça mécaniquement la formule consacrée, jusqu'au plus solennel des engagements :

— Je te chérirai... de tout mon...

Le comte et le prêtre attendaient avec appréhension. Carey lui fit un petit signe d'encouragement.

Il s'éclaircit la gorge. Après tout, cette femme lui avait sauvé la vie. Elle l'avait alerté alors que tous étaient prêts à le laisser tuer par ce traître de Gaven.

— De tout mon...

Son hésitation lui faisait honte. S'il ne pouvait montrer d'affection à cette jeune fille, il devait au moins lui témoigner de la compassion. Des esprits malveillants avaient voulu se moquer d'elle en lui forgeant dans tout le pays une réputation de beauté sublime. Et ceux qui l'avaient habillée pour le mariage n'avaient pas remarqué que l'élégance de ses atours accentuait sa disgrâce. Sa robe pendait piteusement sur sa poitrine plate, boudinait ses hanches rebondies et ne flattait guère son teint rougeaud.

Comme le silence d'Austyn se prolongeait, elle leva enfin les yeux vers lui. Elle n'avait peut-être pas de cils, mais son regard était magnifique…

Envahi par une soudaine envie de la protéger, il lui prit la main avec douceur et plongea ses yeux dans les siens.

— Je te chérirai de toute mon âme et de tout mon cœur...

8

La promesse du chevalier, son geste tendre émurent Holly. Mais aussitôt le souvenir de leur rencontre, ici même, raviva ses inquiétudes. La veille, elle avait pu mesurer la force extraordinaire de ce corps athlétique. Après la description qu'Elspeth lui avait faite du devoir conjugal, elle doutait d'y survivre.

— Vous pouvez embrasser la mariée, dit Nathanaël, comme pour mettre la détermination du chevalier à l'épreuve.

Le chapelain esquissa un sourire narquois. À croire qu'il s'amusait ! pensa Holly en lui lançant un regard de dépit.

Austyn s'inclina et ferma les yeux bien avant de frôler le visage de sa jeune épouse.

Holly frémissait d'impatience.

Il m'arrivera peut-être encore d'accorder un baiser au premier venu, messire, mais vous pouvez être certain que vous, je ne vous embrasserai plus jamais !

Ses propres paroles lui revenaient en mémoire. Quelle ironie ! Elle serra les lèvres de peur de se trahir en répondant trop volontiers au baiser du chevalier.

Cette précaution se révéla inutile. Les lèvres de Montfort effleurèrent chastement son front.

Attribuant le feu qui lui montait aux joues aux orties avec lesquelles Nathanaël lui avait frotté le visage pour lui gâter le teint, elle ébaucha une révérence.

— Vous m'honorez beaucoup, messire.

— Nous sommes mari et femme, maintenant, rétorqua-t-il avec une gravité teintée de gentillesse. Vous pouvez m'appeler Austyn, et moi je vous appellerai Ivy.

— Si vous voulez... commença-t-elle tandis qu'il se détournait déjà pour discuter avec le comte. Mais vous persistez à vous tromper, je m'appelle Holly... bredouilla-t-elle, ahurie de se voir dédaignée pour la première fois de sa vie.

Holly fut consternée en apprenant que son mari voulait quitter Tewksbury sur l'heure. Elle avait espéré passer sa nuit de noces sous la protection de son père. Il n'aurait peut-être pas prêté grande attention à ses cris de détresse, mais au moins il les aurait entendus.

Austyn, lui, fut contrarié de découvrir que sa femme comptait emmener sa gouvernante et son chapelain. Il pouvait à la limite accepter la gouvernante, même si son épouse n'avait plus l'âge d'être escortée par un chaperon. En revanche, le prêtre... c'était une autre affaire. Même juché sur un humble baudet, il gardait une attitude hautaine des plus déplaisantes. Il n'y avait plus d'aumônier à Montfort depuis une vingtaine d'années, et Austyn ne s'en plaignait pas, bien au contraire. Les damnés n'avaient pas besoin de vaines promesses de miséricorde divine.

Tandis que Carey amenait leurs montures, sous le regard attentif du comte, la jeune mariée réclama une litière.

Austyn échangea un coup d'œil avec son écuyer. Le comte avait sans doute fait voyager sa fille dans une litière aux rideaux tirés pour lui éviter des remarques désobligeantes. Mais à présent qu'elle était son épouse, personne n'oserait se moquer d'elle, à moins de vouloir perdre la vie.

— Je crains que ce ne soit impossible, expliqua-t-il patiemment. Nous n'avons personne pour porter une litière, je suis seul avec mon écuyer.

Holly leva les yeux au ciel.

— Dans ce cas, comment comptez-vous me faire voyager ? demanda-t-elle en détachant les syllabes, comme si elle s'adressait à un enfant qui avait des difficultés à comprendre.

— À cheval, bien entendu, répondit-il sur le même ton.

Holly s'affola. Outre deux gigantesques destriers, Carey tenait par la bride quatre chevaux de bât, chargés de l'or de la dot. Elle pouvait difficilement expliquer que son père ne l'avait jamais laissée s'aventurer hors du domaine autrement que sous bonne escorte et dans une litière fermée, pour la soustraire aux regards d'éventuels ravisseurs. Elle avait compté sur l'intimité d'une litière pour défaire un moment les bandes qui lui comprimaient la poitrine et l'étouffaient.

Elle tourna vers son père un regard implorant. Mais l'air absent du comte lui signifia clairement qu'elle n'avait aucune aide à attendre de ce côté.

— Je ne sais pas monter à cheval, dit-elle avec dédain.

— Alors vous monterez avec moi, rétorqua Montfort, les bras croisés.

— C'est une bonne occasion d'apprendre, ce ne doit pas être sorcier, décréta-t-elle en se dirigeant d'un pas décidé vers l'un des chevaux de bât.

Elle préférait encore tenter l'expérience plutôt que de passer des heures serrée contre le torse de son mari, sentir son souffle sur sa nuque ou pire encore, si elle montait derrière lui, d'être obligée de l'enlacer. Cette promiscuité risquait de mettre en péril le personnage de laideron qu'elle avait créé.

Elle fixa son choix sur le plus petit des chevaux. Comparé au destrier piaffant de Montfort, il paraissait minuscule, mais à mesure qu'elle s'en approchait, il lui semblait grandir de façon alarmante.

Elle s'avança, la main tendue, regrettant de ne pas avoir une pomme ou une carotte à lui offrir.

— Viens là, mon joli, roucoula-t-elle.

Elle saisit les rênes, le cheval recula en hennissant. Holly sursauta, se prit les pieds dans ses jupes et trébucha, sans toutefois lâcher prise.

Elle parvint à attraper le pommeau, tenta de se hisser en selle, mais le cheval se cabra et la jeta à terre. Tout en se félicitant d'avoir aussi bien rembourré ses vêtements, elle se remit debout et s'épousseta.

Les mâchoires crispées, elle s'approcha derechef. En ce monde, aucune créature mâle ne lui avait jamais résisté, et il n'y avait pas de raison que ce ridicule petit cheval soit le premier à ne pas céder à sa volonté. Elle agrippa le pommeau et, prestement, se lança sur le dos de l'animal avant qu'il ne s'avise de se dérober.

Mais il ne bougea pas. Et Holly se retrouva couchée en travers de sa monture, avec une vue imprenable sur son ventre. Elle comprenait maintenant pourquoi son charme restait sans effet. C'était une jument – une fille qui, comme elle, n'en faisait qu'à sa tête. Elle eut juste le temps de rattraper la couronne de campanules avant que les fleurs ne soient piétinées sous les sabots.

Soudain, deux mains vigoureuses la saisirent par la taille pour l'asseoir en selle. Elle retint sa respiration tandis qu'Austyn s'attardait sur sa taille de guêpe.

— Vous êtes bien plus légère qu'il n'y paraît, ma dame. Aussi légère qu'une plume, remarqua-t-il sans masquer son étonnement.

Holly se dégagea avec tant de hâte qu'elle faillit glisser de l'autre côté de sa monture. Elle s'accrocha au pommeau, s'efforça de garder son calme.

— C'est votre force surhumaine qui vous donne cette impression, messire.

Montfort ne semblait pas entièrement convaincu, mais il se contenta de cette explication.

Holly se maintenait bien droite sur sa selle en observant les valets qui chargeaient ses bagages sur les autres chevaux. Elle emportait uniquement les robes qu'Elspeth avait eu le temps de retoucher. Si elle voulait repousser son mari, quel besoin aurait-elle de résilles d'or pour orner son front, de ceintures brodées pour souligner la finesse de sa taille, de peignes d'ivoire pour dompter sa chevelure, ou de broches d'améthyste pour rehausser le violet de ses prunelles ?

Elle avait quand même sacrifié à la coquetterie en roulant dans un bas un flacon d'essence de myrrhe, et avait pris le petit miroir ciselé que sa mère lui avait offert pour son cinquième anniversaire.

Le regret d'abandonner ses trésors céda la place à un chagrin bien plus profond lorsque son père la rejoignit pour lui faire ses adieux.

— Ne compte pas uniquement sur ton déguisement pour le tenir loin de toi, sois simplement toi-même, lui chuchota-t-il à l'oreille.

Après ce conseil sibyllin, il assena une grande claque sur l'arrière-train de la jument, qui partit au trot. Holly n'eut que le temps de se cramponner pour ne pas tomber. Par-dessus son épaule, elle jeta un regard plein de nostalgie à son père qui agitait la main.

Elle aurait donné n'importe quoi pour savoir si c'étaient des larmes qui faisaient briller les yeux du comte… ou une lueur de malice.

Holly contemplait le dos de son époux. Elle enviait son aisance à cheval. Il n'était pas secoué comme un sac de noix, son corps épousait avec grâce les mouvements de sa monture comme s'ils ne formaient qu'un seul être. Nathanaël lui avait parlé des centaures de l'Antiquité, mais ses souvenirs étaient flous. Étaient-ce les centaures ou les satyres qui enlevaient les nymphes ?

Elle s'assura que personne ne l'observait, et glissa prudemment une jambe de l'autre côté de la selle pour s'asseoir à califourchon. Nul ne sembla s'apercevoir qu'elle avait changé de position, en tout cas elle n'entendit pas de commentaires.

Tous en effet semblaient éviter son regard. Elle avait tellement l'habitude d'être contemplée, admirée, épiée même, qu'elle éprouvait une étrange sensation de liberté. Elspeth se tenait raide comme un piquet, persuadée que le Gallois leur couperait la tête et abandonnerait leurs cadavres dans la forêt s'il découvrait leur ruse.

Seul Nathanaël lui lançait des coups d'œil furtifs en se tapotant le menton pour lui rappeler de lever la tête afin d'exposer son visage aux rayons du soleil. Il lui avait assuré que, pour tous les hommes, une peau hâlée était répugnante, et Holly suivait consciencieusement ses conseils. Elle était prête à tout pour ne plus avoir à se frictionner la figure avec des orties !

La lune se leva peu à peu. La jeune fille était épuisée. Ses reins, son dos la faisaient souffrir, sa poitrine comprimée l'élançait à chaque pas de sa jument. Pourtant, Montfort ne paraissait pas résolu à chercher un campement pour la nuit. Elle ne parvenait plus à garder les yeux ouverts et s'assoupit à demi sur sa selle, sans se soucier de son apparence ou du risque de se rompre les os.

Montfort et son compagnon avaient ralenti l'allure, et le cheval de Holly était maintenant à la hauteur de leurs destriers. Dans un brouillard, elle entendit Carey interroger son maître.

— Enfin, Austyn, on ne va quand même pas galoper toute la nuit ?

La réponse de Montfort fut inaudible.

— Vous n'avez qu'à retrousser ses jupes et en finir, reprit l'écuyer. Toutes les femmes se ressemblent dans l'obscurité.

Cette remarque aurait dû affoler Holly, mais elle était trop éreintée pour ressentir la moindre émotion.

— C'est là que tu te trompes. Il y a au moins une femme que je reconnaîtrais entre mille, même si j'étais aveugle.

L'ardeur qui vibrait dans la voix de son époux emplit Holly de tristesse. Son père avait fait d'elle un ravissant bibelot, incapable d'inspirer une telle passion à un homme.

Tout en sombrant dans un sommeil agité, elle fut transpercée par une pointe de jalousie envers la femme qui avait su s'attacher le cœur volage d'Austyn de Montfort.

Austyn regarda son épouse endormie avec un mélange d'admiration et de culpabilité. Depuis bientôt une demi-heure, le cheval broutait sous les arbres, et elle dormait toujours sur sa selle, sa couronne de fleurs lui tombant sur le nez.

Elle lui avait bien dit qu'elle ne savait pas monter à cheval, mais elle avait enduré sans rechigner le périple épuisant qu'il avait imposé.

Il détacha des rênes ses doigts crispés. Ce n'était peut-être pas sa volonté qui l'avait maintenue en selle, mais la peur, se dit-il avec tristesse. Peut-être redoutait-elle autant que lui le moment où ils se retrouveraient seuls tous les deux. Enfin... ils n'avaient plus le choix, à présent. Pendant qu'Austyn s'occupait des chevaux, Carey avait dressé la tente sous un bouquet de pins et installé à bonne distance un deuxième campement pour lui, la gouvernante et le prêtre.

Austyn souleva son épouse et constata, avec un brin d'amusement, qu'en chemin elle avait préféré s'asseoir à califourchon. Une telle initiative révélait de la sagesse et de la détermination. Son laideron de femme possédait peut-être des qualités insoupçonnées. Or, Dieu le savait, les habitants de Montfort avaient besoin qu'un peu de bon sens et de jugeote tempère leurs maudites superstitions !

Il la prit dans scs bras, s'étonnant encore une fois qu'elle soit si légère. L'ampleur de ses hanches et de son derrière était décidément trompeuse. Tandis qu'il se dirigeait vers la tente, elle enfouit le visage dans son cou, et il se sentit à nouveau envahi par cet étrange désir de la protéger et de la défendre, tout simplement parce qu'elle était sienne.

Il resserrait son étreinte d'un geste possessif quand le chapelain surgit des buissons et lui barra le passage.

— Bonsoir, messire. Je viens réciter avec ma maîtresse les prières du soir. C'est un rituel auquel elle tient beaucoup, expliqua-t-il avec un regard dédaigneux.

Austyn n'était pas homme à s'en laisser conter par un prêtre. Il désigna son fragile fardeau, tout en poursuivant son chemin.

— Comme vous le voyez, votre maîtresse va pour le mieux. À partir d'aujourd'hui, considérez que vous n'avez plus de souci à vous faire. Je suis son époux et, le soir, je satisferai à tous ses besoins.

Austyn pénétra dans la tente. Une torche dispensait une faible lumière, et laissait pudiquement dans l'ombre la couche d'aiguilles de pin recouverte d'une étoffe cramoisie. Il se dit que son écuyer avait peut-être pris cette précaution pour lui épargner le spectacle de la nudité de son épouse.

Il se pencha pour déposer Holly sur la couche, et constata que son ami s'était même donné la peine de parsemer la soierie de pétales de fleurs, dont l'arôme entêtant l'étourdit. Il n'avait pas connu un instant de repos depuis qu'il avait, bien malgré lui, abandonné son cœur à la mystérieuse beauté du jardin.

Si c'était celle-ci qu'il avait épousée, leur tente aurait été jusqu'à l'aube le berceau de délices enchanteurs. Il l'aurait comblée de caresses. Il aurait paré de ces pétales de fleurs le corps nu de sa dame, tout luisant de sueur, il aurait savouré le parfum exquis de sa chair.

Il l'aurait bâillonnée de sa bouche pour étouffer ses gémissements de plaisir, aurait cueilli sa virginité et arraché à ses lèvres pulpeuses un serment qu'aucun autre homme...

Le souvenir de Rhiannon ramena Austyn sur terre. La malédiction qui pesait sur lui l'aurait fatalement conduit à sa perte. Il ne pouvait pas s'affranchir de la jalousie qui rongeait son âme.

Comme si elle avait perçu la violence qui le submergeait, son épouse frémit contre lui.

Il l'étendit sur la soie cramoisie, et elle laissa échapper un soupir satisfait. Austyn se pencha davantage. Elle avait les dents gâtées, comment se débrouillait-elle pour garder une haleine aussi suave ?

Elle semblait totalement sans défense, avec ses cils clairsemés, ses ongles rongés et ses petits poings serrés comme pour se battre contre un ennemi invisible. Il tendit vers ses cheveux une main hésitante.

— C'est ta femme. Tu as parfaitement le droit de la toucher, espèce d'idiot, marmonna-t-il.

Il passa les doigts sur le crâne tondu et constata avec stupéfaction que ses cheveux avaient la douceur du duvet des oisillons. Ravi de sa découverte, il caressa entre le pouce et l'index une des courtes mèches ébouriffées.

Une plainte étranglée le fit tressaillir. Baissant les yeux, il croisa le regard effaré de son épouse, tremblante comme une biche prise au piège.

9

Holly savait que son mari était un homme dangereux, mais, avant de surprendre son sourire de loup, elle n'avait pas tout à fait mesuré à quel point. Un plaisir gourmand, presque enfantin, se lisait sur son visage. L'envie de le toucher la saisit soudain. Elle brûlait de goûter ses lèvres.

Le sourire d'Austyn s'évanouit quand leurs regards s'accrochèrent l'un à l'autre. Il parut aussi troublé qu'elle. Il l'attrapa par les épaules, cette fois sans aucune douceur.

Holly crut que sa ruse avait fait long feu. Elle ferma les yeux, craignant le pire.

— Avez-vous une sœur ?

— Non, répondit-elle, déroutée.

— Une cousine ? une tante ? Avez-vous une parente qui a les mêmes yeux que vous ?

— Une tante ? une cousine ? répéta Holly, encore engourdie.

Il lui fallut un moment pour comprendre qu'Austyn cherchait l'identité de celle qui avait dérangé son rendez-vous nocturne.

— Oui, bien sûr. J'ai des dizaines de cousines et de tantes. J'ai aussi des nièces, et elles ont toutes les yeux violets. C'est très répandu dans notre famille.

— Je n'ai pourtant vu aucune femme aux prunelles violettes pendant le tournoi, insista-t-il.

— L'or de mon père vous avait sans doute aveuglé, rétorqua-t-elle, irritée.

— Peut-être.

Il se redressa, ce qui fit paraître encore plus étriqué l'espace de la tente. Holly ramena les genoux contre sa poitrine et, machinalement, chercha une boucle de ses cheveux à triturer – une vieille manie – avant de se souvenir qu'elles étaient toutes restées sur le sol de sa chambre à Tewksbury. Elle passa les doigts sur son crâne tondu. Avait-elle rêvé, ou Montfort était-il en train de lui caresser les cheveux quand elle s'était réveillée ?

Elle baissa les yeux, de peur que leur expression ne la trahisse plus sûrement que leur couleur lavande.

Austyn demeurait immobile, embarrassé par la timidité de son épouse. Éveillée, elle semblait encore plus désarmée que dans son sommeil. Elle serrait les bras autour de ses genoux, comme pour s'abriter derrière un rempart. Il se demanda quelle sorte de père était le comte de Chastel, qui livrait sa fille unique à un inconnu. Un homme qui n'hésiterait pas à abattre ses fragiles défenses, « à retrousser ses jupes et à en finir », comme l'avait brutalement suggéré Carey.

Il fut tenté un instant de museler ses scrupules. Après tout, ils étaient mari et femme. Faute de mieux, elle pourrait apaiser le feu qui le consumait. Peut-être qu'en fermant les paupières, il finirait par se persuader que...

Austyn s'était cru libéré de tous ses fantômes, mais celui de la femme du jardin s'obstinait à le hanter. Ses doigts se souvenaient de sa chevelure soyeuse, ses narines de l'envoûtant parfum de myrrhe qui imprégnait sa peau laiteuse, ses lèvres de la douceur divine de sa bouche.

Un grognement lui échappa.

Holly releva la tête en l'entendant. Les paupières closes, son époux semblait en proie à une étrange douleur.

Elle le tira par la manche et osa, pour la première fois, l'appeler par son prénom.

— Sir Austyn ? Vous ne vous sentez pas bien ? Votre blessure vous fait souffrir ?

Il se redressa de toute sa taille, masquant la lumière de la torche. Holly se dit avec amertume que l'obscurité était son alliée autant que son ennemie. Quand il lui écarterait les jambes pour la posséder, il ne remarquerait pas le rembourrage cousu sous sa jupe, mais il ne verrait pas non plus ses larmes de désespoir.

Elle renonça à implorer un peu de tendresse et de patience. S'il jugulait sa hâte par des baisers et des caresses, ses mains découvriraient le mensonge de Holly et lui infligeraient un châtiment brutal. Elle n'avait qu'une solution : attendre en tremblant qu'il s'abatte sur elle comme un fauve affamé sur un quartier de venaison.

— Notre union manque de sincérité, ma dame.

Elle faillit pleurer de soulagement tant il s'exprimait calmement, mais fut aussitôt paniquée en saisissant le sens de ses paroles. Il avait tout deviné !

Elle se jeta à ses genoux et s'agrippa à lui, suppliante.

— Je n'ai jamais eu l'intention de vous tromper, messire, jamais, débita-t-elle précipitamment. Seulement... un petit mensonge en entraîne un autre, et j'ai fini par ne plus m'y retrouver moi-même. Punissez-moi si vous voulez, mais épargnez Nathanaël et Elspeth. Il est vrai qu'une bonne raclée ne ferait pas de mal à cet orgueilleux de Nathanaël, mais Elspeth est trop faible pour supporter des coups.

Austyn essaya de se dégager, en vain. Son épouse s'accrochait à lui avec tant de force qu'il craignit de lui faire mal.

— Qu'est-ce que c'est que ces sornettes ?

Mentalement, il ajouta à la liste des qualités et défauts de sa femme l'entêtement et la propension à raconter n'importe quoi.

— J'ai dit une sottise ? bredouilla-t-elle, toujours à genoux.

— En quantité. Croyez-vous honnêtement que battre les prêtres et les vieilles femmes figure au nombre de mes péchés ?

— Mes péchés ? répéta-t-elle tel un perroquet, perdue. Oh ! Vous parlez de *vos* péchés !

Elle sourit, et Austyn se dit qu'elle avait l'esprit un peu dérangé.

— Et quel péché voulez-vous expier ce soir, messire ? Laissez-moi deviner. Je ne vous intéressais pas vraiment. C'est ma dot que vous convoitiez. Comme tous mes autres prétendants, ajouta-t-elle avec un éclat de rire qui médusa Austyn.

— Si ce n'était que cela ! soupira-t-il en rabattant le pan de toile qui fermait la tente.

— Quel crime impardonnable avez-vous donc commis ? interrogea Holly avec appréhension.

— Je vous ai juré fidélité alors que mon cœur appartenait à une autre, avoua-t-il.

— Vous ne connaissez sans doute pas très bien les règles de l'amour courtois, messire, répliqua-t-elle avec un rire qui, cette fois, sonnait faux. Il n'est pas d'usage d'être amoureux de son épouse. Si vous aviez convolé avec votre bien-aimée, quel plaisir trouveriez-vous à nouer ses rubans au bout de votre lance pour un tournoi ? Ou à composer un poème pour chanter la pureté de vos sentiments ?

Elle n'osait expliquer combien d'hommes mariés lui avaient juré un éternel amour, et comment elle les avait repoussés.

Austyn tira quelque chose de sous ses vêtements, avec une expression si mélancolique que la curiosité de Holly fut éveillée. Était-ce un gage de sa belle ? un précieux souvenir ? Ce barbare était donc sentimental au point de le porter sur son cœur ?

— Pardonnez-moi, ma dame, je ne peux pas devenir votre époux cette nuit. Je ne connais pas les mœurs des Anglais, mais je ne suis pas homme à coucher avec une femme quand mes pensées vont vers une autre.

— Même si cette femme vous appartient ? demanda étourdiment Holly.

Grands dieux, mais que disait-elle ? Elle avait l'air de l'encourager à la faire sienne !

Il rangea son trophée et planta dans les yeux de Holly un regard grave.

— *Surtout* dans ce cas !

Et, sur ces paroles énigmatiques, il sortit.

Demeurée seule, Holly se laissa retomber sur la couche, en proie à des émotions contradictoires. Le départ d'Austyn aurait dû la soulager, cependant une étrange frustration la tenaillait. Elle avait redouté d'être découverte, et s'apercevait que son mari aussi avait un secret. Son aveu, sa sincérité ne faisaient qu'accroître les remords qu'elle éprouvait.

Elle s'allongea sur le ventre, mais la fraîcheur de la soie ne suffit pas à calmer les piqûres d'orties qui enflammaient son visage. Craignant que son époux n'étouffe ses scrupules et revienne, elle n'osa pas se déshabiller et dormir nue, comme à son habitude. Elle jeta rageusement au loin les pétales de fleurs qui lui chatouillaient le nez.

Apparemment, le cœur de son mari était habité par l'image d'une autre, tout comme le baiser passionné qu'ils avaient échangé dans le jardin ne lui était pas destiné. Une angoisse inconnue lui noua la gorge. Depuis son plus jeune âge, d'un simple battement de cils, elle avait toujours conquis la terre entière et traîné une meute d'adorateurs dans son sillage.

Ce brusque revirement de situation la désarçonnait, elle se sentait perdue.

10

— Elspeth !

Austyn, qui dormait dehors, se réveilla en sursaut, se redressa d'un bond et dégaina son épée, prêt à défendre le campement contre une bande d'Anglais sanguinaires ou tout autre monstre capable d'émettre un hurlement aussi strident.

— Elspeth !

Il laissa retomber son épée en comprenant que le cri venait de la tente. Il ne s'agissait pas d'une goule assoiffée de sang, mais de sa femme qui appelait sa gouvernante.

Carey surgit d'un bouquet de pins en bandant son arc, suivi du prêtre qui brandissait un crucifix.

— Du calme, Carey. Ce ne sont pas les Anglais qui attaquent, dit Austyn en abaissant la flèche de son écuyer.

— Je pensais plutôt à une horde de chiens enragés.

— J'ai cru que c'était un démon, renchérit le prêtre en scrutant les fourrés avec appréhension.

— Elspeth !

Ils ne purent s'empêcher de tressaillir – le hurlement aurait écorché le tympan le moins délicat.

Carey recula avec une exclamation apeurée en entrevoyant l'épouse de son maître qui passait la tête par la porte de la tente.

— Auriez-vous l'amabilité d'appeler ma gouvernante, messire ? demanda-t-elle suavement, comme si elle ne leur avait pas donné la chair de poule à tous. J'ai besoin de son aide pour m'habiller.

— Mais... avec plaisir, ma dame, grinça Austyn.

Ce ne fut cependant pas nécessaire. La gouvernante arrivait, dissimulant un paquet, sans doute des vêtements propres. À la vue d'Austyn qui se dressait devant la tente, la main sur la garde de son épée, elle eut un couinement de souris effarouchée.

— Puis-je passer, messire, si cela ne vous dérange pas ? Il m'a semblé entendre la voix mélodieuse de ma maîtresse, déclara-t-elle en esquissant une révérence maladroite.

Un bras mince sortit de la tente et la tira à l'intérieur sans attendre la réponse.

Carey contempla tristement la tente. Son maître n'avait pas partagé avec sa femme le nid douillet qu'il leur avait préparé.

Holly s'étira en massant sa poitrine endolorie. Les premiers rayons de soleil qui filtraient à travers la tente caressaient son corps nu et lui donnaient envie de ronronner comme un chaton.

— Oh, Elspeth, gémit-elle, jamais je ne pourrai endurer cette torture une journée de plus.

Elle se serait volontiers engloutie de nouveau dans le sommeil, tant la chevauchée d'hier l'avait exténuée, mais elle préférait encore, pendant que sa gouvernante montait la garde, se prélasser et savourer ces quelques instants de liberté.

D'ailleurs, Elspeth la ramena immédiatement à la réalité en désignant le lit en désordre.

— S'il vous voit avec votre ventre de nymphe et vos seins généreux, je vous garantis que votre mari ne vous laissera plus dormir seule.

Comme s'il répondait à la simple mention de son nom, l'ombre imposante d'Austyn se profila de l'autre côté de la toile. Holly se recroquevilla, craintive. Son époux faisait les cent pas dehors depuis plus d'une heure, et lançait toutes les cinq minutes, d'un ton singulièrement peu amène, que le temps passait et qu'il fallait songer à se remettre en route.

À regret, la jeune fille dut se résoudre à mettre un terme à ce répit pourtant bien agréable. Elle tendit les bras et se laissa enrubanner la poitrine comme une momie. Ensuite, Elspeth plongea les doigts dans un pot de cendres qu'elle avait subtilisées dans les résidus du feu de camp et en frotta les cheveux de sa maîtresse pour ternir leur éclat. Elle tendit à Holly son miroir finement ciselé afin que celle-ci mette la touche finale à son déguisement en ombrant sa lèvre supérieure. La jeune fille espéra que tous ces subterfuges deviendraient inutiles, une fois que le soleil aurait tanné sa peau.

Une toux masculine résonna comme un coup de tonnerre. Elspeth sursauta et lâcha le miroir, qui heurta bruyamment le pot de cendres.

— Si vous souhaitez manger quelque chose pendant que nous replions la tente, ma dame, il faudrait terminer votre toilette rapidement, suggéra Austyn avec impatience.

— Vite, Elspeth, ma robe, chuchota Holly, craignant qu'il ne fasse irruption dans leur fragile forteresse ou ne l'abatte carrément sur elles.

Elle se hâta de rabaisser sa chemise sur ses hanches pendant qu'Elspeth lui enfilait sa robe. Elle se trémoussa dans la masse de tissu qui rembourrait la jupe, et répartit sur son buste aplati les plis du corsage trop grand. Le vêtement avait une chaude couleur abricot, qui en principe rehaussait sa peau de pêche. Avec un soupir nostalgique, elle arrangea la jupe sur ses hanches, et jeta un coup d'œil par-dessus son épaule pour vérifier le résultat.

— Ce n'est pas vraiment d'aplomb, ma dame, commenta Elspeth.

— Tant pis, ça fera l'affaire, rétorqua Holly en ramassant le miroir.

Pour l'instant, elle pensait davantage à assouvir sa faim qu'à peaufiner son déguisement. Son estomac criait famine ; en outre, elle se disait qu'en mangeant beaucoup, elle grossirait forcément et n'aurait plus besoin de rembourrer ses robes.

Elle s'étudia attentivement dans le miroir et remarqua, avec un pincement au cœur, qu'il s'était fendu en tombant. Une fêlure, fine comme un cheveu, partageait en deux le reflet de son visage.

L'ombre d'Austyn se dessina de nouveau derrière la porte. Holly posa le miroir et déposa une goutte de myrrhe au creux de sa gorge.

— J'arrive, messire ! Me voilà ! cria-t-elle avec une pointe d'ironie.

Lorsque son épouse émergea de la tente, Austyn réprima un mouvement de recul. L'éclat du soleil matinal était pour elle encore plus cruel que la lumière rasante de l'après-midi. Un sentiment de pitié tempéra son irritation d'avoir attendu si longtemps. Passer des heures à se pomponner et obtenir un si piètre résultat devait être pénible !

Il fut surpris de constater qu'au contraire, elle paraissait fort contente d'elle. Guillerette, même.

— Vous avez évoqué la possibilité de manger quelque chose, messire ? Je vous avoue que je suis affamée. Je commençais à me demander si vous comptiez me faire périr d'inanition.

— Bien sûr que non, mais il était si tard quand nous nous sommes arrêtés...

Austyn se sentait mal à l'aise et regrettait ses confidences de la veille. Il avait beaucoup hésité à confesser son secret, mais il avait craint de blesser son épouse en la laissant s'imaginer que seule sa laideur l'empêchait de la faire sienne.

L'air moqueur, elle tendit son petit museau, flairant avec gourmandise l'alléchant fumet de gibier rôti.

— Il n'est jamais trop tard pour satisfaire son appétit, messire.

Sur quoi elle releva légèrement ses jupes, découvrant des chevilles beaucoup trop délicates pour supporter un tel embonpoint, et trottina d'un pas alerte vers son déjeuner.

Austyn observa d'un air perplexe son déhanchement suggestif. Il était prêt à jurer qu'hier, c'était sur la hanche droite qu'elle avait cette vilaine bosse... Un parfum vint lui chatouiller les narines. Une fragrance subtile qui s'était gravée dans sa mémoire.

Non, *impossible*.

Manifestement, depuis qu'il avait entendu prononcer le nom dc Tewksbury, son bon sens coutumier l'avait abandonné.

Une demi-heure plus tard, Austyn commença à regretter sa prévenance. Adossé à un arbre, la mine renfrognée, il regardait Holly engloutir son repas. Elle s'était assise sur une souche, les genoux écartés pour récolter les miettes. Mais il n'y avait quasiment pas de miettes. Austyn comprenait à présent comment la graisse s'était collée à l'ossature si frêle de cette jeune femme.

Le lièvre que Carey avait tué et rôti à la broche n'était plus qu'un squelette. Austyn était fasciné par le spectacle que lui offrait Holly. Il se serait fait hacher menu plutôt que de l'admettre, cependant son épouse, même gloutonne, manifestait une élégance naturelle, une troublante sensualité. Elle dévorait avec une sorte d'indifférence blasée, comme si elle ne se rendait pas compte qu'elle était observée, ou comme si elle s'en moquait.

Un à un, elle se lécha méticuleusement les doigts.

— Je n'ai jamais vu une telle goinfrerie chez une femme, commenta Carey à voix basse, tandis qu'elle s'attaquait à un pâté en croûte.

— Pour un peu, elle mangerait mon cheval. Heureusement que nous arriverons à Montfort avant la nuit, sinon nous serions condamnés à marcher.

— Ou à finir dans son estomac !

Après tout, songeait Austyn à mesure que la journée avançait, être croqué par cette créature ne serait peut-être pas le pire des destins.

Au bout de quelques lieues, il se demandait si un mauvais génie n'avait pas durant la nuit métamorphosé l'épouse vaillante de la veille, qui endurait tout sans rechigner, en insupportable harpie.

Quand elle ne se plaignait pas d'être secouée par sa monture, elle geignait à cause de la chaleur accablante. Quand ce n'était pas la chaleur, elle voulait s'arrêter pour se restaurer, ou se désaltérer dans un torrent, ou encore s'isoler un moment dans les buissons. Et quand elle n'exprimait pas quelque exigence extravagante, elle pestait contre les ronces qui barraient le chemin, contre le terrain trop accidenté et, d'une manière plus générale, le caractère sauvage des paysages gallois.

Ses jérémiades continuelles n'agaçaient pas seulement Austyn, elles portaient sur les nerfs de tous leurs compagnons de voyage. Lorsqu'elle demanda pour la énième fois s'ils étaient encore loin de Montfort, et qu'il l'appela par inadvertance « Ivy », toute la troupe, y compris la gouvernante, le corrigea en chœur, aboyant :

— Holly !

Il ne réagit pas. Le parfum de myrrhe que lui apportait la brise excitait ses sens, et il n'était pas très à l'aise sur sa selle. Il avait chassé Rhiannon de sa vie, mais sans doute l'infâme sorcière avait-elle trouvé un moyen d'assouvir sa vengeance.

Carey amena sa monture à la hauteur de son destrier.

— C'est un vrai tyran. Je comprends pourquoi son père était si pressé de s'en débarrasser. Vous devriez retourner à Tewksbury et lui demander d'augmenter la dot.

— Ce n'est pas facile d'élever une fille. Le comte a sans doute cédé à tous ses caprices pour la consoler de sa laideur.

Austyn affichait une tranquillité et un optimisme qu'il était loin d'éprouver. Car il en était de plus en plus persuadé : il avait commis une erreur irréparable.

— Dommage que ses efforts n'aient pas donné de meilleurs résultats. Cette créature est un véritable petit monstre.

— Son tempérament s'adoucira peut-être avec le temps.

— Si vous ne l'avez pas étranglée avant ! Pardonnez-moi, Austyn, s'empressa d'ajouter Carey, remarquant le tressaillement de son maître. Je ne voulais pas dire...

— Ne t'excuse pas, le rassura Austyn en souriant. Tu sais bien qu'il faut plus que des criailleries pour pousser un Montfort au meurtre.

— Messire Austyn ? Messire Austyn, nous sommes encore loin ? Il est bientôt midi, je vais défaillir si nous ne déjeunons pas !

Austyn sursauta au son de cette voix grincheuse. Son sourire s'évanouit.

— J'ai peut-être parlé trop vite... marmonna-t-il.

À force de se trémousser, elle n'avait réussi qu'à entortiller davantage les linges qui rembourraient sa jupe et qui entravaient maintenant chacun de ses pas. Elle avait exposé son visage aux rayons du soleil, si bien que ses joues la cuisaient et que le moindre souffle de vent sur sa peau lui faisait l'effet d'une flamme.

Et elle avait tellement mangé que son ventre était pareil à un ballon. La nausée qui la tenaillait et ses nerfs à vif l'empêchaient de s'assoupir, de se détendre ne fût-ce qu'un instant.

Personne n'osait plus lui adresser la parole depuis que, après le déjeuner, Nathanaël l'avait rejointe, ses longues jambes battant les flancs de son baudet.

— Vous avez adopté une brillante stratégie, mon enfant. Rien de tel qu'une mégère pour rebuter un homme.

— Je ne vois vraiment pas de quoi vous parlez, avait rétorqué Holly de son air le plus insolent.

Malgré tous ses efforts, elle ne pouvait détacher son regard des larges épaules de son mari. Il avait fait preuve d'une patience angélique avec elle, mais elle craignait que cela ne dure pas éternellement, surtout s'il découvrait sa tricherie.

Comme ils pénétraient dans une forêt profonde, obscure, les paroles d'Elspeth lui revinrent en mémoire : elles allaient être assassinées par des bandits et abandonnées dans un taillis.

Elle avait beau chercher un dérivatif à ses sinistres méditations, la campagne galloise lui était aussi étrangère que la situation dans laquelle elle s'était mise. Des chênes centenaires, beaucoup plus grands que les ormes et les hêtres de Tewksbury, formaient une voûte au-dessus de leurs têtes. Leur épais feuillage laissait à peine passer la lumière du soleil. Un tapis de mousse et de fougères étouffait le bruit des sabots des chevaux.

Alors l'imagination déjà fertile de Holly se déchaîna. Ce chant rauque n'était pas celui d'un oiseau, mais le ricanement de sorcières qui l'épiaient. Le murmure d'une cascade sur les rochers devint le pipeau d'un satyre conduisant une jeune innocente à sa ruine. Les troncs tourmentés des prunelliers et des aulnes se penchaient sur elle comme autant de visages déformés par la terreur, visages des voyageurs égarés qui avaient eu la folie de profaner la solitude de cette forêt enchantée.

Elle fut prise de panique en s'apercevant que la pente devenait plus abrupte encore. Ses compagnons étaient déjà loin devant et traversaient un ruisseau. Regrettant de ne pas s'être installée à califourchon tandis qu'ils progressaient encore en terrain plat, elle se cramponna aux rênes ainsi qu'à la crinière de sa jument dont elle talonna les flancs.

Sa monture était déjà engagée dans l'eau lorsque la jeune fille sentit sur sa nuque une chose qui la frôlait. Épouvantée, elle lâcha les rênes et se retourna sur sa selle, hurlant et se débattant.

La jument se cabra, sa cavalière tomba. Cette chute et l'eau glacée calmèrent aussitôt Holly. Elle cessa de glapir, saisit avec précaution l'inoffensive brindille collée à son cou, qu'elle avait prise pour une araignée venimeuse.

Elle aurait pu feindre d'ignorer le sourire narquois que Carey tentait de dissimuler, elle aurait pu éventuellement supporter le gloussement de Nathanaël, voire même tolérer qu'Elspeth, sa fidèle, sa bien-aimée Elspeth, pince les lèvres pour ne pas pouffer, si fort qu'elle en devenait écarlate. Mais ce qu'elle ne put accepter, ce fut l'impassibilité de son mari, qui ne manifestait ni amusement ni irritation. En réalité, c'était de la pitié qu'elle lisait dans son regard, et elle se sentit ridicule, grotesque.

Elle promena ses doigts sur le fond vaseux du ruisseau, submergée par la mélancolie. Elle aurait tout donné pour être à nouveau chez elle, à Tewksbury, pelotonnée dans son lit douillet. Pour avoir à nouveau ses boucles, ses longs cils, son teint de lys. Pour retrouver son père. Et surtout sa mère disparue. Ce besoin irraisonné, enfoui pendant tant d'années, la suffoquait.

Elle se retint de renifler et attendit que roule sur sa joue la première larme qui déborderait de ses paupières, telle une perle de rosée, puis elle se souvint qu'il n'était plus nécessaire de pleurer avec grâce. Elle n'avait plus de soupirants pour la supplier de sécher ses larmes, plus de précepteur pour la punir si elle avait le nez rouge, plus de père pour la gourmander d'avoir donné libre cours à ses sautes d'humeur.

Alors Holly Félicia Bernadette de Chastel, dame de Montfort, la plus belle jeune femme de toute l'Angleterre, prit une longue inspiration, rejeta la tête en arrière et poussa de toute la force de ses poumons un cri à fendre l'âme.

11

— Bon Dieu, Austyn, faites-la taire !

Même si Austyn avait voulu répondre à son écuyer, celui-ci aurait dû pour l'entendre ôter ses mains qu'il plaquait sur ses oreilles. À l'instar de Carey, les autres étaient paralysés sur leurs montures et considéraient Holly avec une incrédulité mêlée d'effarement. Les chevaux piaffaient, affolés, prêts à partir au galop.

Austyn ne les en blâmait pas : il les aurait volontiers imités. Il avait naïvement espéré une compagne avec qui partager ses soucis, ses responsabilités, qui le soulagerait un peu de son fardeau. Mais à l'évidence, il n'avait fait qu'ajouter un poids supplémentaire à ceux qui pesaient sur ses épaules. Sans compter qu'à force de lui déchirer les tympans, cette créature finirait par le rendre sourd !

Elle braillait, littéralement. Un flot de larmes inondait ses joues. Il semblait impossible que son visage brûlé par le soleil puisse encore rougir, pourtant son nez avait viré à l'écarlate et elle ressemblait maintenant à un démon en furie.

Cet accès de colère puérile aurait dû l'irriter, mais à la vérité il était ébranlé par la peine que trahissaient ces cris et ces sanglots, comme si elle lâchait soudainement la bride à des chagrins accumulés au fil des ans.

— Enfin, Austyn, faites quelque chose ! Consolez-la, donnez-lui un mouchoir, tapotez-lui... supplia Carey qui cherchait ses mots, je ne sais pas, moi... l'épaule.

Austyn convint qu'il était temps d'agir. Il mit pied à terre, l'air résolu.

— Continue avec les autres. Ne vous retournez pas, quoi qu'il arrive.

Le prêtre et la gouvernante, affolés, protestèrent.

— Je vous en prie, mon doux sire, bredouilla Elspeth au bord des larmes, ne soyez pas brutal envers ma maîtresse. Elle est si fragile !

Austyn arqua les sourcils, interloqué. La « fragile maîtresse » était en train de battre l'eau de ses poings rageurs, sans se soucier des éclaboussures.

Le chapelain, lui, considérait d'un œil inquiet la main gantée de fer d'Austyn.

— Ce qu'Elspeth veut dire, renchérit-il, c'est que notre maîtresse a une santé délicate, et que si vous la frappez, elle n'y survivra pas. Aussi nous vous implorons de ne...

— Ça suffit ! rugit Austyn. Le prochain qui m'accuse de frapper qui que ce soit, je vous jure que je le rosse pour de bon ! Maintenant, obéissez ! Si l'un de ces deux-là ébauche un mouvement pour se retourner, plante-lui une flèche dans le dos, ordonna-t-il à Carey.

L'écuyer et les autres s'exécutèrent immédiatement, talonnèrent leurs montures et prirent la direction du haut de la crête. Pourtant, le prêtre se retournait de temps à autre pour observer la scène avec une anxiété qui accrut encore l'exaspération d'Austyn. Il s'agissait de *sa* femme, et l'attitude possessive du chapelain envers elle commençait à lui porter sur les nerfs.

Holly ne semblait pas près de se taire. Il enleva ses bottes et ses gants, s'avança au milieu du ruisseau et s'assit non loin de son épouse. Les coudes sur les genoux, il savoura la fraîcheur de l'eau.

Les yeux clos, la jeune fille reprenait son souffle. Elle sentit une présence, une odeur de menthe poivrée qu'elle reconnut aussitôt.

Elle manqua s'étrangler en découvrant entre ses paupières gonflées par les larmes l'étrange spectacle du sire de Montfort tranquillement assis au milieu du ruisseau.

— Vous vous sentez mieux, Ivy ? demanda-t-il avec un sourire engageant.

Le calme imperturbable d'Austyn la blessa, et son désespoir céda la place à une fureur terrible.

— Holly ! Je m'appelle Holly ! Vous êtes si bête et inculte que vous n'êtes même pas capable de retenir le nom de votre épouse ?

Elle était trop hystérique pour mesurer les conséquences de ses paroles ou de ses actes. Sans réfléchir, elle jeta à la figure de son mari ce qui lui tomba sous la main, en l'occurrence une pleine poignée de boue.

Curieusement, elle se sentit tout de suite mieux. Beaucoup mieux même, comme si on lui avait enlevé une énorme dalle de pierre qui lui écrasait le cœur. Ce soulagement, hélas, survint au mauvais moment. Elle aurait peut-être pu contenir son hilarité devant le visage sévère de son mari dégoulinant de boue, mais son expression hébétée tandis qu'il s'essuyait les yeux était irrésistible. Incapable d'articuler une parole, elle pointa le doigt vers lui, ses sanglots se muant en un fou rire irrépressible.

Il se redressa et s'approcha. Holly savait pertinemment qu'un homme tel que lui était plus dangereux que n'importe quel monstre imaginaire, mais elle ne pouvait pas davantage maîtriser son rire qu'elle n'avait été capable de sécher ses pleurs.

Elle tenta de battre en retraite, certaine qu'il allait lui infliger la correction que, vraisemblablement, elle méritait.

Il l'empoigna mais, au lieu de lui administrer la raclée redoutée, il voulut la soulever dans ses bras. À cause de ses vêtements gorgés d'eau, Holly avait toutes les peines du monde à garder son équilibre. Chancelante, elle s'accrocha au cou d'Austyn pour ne pas tomber.

Il se rassit sur un rocher au bord du ruisseau, et installa la jeune femme sur ses genoux. Elle aurait voulu fuir, tant elle craignait qu'il ne découvre les paquets de linges détrempés qui rembourraient sa jupe, mais elle se rendit compte que tout mouvement intempestif ne ferait qu'accroître ce risque. Elle se laissa aller contre le torse de son mari. Elle s'y sentait d'ailleurs beaucoup mieux qu'elle ne l'aurait souhaité.

Sans un mot, il tira un mouchoir de sa poche et le trempa dans l'eau. Mais, au lieu de se nettoyer comme Holly s'y attendait, il se mit à lui tamponner délicatement le visage. Elle ferma les yeux et se détendit sous cette compresse bienfaisante. Pour ses joues brûlées par le soleil, c'était une bénédiction.

Austyn extirpa d'une bourse de cuir une poignée d'herbes sèches et la lui fit respirer.

— C'est du poison ? demanda-t-elle, méfiante.

— Le poison est un peu trop raffiné pour les Montfort, rétorqua-t-il en esquissant un sourire mi-figue, mi-raisin.

Il mit dans sa bouche une pincée de feuilles qu'il mâcha avec un plaisir évident.

— Essayez, suggéra-t-il d'un air de défi en lui tendant quelques feuilles.

Holly était prête à accepter de la ciguë pour lui river son clou, et elle faillit lui mordre l'index en happant une feuille. La saveur inconnue des herbes qu'elle mastiquait avait pourtant quelque chose de familier. Elle retrouvait l'odeur de l'haleine d'Austyn sur sa nuque, la caresse de sa moustache lorsqu'il l'avait embrassée, le goût subtil de sa bouche, cette fraîcheur qui tempérait la brûlure enivrante de son baiser.

Troublée par ce souvenir, elle leva les yeux vers lui. À quoi pouvait-il bien ressembler sans cette moustache et cette barbe qui lui mangeaient la figure ?

— C'est une espèce de menthe, expliqua-t-il. Cela nettoie les dents et rafraîchit l'haleine.

Ces précisions prosaïques ramenèrent Holly à la réalité. Elle n'avait plus aucun rapport avec la femme qu'il avait embrassée dans le jardin. Au lieu des perles que chantait le ménestrel d'Eugène, elle arborait maintenant des dents noircies.

Elle serra les lèvres. Pour la première fois de sa vie, elle avait honte de son apparence.

— Ainsi, vous vous appelez Holly ? s'enquit-il en essuyant la boue qui maculait son visage.

— Oui, parce que j'ai été conçue sous les roses trémières de notre jardin.

Cette franchise candide le fit sourire. Décidément, il n'était pas le seul à avoir succombé au charme du jardin de Tewksbury.

— À en juger par votre esprit... piquant, j'aurais cru qu'on vous avait engendrée sous un buisson de ronces.

— Il vaut mieux avoir du piquant qu'un cœur de pierre, répliqua sèchement Holly.

La beauté du regard de la jeune femme laissa Austyn sans voix. Il n'aurait pas été plus émerveillé en découvrant sous un rocher couvert de boue et de lichen deux améthystes du violet le plus pur.

Elle avait toujours le bras passé autour de son cou. Elle ne s'en rendait sans doute pas compte, mais elle jouait avec ses cheveux, prenait une mèche entre ses doigts délicats, puis une autre. L'intimité de ce geste donna soudain le frisson à Austyn.

— Pourquoi me trouvez-vous insensible ? Parce que je ne vous ai pas sortie de l'eau pour vous donner la fessée que vous méritiez ? Ou parce que je ne vous accorde pas autant d'attention que vous le souhaiteriez ?

— Vous n'êtes qu'un rustre, un grossier personnage. Je n'ai aucun besoin de votre attention, protesta-t-elle avec dédain.

— Et vous, vous êtes de mauvaise foi. Dites-moi plutôt ce qui vous rend tellement malheureuse...

Elle baissa la tête et Austyn n'eut plus, à son grand regret, que son crâne tondu à contempler. Contrairement à ses joues enflammées par le soleil, la nuque de Holly avait gardé une teinte laiteuse, et un fin duvet qui semblait doux comme celui d'un bébé. Il se sentit submergé par une envie folle d'y poser les lèvres. Il résista à grand-peine et, pour penser à autre chose, se dit qu'une fois de retour à Montfort, il commanderait pour son épouse des coiffes et des voiles de soie.

— Je pleurais parce que ma mère me manque, finit-elle par avouer.

Il acquiesça.

— Hier, il ne m'a pas semblé voir la comtesse. Était-elle souffrante ?

— Elle est morte. Quand j'avais cinq ans. Vous devez me trouver ridicule de pleurer ainsi après tant d'années, ajouta-t-elle en levant à nouveau vers lui ses magnifiques yeux violets.

Austyn ne la jugeait pas ridicule du tout.

— Vous vous souvenez d'elle ?

— Pas très bien. Pas comme je le voudrais. Avec le temps, j'ai du mal à faire la différence entre mes souvenirs et ce qu'on m'a raconté sur elle.

— Le temps n'a pas eu cette clémence envers moi. Il y a près de vingt ans que ma mère est morte, et je me souviens d'elle comme si c'était hier. Sa voix, son sourire... sa façon de pencher la tête en chantant. Si seulement je pouvais l'oublier ! murmura-t-il en détournant son regard embué.

— Elle vous maltraitait ? questionna Holly qui promenait dans les cheveux de son époux une main de plus en plus caressante.

— Jamais ! répondit-il sans hésitation.

Si elle l'avait pris en pitié, cela lui aurait fait horreur. Mais il fut ému par la gentillesse inattendue qu'elle lui témoignait. Elle lui prit le mouchoir des mains et, doucement, essuya une tache de boue sur son front. Immédiatement, il oublia la chevelure pelée de Holly et ses cils mités pour ne plus voir que le dessin gracieux de ses lèvres entrouvertes.

Il avait cru que le meilleur remède à l'excitation qui le taraudait était encore un contact physique avec son épouse – raison pour laquelle il l'avait assise sur ses genoux –, mais ce geste de tendresse fit gronder dans ses reins un désir furieux.

Austyn bondit sur ses pieds, prenant à peine le temps de retenir la jeune fille avant qu'elle ne retombe dans l'eau.

La tirant par le bras, il l'entraîna vers leurs montures d'un pas décidé, craignant qu'elle ne remarque son émotion.

— Ne tardons plus, ma dame. Il faut nous hâter si nous voulons arriver à Caer Montfort avant la nuit.

— Je ne demande que cela, messire, rétorqua-t-elle, retrouvant son insolence. De cette façon, nous atteindrons peut-être votre château avant que je meure de faim.

Si on s'étonna de voir reparaître Holly en croupe derrière son mari, lequel tenait la jument par la longe, nul n'en montra rien. Le jour baissait rapidement. Ils avaient quitté l'abri de la forêt pour monter une colline battue par les vents.

Holly songeait que l'imposante carrure de son mari offrait de multiples avantages. Elle était assise en amazone, et ne risquait plus de dévoiler le rembourrage de ses jupes. Son père lui avait toujours interdit les plaisirs de la chasse à courre ou au faucon, il ne l'avait même jamais autorisée à chevaucher sur leurs terres. L'air et le vent dans ses cheveux courts, sur sa peau, lui procuraient un plaisir infini. Elle pouvait aussi poser sa joue contre l'épaule d'Austyn et se laisser aller à la rêverie ou au sommeil, bercée par l'allure du cheval.

Elle se réveilla quand ce bercement rassurant s'interrompit tout à coup. L'air devenait plus frais, plus mordant, sans doute à l'approche d'une rivière. À l'horizon, le soleil n'était plus qu'une lueur mauve, et les contours du paysage alentour s'estompaient dans l'ombre grise.

Elle se pencha par-dessus l'épaule d'Austyn pour mieux voir, perçut la nervosité qui crispait tout son corps. Il offrait au vent un visage aussi dur et impénétrable que le rocher sur lequel ils se tenaient.

Elle suivit le regard de son mari, rivé sur un promontoire déchiqueté qui dominait le ruban argenté d'une rivière. Elle écarquilla les yeux. Un spectacle aussi majestueux ne pouvait exister qu'en rêve ! Elle se serait certainement frotté les paupières pour se réveiller, si Elspeth n'avait manifesté la même stupéfaction.

Un château couronnait le promontoire, entouré d'un long mur d'enceinte en grès rouge. Les tours crénelées qui flanquaient ses remparts massifs s'élançaient vers le ciel avec une grâce surprenante.

— C'est votre demeure ? demanda-t-elle, prise d'une angoisse inexplicable.

— Oui. Et la vôtre aussi, désormais.

Holly était médusée. On était loin de la forteresse rudimentaire à laquelle elle s'attendait.

— Bon Dieu ! s'écria Nathanaël, trop ébahi pour se rendre compte qu'il blasphémait. C'est l'un des châteaux que le père de notre roi a fait construire, il y a maintenant une génération, dans le vain espoir de contenir ces têtes de mules de Gallois, plus sauvages que...

Comme Austyn dardait sur lui un regard acéré, il se tut brusquement et s'absorba dans la contemplation de son crucifix.

Holly ne comprenait pas comment un simple chevalier pouvait posséder une telle splendeur. Des bribes des commérages entendus pendant le tournoi lui revinrent en mémoire. *Ils étaient extrêmement riches... On leur a pris leur comté... assassiné sa femme.*

Tout à coup, avec un grand cri, Austyn éperonna son cheval qui partit au galop.

La jeune fille s'accrocha à lui de crainte d'être jetée à terre, tandis que le reste du groupe forçait l'allure pour ne pas être distancé.

Holly aurait pourtant juré que ce n'était pas la joie de rentrer chez lui qui emportait son mari, mais plutôt la volonté d'en finir avec une tâche pénible.

Elle se sentit soudain soulevée par une étrange exaltation. Peut-être était-ce la fraîcheur vivifiante de l'air, ou le galop effréné du cheval, mais elle se dit que jamais elle n'avait connu un bonheur aussi intense, pressée contre le dos de son mari, les mains nouées autour de sa taille. Avec Austyn pour l'abriter, elle pouvait se laisser aller sans retenue et sans appréhension.

Ils approchaient du château. Le vent piquait les yeux de Holly, cependant elle ne voulait pas détacher son regard de Caer Montfort émergeant de la brume comme un palais céleste.

Puis l'émerveillement de la jeune femme fit place au malaise. Quelque chose n'allait pas. Au lieu d'entourer Caer Montfort, le mur d'enceinte s'interrompait et laissait la façade sans protection. Une tour inachevée se profilait sur le ciel assombri.

Le château n'avait rien d'une forteresse imprenable, c'était plutôt la fantaisie d'un visionnaire qui l'avait abandonné avant d'en achever la construction. Toute cette beauté gaspillée, dédaignée, fendit le cœur de Holly.

Austyn ralentit pour traverser le vallon où aurait dû se dresser un avant-poste protégé d'une herse. Ils passèrent devant les murs branlants d'un corps de garde inachevé, aux fenêtres ouvertes, et franchirent un pont-levis qui enjambait des douves asséchées. Impressionnée par l'atmosphère de désolation qui imprégnait les lieux, Holly resserra machinalement les bras autour de sa taille.

Ils pénétrèrent dans ce qui aurait dû être la cour intérieure, si la cour extérieure avait été achevée. Une tombe s'y dressait, simple monticule envahi par le lierre et les ronces. Austyn ne lui accorda pas un regard, mais Holly se retourna en se demandant qui pouvait bien être enseveli là, sans avoir droit au repos éternel dans la chapelle familiale.

Elle aurait voulu l'interroger, mais sa mine n'était pas plus engageante que le décor. Il n'avait plus rien de commun avec l'homme qui l'avait gentiment assise sur ses genoux pour essuyer ses larmes.

Elle rassemblait néanmoins son courage pour lui poser la question quand une flèche siffla à son oreille. Avant de comprendre ce qui lui arrivait, elle fut précipitée au sol.

12

Holly reprit péniblement son souffle, hébétée. Les éclairs qui tournoyaient devant ses yeux s'atténuèrent peu à peu. Elle comprit alors que la lourde masse qui la clouait au sol était celle de son mari. Par miracle, il ne l'avait pas écrasée et ne lui avait rien cassé.

Elle sentait à nouveau cette odeur poivrée qui la troublait tant. Son premier mouvement fut de se dégager de cette étreinte, mais Austyn pesait sur elle de tout son poids. Elle s'aperçut alors que ses jupes s'étaient complètement retroussées dans la chute. Rien, à part sa fine chemise de batiste, ne protégeait plus la rondeur de ses reins, et elle sentait dans son dos le sexe de son mari. Effarée, elle se rendit compte qu'il ne portait rien sous ses braies. Elle appuya son visage dans l'herbe fraîche, osant à peine respirer.

Elle blêmit lorsqu'un rugissement s'éleva d'une des tours.

— Maudites sangsues ! Sales bâtards ! Damnés collecteurs d'impôts ! Retournez chez le salopard qui vous sert de roi et dites-lui que je ne verserai pas un sou pour engraisser les Anglais. C'est une terre galloise ! Elle ne tombera pas entre vos mains tant qu'il restera un souffle de vie dans ma vieille carcasse !

— Retiens tes flèches et ta langue, vieillard ! cria Austyn en levant les yeux vers le haut de la tour.

Pour toute réponse, une nouvelle flèche frôla leurs têtes. Dans un souffle, Austyn chuchota à l'oreille de Holly :

— Ne bougez pas. Restez couchée, quoi qu'il arrive.

Holly aurait juré que, l'espace d'un instant, les lèvres du jeune homme avaient effleuré son cou. Mais cette ombre de caresse était certainement le fruit de son imagination. Aussi souple qu'un félin, Austyn sauta sur ses pieds. Pour un peu, elle l'en aurait empêché. Pour se protéger, ou pour le protéger ? Elle n'aurait su dire... Privée de la présence de son mari, elle se sentait comme nue. Mais il paraissait bien plus vulnérable tandis qu'il traversait la cour d'un pas ferme, la poitrine exposée aux flèches de l'invisible archer.

— Père, c'est Austyn ! cria-t-il avec assurance. Je suis revenu. Et j'ai rapporté suffisamment d'or pour que tu n'aies plus jamais à craindre les collecteurs d'impôts du roi Édouard.

Un silence angoissant régnait dans la cour. Holly retenait son souffle. Il lui fallait bien s'avouer qu'à sa grande surprise, elle craignait surtout qu'une nouvelle flèche ne la réduise au veuvage.

Une exclamation incompréhensible leur parvint du haut de la tour, puis un bruit de pas s'éloigna. Nathanaël, qui s'était réfugié derrière un cheval, émergea de sa cachette, alors que Carey aidait Elspeth à se relever. Austyn soupira. Ses épaules affaissées trahissaient son soulagement.

— Votre père accueille toujours les visiteurs avec cet enthousiasme ? ne put s'empêcher de demander Holly.

Nathanaël lui faisait des signes désespérés, et elle se dépêcha de baisser ses jupes et de remettre de l'ordre dans sa toilette.

— Vous pouvez remercier le Ciel que j'aie caché l'huile bouillante avant de partir.

Ils étaient dans la cour principale d'un antique château fort, entouré de chaumières de torchis et d'entrepôts. L'architecte qui avait conçu les plans de la nouvelle forteresse avait visiblement voulu faire de la vieille enceinte le cœur du bâtiment neuf.

Il faisait nuit noire maintenant, et des chauves-souris voletaient au-dessus de leurs têtes. Au moins, elles ne risquaient pas de venir se prendre dans sa chevelure, pensa Holly en se rapprochant néanmoins d'Austyn.

Une porte bardée de fer s'ouvrit en grinçant sur un groupe apeuré. Ils sortirent timidement, serrés les uns contre les autres, comme s'ils ne formaient qu'une seule créature avec vingt-quatre jambes et une douzaine de têtes. Certains tenaient des torches et, grâce à leur lueur tremblotante, Holly remarqua leurs mines terrorisées.

Instinctivement, elle s'éloigna un peu de son époux. Qu'allait-elle devenir avec un mari capable d'inspirer aux siens une telle peur ?

Un homme au crâne aussi lisse et rose que le derrière d'un nouveau-né se détacha du groupe.

— Bienvenue, maître. Alors, votre voyage a été fructueux ?

— Oui, Emrys. Je vous ai amené une nouvelle châtelaine. Il était grand temps, n'est-ce pas ? répondit

Austyn en lui assenant une tape sur l'épaule qui aurait dû l'assommer.

Holly sentit croître son étonnement. Les domestiques se serraient autour d'Austyn, comme s'ils cherchaient sa protection. Ils voulaient tous le toucher, lui dire quelques mots de bienvenue ou de félicitations. Et c'était vers elle que convergeaient leurs regards effrayés. C'était d'elle qu'ils avaient peur !

Ses soupçons se confirmèrent lorsque Austyn la prit par la main. Ils reculèrent avec précipitation. Dans la bousculade, elle vit un vieil homme lui faire les cornes, dans un geste universel pour conjurer le mauvais sort.

Quand les torches éclairèrent son visage, Holly dut résister à la tentation de cacher sa figure dans ses mains. Elle s'obligea pourtant à faire face et se prépara à affronter le dégoût qu'ils ne manqueraient pas d'exprimer, tandis qu'Austyn passait autour de sa taille un bras protecteur.

Leur réaction fut unanime.

— Mon Dieu, elle est merveilleuse, souffla une voix féminine.

— Oui, renchérit un homme, se découvrant en signe d'hommage. Je n'ai jamais vu une dame plus parfaite.

Holly ne comprenait rien à leur réaction. Ils s'approchèrent, touchèrent avec de petits cris émerveillés ses touffes de cheveux, sa robe tachée de boue, s'extasièrent devant son nez boursouflé. Le vieillard qui avait voulu conjurer le mauvais sort tomba à genoux pour baiser le bas de sa robe. Nathanaël et Elspeth en restaient bouche bée.

Dans sa courte vie, Holly avait reçu plus que sa part d'adoration, mais jamais elle n'avait été adulée avec une telle ferveur enfantine. Elle ne comprenait rien à leur comportement. À moins qu'ils ne soient tous aveugles ?

Elle jeta à Austyn un regard éperdu. Son visage paraissait tendu, mais son regard brillant trahissait l'amusement.

— Permettez-moi de vous présenter la nouvelle maîtresse de Montfort, mon épouse, lady I... *Holly*.

La chaleur familière de son sourire donna à Holly un pincement au cœur, et elle poussa un soupir de soulagement.

— Gwyneth ? Gwyneth, c'est toi ?

Austyn se rembrunit en entendant cette voix plaintive, et son sourire s'effaça. Les exclamations joyeuses se turent. Les domestiques s'écartèrent pour laisser passer un vieillard tout courbé, qui se dirigea droit vers Holly.

— Gwyneth, répéta-t-il en touchant sa joue. Gwyneth, c'est toi ?

Le regard que croisa Holly aurait pu être celui d'Austyn, mais les ombres du passé en avaient éteint toute flamme. Une longue crinière blanche encadrait son visage buriné.

— Non, père, ce n'est pas Gwyneth. C'est ma femme, dit Austyn en posant la main sur l'épaule du vieillard.

— Ta femme, répéta-t-il pensivement.

Sa taille voûtée et sa voix chevrotante le faisaient paraître encore plus âgé. Holly comprit que le père d'Austyn était tout simplement fou.

Ce dernier semblait plus préoccupé par son épouse que par son père. Il craignait visiblement de voir la jeune femme rabrouer le vieil homme qui l'avait si mal accueillie. Mais elle saisit entre les siennes la main parcheminée du vieillard et lui sourit gentiment.

— Je m'appelle Holly, messire. Si vous me le permettez, je vous appellerai « père ». Peut-être qu'avec le temps, vous finirez par me considérer comme votre propre fille.

Cette fois-ci, quand elle croisa le regard d'Austyn par-dessus l'épaule du vieillard, Holly lut dans ses yeux une émotion qui la fit tressaillir de bonheur.

— Eh oui, notre maître nous joue des tours. Il nous a fait une peur bleue en allant chercher pour épouse la plus belle damoiselle d'Angleterre. Je lui tirerais bien les oreilles, comme quand il était petit, s'il ne faisait pas le double de mon poids. Mais quand même, qu'il fasse attention à lui !

Holly suivait Winifred, femme d'Emrys Ab-Madoc, à travers le dédale de corridors qui finirait bien par les conduire à sa chambre. Elle se garda de faire remarquer à cette petite femme qu'il lui faudrait un tabouret pour arriver au menton d'Austyn, à plus forte raison pour lui tirer les oreilles. Même si elle ne l'avait pas vue serrer Carey dans ses bras quand ils étaient arrivés, Holly aurait reconnu, à son teint pâle et à ses cheveux filasse, la mère du jeune écuyer. Elle pépiait comme un moineau en traversant de longues salles voûtées, mais son costume gris et sa démarche sautillante la faisaient plutôt ressembler à un gros pigeon.

Holly l'écoutait bavarder de bon cœur. Elspeth et Nathanaël étaient restés au coin du feu pour se restaurer, mais la seule odeur de la nourriture donnait la nausée à la jeune fille.

— Et le père d'Austyn ? J'ai remarqué que ce n'est pas le père, mais le fils que vous appelez votre maître.

— Le vieux maître est dérangé depuis la mort de sa femme, répondit tristement Winifred en se tapotant le front. Je crois que ça ne s'arrangera plus jamais. Il passe la moitié de ses jours à maudire le roi, et l'autre à chercher sa bien-aimée Gwyneth dans tout le château.

— C'est affreux, soupira Holly en pensant à son père.

Lui aussi aurait pu facilement se laisser aller à son chagrin quand il avait perdu sa femme.

Le château entier semblait porter le même deuil éternel. Depuis toujours, Holly était habituée aux vastes corridors et aux pièces spacieuses de Tewksbury, à ses larges fenêtres et à leurs carreaux de verre qui offraient une lumière généreuse. Les volets de bois qui obturaient les fenêtres et les étroites meurtrières de cet antique château fort semblaient la lorgner comme autant de regards malfaisants. Des toiles d'araignées pendaient aux candélabres et flottaient dans les courants d'air comme des lambeaux de voiles.

La mère de Carey levait bien haut une chandelle de suif pour éclairer les dalles inégales. La flamme vacillait au moindre souffle, et Holly osait à peine respirer. Winifred n'eut que le temps de protéger la flammèche avec sa main lorsqu'elles passèrent devant un escalier en colimaçon qui s'enfonçait dans l'obscurité.

Une longue plainte résonna à leur passage. C'était une voix de femme, vibrant d'une souffrance indicible. Holly sentit les cheveux qui lui restaient se dresser sur sa tête.

Devant le sourire tranquille de Winifred, elle se crut le jouet d'une hallucination et fit appel à tout son bon sens pour calmer les battements affolés de son cœur. Elle attendait de sa compagne une explication prosaïque à ce hurlement inhumain – le souffle du vent dans la toiture, par exemple.

— Ne faites pas attention, mon petit. C'est la grand-mère de notre maître.

— Sa grand-mère ? Elle vit toujours ? demanda Holly en essayant de calculer l'âge qu'elle pouvait avoir.

Elle avait toujours préféré la littérature à l'arithmétique, et Nathanaël avait fini par décréter que les mathématiques étaient une science masculine, trop complexe pour un cerveau féminin, même pour celui de Holly.

— Bien sûr que non ! La pauvre femme s'est jetée d'une fenêtre de la tour où son mari l'avait enfermée. Elle avait fait les yeux doux à un trouvère, précisa-t-elle avec un clin d'œil entendu. On dit qu'elle s'est tuée de désespoir, mais je crois plutôt que c'était d'ennui. Dix ans, c'est quand même long !

Holly méditait encore cette intéressante information quand, au détour d'un couloir, retentit un sinistre bruit de chaînes. Elle se boucha les oreilles jusqu'à ce que l'horrible fracas ne soit plus qu'un lointain écho.

— Ce sont les chaînes du pont-levis, ou des chauves-souris dans une tour ? suggéra Holly en ravalant la peur qui lui nouait la gorge.

— Ça doit être l'arrière-arrière-arrière-grand-mère de notre maître, répliqua tristement Winifred.

Il n'y avait pas besoin d'être Pythagore pour deviner que cette lointaine châtelaine de Montfort n'était plus en vie.

— Elle n'est sans doute pas morte de mort naturelle ? hasarda Holly d'une voix éteinte.

— Comme vous dites. Le vieux Caradawg de Montfort l'a fait brûler vive dans la cour du château. Il l'a accusée de sorcellerie, continua-t-elle en baissant la voix comme une conspiratrice, mais on raconte que cette imprudente avait montré le bout de sa cheville en grimpant dans sa litière… Ça y est, nous y sommes ! J'ai envoyé les servantes préparer votre chambre.

Elle ouvrit une imposante porte de chêne et s'effaça pour laisser passer Holly.

— Ne faites pas attention à la Dame blanche, mon petit, recommanda-t-elle avec une tape affectueuse. En général, elle ne sort qu'à la pleine lune.

Sur ces paroles « réconfortantes », Winifred referma la porte au nez de Holly.

Il fallut de longues minutes à la jeune fille pour oser enfin se retourner. Elle craignait de découvrir une goule ou un squelette brandissant dans ses doigts décharnés une poignée de cendre en guise de bienvenue. On lui avait toujours dit que les Gallois étaient superstitieux !

— Du calme, murmura-t-elle pour elle-même.

Un rayon de lune argenté filtrait timidement à travers une meurtrière. Holly tressaillit. Elle ne savait pas ce qui l'effraierait le plus : une visite de la « Dame blanche de Montfort », ou celle des sanguinaires ancêtres de son mari.

À la lueur d'une chandelle, elle découvrit une chambre confortable, et toutes ses frayeurs s'envolèrent. Une serviette de lin l'attendait sur une crédence, à côté d'une bassine d'eau chaude. Ses maigres bagages avaient été rangés sur un meuble. Les peintures du plafond étaient fanées et s'écaillaient par endroits, mais on pouvait encore deviner des scènes pastorales, des animaux gambadant et des moutons au pré. Un lit à baldaquin était tendu de rideaux de soie. Cette chambre possédait toutes les commodités qu'un voyageur épuisé pouvait souhaiter.

Holly ne demandait qu'à en profiter. Et qu'est-ce qui l'en empêchait ? Après tout, son mari s'était montré très clair : il ne voulait pas partager son lit. Il préférait le souvenir de son « amie » aux plaisirs de la chair avec son épouse. Austyn pourrait lui témoigner une gentillesse amusée, peut-être même une certaine affection, mais ce serait toujours le fantôme de sa mystérieuse dame qui hanterait son cœur.

Refoulant cet accès de mélancolie ridicule, elle enleva sa robe et sa chemise et commença à défaire les bandages qui comprimaient ses seins. Elle offrit sa poitrine nue à la caresse de la nuit avec volupté. Avant de rincer ses cheveux couverts de cendre, elle parfuma l'eau de quelques gouttes de myrrhe, puis se lava le visage et le corps. Elle prit dans ses bagages le petit miroir d'argent pour examiner attentivement son visage.

Elle aurait juré que les courtes mèches de sa chevelure commençaient à boucler. Elle se passa la langue sur les dents, et constata que les taches noirâtres pâlissaient. Demain matin, elle enverrait

Elspeth et Nathanaël chercher d'autres noix dans la forêt. Avec un soupir, elle reposa le miroir. Elle se sentait partagée. D'un côté elle était soulagée d'échapper aux obligations du mariage, de l'autre, l'indifférence de son mari la vexait.

— Qu'est-ce que tu attendais d'autre, espèce d'idiote ? se demanda-t-elle en soufflant la chandelle. Qu'il soulève ton affreux petit masque pour dévoiler ta véritable beauté, ta beauté intérieure ? Et qu'il te jure un amour éternel ?

Elle se glissa entre les draps avec une satisfaction sans mélange et étira son corps nu contre la toile rugueuse. Quel plaisir d'être soi-même à nouveau ! Elle se blottit dans les oreillers moelleux et étouffa sa crainte la plus secrète : la crainte qu'Austyn soulève son masque et ne trouve rien dessous.

Le lendemain matin, Holly partit à la recherche de son mari. Emrys lui avait indiqué une prairie où elle le trouverait sans doute, et elle s'y dirigea d'un pas décidé. Elle tenait à obtenir des explications sur les sombres récits que lui avait faits Winifred.

Au moins, elle n'avait plus dans la bouche ce goût de cendre qui lui soulevait le cœur. À son réveil, elle avait découvert que son visage rougi par le soleil avait pris une couleur roussâtre de vieux cuir tanné, propre à repousser n'importe quel homme. Elle avait donc jugé inutile de redessiner une moustache sur sa lèvre supérieure.

Du haut de la colline, elle aperçut un homme agenouillé au bord d'un ruisseau, torse nu. Le soleil était déjà chaud, et les muscles puissants de ses épaules et de son dos luisaient de sueur. À ce spectacle, Holly sentit à son tour la sueur perler à son front. Elle s'éventa de la main, les jambes flageolantes. Était-ce son mari ?

Elle avait dû faire un peu de bruit, car l'homme sauta sur ses pieds et se retourna. Elle constata qu'il n'avait ni barbe, ni moustache. Embarrassée à l'idée d'être surprise à espionner un inconnu, elle se mit à bafouiller.

— Pardonnez-moi, messire. On m'avait dit que je trouverais ici sir Austyn de Montfort...

Elle resta sans voix quand l'homme essuya son visage couvert de savon, et comprit à ce moment-là que, depuis sa plus tendre enfance, elle avait vécu dans une illusion aussi cruelle que mensongère.

13

Les premiers souvenirs de Holly, au plus loin qu'elle pouvait remonter, c'étaient des visages pleins d'adoration, ceux de ses parents penchés sur son berceau.

— Regardez le joli bébé de maman, roucoulait sa mère en caressant le duvet soyeux.

— C'est le petit ange de son papa, susurrait son père en lui tapotant le menton jusqu'à ce qu'elle veuille bien le gratifier d'un gazouillis.

Très vite, ils avaient été entourés de beaucoup d'autres, d'une véritable galaxie de visages béats d'admiration. C'était à qui pincerait ses joues roses, tirerait son bout de nez retroussé, tapoterait son petit ventre. Sa mère avait refusé de l'emmailloter, comme c'était la coutume à l'époque. Elle disait que ce serait faire affront au Créateur que de cacher des bras et des jambes si mignons.

Pour conclure ces rites d'adoration, sa mère posait toujours la même question :

— N'est-ce pas que notre petite Holly est la plus jolie créature que Dieu ait jamais créée ?

Toute l'assistance acquiesçait, émerveillée...

— Menteurs, marmonna Holly en reculant. C'étaient tous des menteurs éhontés !

— Que se passe-t-il, ma dame ? Quelque chose vous tourmente ? demanda Austyn, stupéfait, en écartant la serviette qui dévoila sa poitrine musculeuse parsemée de touffes de poils humides.

Holly croyait les sentir sous ses doigts. Il s'approcha d'elle.

En la voyant étendre le bras comme pour se protéger, il s'arrêta. Il semblait deviner qu'un geste inconsidéré de sa part pourrait avoir des conséquences irréparables.

Les soupirants de Holly lui avaient tous menti. Son père lui avait menti. Même sa mère bien-aimée lui avait menti. Jamais elle n'avait été, jamais elle ne serait la plus belle créature sur terre. Pas tant que vivrait Austyn de Montfort.

Il ne possédait pas la grâce un peu maniérée d'Eugène de Legget, ni le charme de son écuyer, mais il rayonnait d'une beauté virile, la beauté sombre et irrésistible d'un ange déchu, chassé du paradis pour avoir supplanté son maître dans le cœur de toutes les mortelles.

Sa barbe avait disparu, et Holly se sentait fondre devant cette mâchoire carrée, adoucie par une fossette enfantine sur la joue. Ses lèvres un peu boudeuses étaient dessinées pour les baisers les plus enivrants, et d'autres plaisirs que Holly pouvait seulement imaginer.

Naïvement, elle l'avait cru plus près de son père que d'elle par l'âge, mais la lame qu'il tenait encore à la main l'avait rajeuni de plusieurs années.

— Vous vous sentez mal, ma dame ? demanda-t-il d'un air soucieux.

Elle devait être pâle comme un linge.

Bien sûr qu'elle se sentait mal. Sa propre stupidité la rendait malade, son cœur qui battait la chamade aussi. Elle était malade de fureur, une fureur absurde autant qu'injuste. Elle avait envie de se jeter sur ce torse vigoureux et de le marteler de ses poings, de déchirer ses propres vêtements, d'arracher les bandelettes qui comprimaient sa poitrine et de dévoiler la splendeur de ses seins.

Elle aurait voulu prendre dans ses mains ce visage rasé de près, encore humide, attirer vers la sienne cette bouche exquise, et aspirer avec avidité les plaisirs qu'elle promettait.

Pour ne pas trahir sa folie, elle lui tourna brutalement le dos. Mais, même en fermant les yeux, elle ne pouvait pas oublier, en haut de la crête, la silhouette de son mari se découpant sur le bleu du ciel, ses cheveux bruns flottant sous la brise.

Austyn fut saisi de remords en regardant sa fiancée. Ses épaules étroites et rigides paraissaient tellement fragiles, comme s'il suffisait d'une simple pichenette pour la casser en morceaux. Il s'était conduit comme un véritable mufle ! Il aurait dû se douter, avant de se raser, que sa beauté ne ferait que rendre son épouse encore plus honteuse de sa propre laideur.

Il s'approcha d'elle. La couleur cendreuse de ses cheveux ras était vraiment repoussante. Il voulut poser la main sur son épaule mais elle se déroba, et les doigts d'Austyn se refermèrent sur le vide.

— Pardonnez-moi, ma dame. Il n'a jamais été dans mes intentions de vous blesser.

Elle se retourna et l'éclat de son regard violet l'éblouit. Pendant quelques instants, il oublia ce teint rubicond, cette chevelure pelée, ces dents gâtées.

— Et quelle était donc votre intention, messire ? De me faire brûler vive dans la cour du château ? De ramasser mes restes et de les enterrer au pied de la tour nord ?

— Je vois que Winnie vous a raconté l'histoire des Montfort, remarqua-t-il.

— Elle m'a surtout expliqué la manie qu'ont les hommes de votre famille d'assassiner leurs femmes ou de les conduire au suicide. Combien de temps faudra-t-il pour que mon fantôme revienne hanter les corridors de Caer Montfort, le front ceint d'une couronne de fleurs, en hurlant pour avertir la prochaine épousée ?

Austyn savait à quel point les hurlements de Holly pouvaient donner la chair de poule.

— Ne vous inquiétez pas pour ces incidents regrettables, ma dame. C'étaient des crimes passio...

Il s'arrêta net lorsqu'il comprit les sous-entendus de sa remarque, et ce qu'ils avaient de blessant pour sa jeune épouse.

Mais il était trop tard.

— Des crimes passionnels ? compléta Holly. Vous voulez dire, provoqués par la jalousie ? Dans ce cas, messire, je suis soulagée d'apprendre qu'il n'y aura jamais entre nous ni l'un, ni l'autre.

Elle tourna les talons et reprit la direction du château en essayant de faire bonne figure sous l'outrage.

Austyn la regarda s'éloigner, le cœur serré par le dos déformé de son épouse et son dandinement disgracieux. Il était trop absorbé par ses regrets pour entendre Carey remonter de la rivière, un chapelet de poissons frais pêchés à la main.

— Pardon, mon brave, avez-vous vu sir Austyn ? Mais... qu'est-ce que vous avez fait ! ajouta-t-il, si étonné qu'il en laissa tomber ses poissons.

— J'ai fait une énorme bévue, répondit Austyn en se rhabillant, l'air absent. J'ai blessé ma femme comme le dernier des mufles.

— Je parlais de votre barbe. J'avais oublié que vous étiez aussi beau garçon, sinon je vous aurais peut-être épousé ! plaisanta l'écuyer en essuyant un reste de savon sur la joue d'Austyn.

— Cela ne m'a jamais servi à rien, sauf à attirer le genre de femmes que je cherchais justement à éviter.

— Ah ! La beauté des femmes ! Ces merveilleuses créatures, avec leurs douces mains blanches, leurs lèvres roses et charnues...

— Maintenant que je suis marié et que je suis à l'abri des tentations, j'ai pensé que je pouvais me raser sans danger, expliqua Austyn en enfilant un surcot rouge par-dessus sa tunique.

— Je plains celle qui s'exposerait à la vindicte de votre femme. Cette petite chipie lui laisserait encore moins de cheveux sur la tête que... Hum. Je vous demande pardon.

— Mon épouse est une drôle de femme, admit Austyn en ramassant le trophée qu'il gardait sur son cœur depuis cette nuit mémorable dans le jardin de Tewksbury. Elle n'a pas l'air d'être jalouse. Comme si elle ne se jugeait pas digne de fidélité. Quand je lui ai dit que mon cœur appartenait à une autre...

— Vous le lui avez dit ? Mais vous avez perdu l'esprit ! Les femmes méprisent la franchise.

— Lui mentir, c'était l'humilier. Et si je ne lui avais pas dit la vérité, elle aurait pu penser que si je ne la touchais pas, c'était parce que... je ne la trouvais pas à mon goût.

— Et maintenant, vous voulez vous faire pardonner ?

Ce qu'Austyn aurait voulu, c'était avoir encore sa barbe pour cacher le rouge qu'il sentait monter à ses joues. Pour les affaires de cœur, il était bien obligé de s'en remettre à la science de Carey. Il avait appris, dès l'adolescence, à offrir aux femmes tous les délices du septième ciel, mais il était incapable de leur faire la cour. L'argent lui avait toujours suffi comme moyen de séduction.

— Ne compte pas sur moi pour lui écrire des poèmes, grommela-t-il. Je préférerais qu'elle m'étripe avec mon épée plutôt que recommencer cette comédie.

Carey ramassa la dague d'Austyn et se tapota pensivement le menton avec le manche.

— Les femmes, et les jeunes mariées en particulier, adorent les cadeaux. Et elles adorent mettre en valeur leurs talents aux yeux des hommes de leur entourage. Offrez à cette jeune fille un témoignage de votre affection. Et donnez-lui des vêtements à recoudre.

— Mais je n'ai rien à faire recoudre ! Ta mère fait cela très bien... Mais qu'est-ce que tu fabriques ? C'est moi que tu veux lui donner à recoudre ? s'écria Austyn en voyant son écuyer lever la dague sur lui.

Il n'eut que le temps de sauter de côté, tandis que Carey faisait une grande déchirure dans le surcot de son maître.

— Maintenant, vous avez un vêtement à recoudre, et je suis sûr qu'on peut en déchirer d'autres. Courage ! On n'a pas dû beaucoup lui faire la cour.

Je parierais qu'avec une poignée de colifichets, vous allez regagner ses faveurs.

Holly considérait les présents d'Austyn, bouillonnant d'une fureur impuissante.

Elle avait fui l'étranger qui lui servait de mari, son visage radieux et sa gentillesse maladroite, et avait erré dans le château pendant des heures, en évitant soigneusement le sombre escalier qui montait à la tour hantée. Par deux fois, elle avait cru entendre des pas précipités derrière elle, mais quand elle s'était retournée, elle était seule. C'étaient peut-être des rats, ou le fantôme de sa propre bêtise, se disait-elle avec dépit.

Vers midi, elle était retournée dans sa chambre et avait trouvé, sur un plateau d'argent, une série de cadeaux délicatement ouvragés. Tout d'abord, la copie minuscule d'une dague, pas plus grande que son petit doigt, dont la lame de bois était gravée de motifs. Une tabatière remplie d'herbes aromatiques, dont le parfum venait chatouiller agréablement ses narines. Enfin, un voile de soie arachnéenne, tellement léger qu'il semblait tissé par des anges avec des filaments de nuages.

— Un voile pour épargner à mon seigneur et maître la vue de mon visage, des herbes pour adoucir mon haleine fétide, un cure-dents pour nettoyer mes dents gâtées… Quelle prévenance ! remarqua-t-elle.

On frappait à la porte. Elle alla ouvrir, brandissant le cure-dents comme s'il s'agissait d'une arme dangereuse. Elle mourait effectivement d'envie de le plonger dans le cœur de son mari.

C'était Winifred, titubant sous une pile de vêtements. Elle les laissa tomber sur le lit avec un soupir de soulagement.

— Le maître m'a demandé de vous les apporter. Votre père lui a dit que vous étiez experte en travaux d'aiguille.

Dans toute l'Angleterre, on disait de Holly qu'elle aurait pu coudre la langue d'un homme à son menton avant qu'il ait fini de lui jurer un amour éternel.

— Merci beaucoup, Winifred.

Celle-ci ressortit. Holly contempla le tas de vêtements d'un œil torve. Après tout, elle n'était pas mécontente de trouver un prétexte pour ranimer sa colère.

— Voilà bien l'arrogance masculine ! Comment peut-on être aussi vaniteux ? On croit rêver ! Il s'imagine sans doute qu'il me fait une faveur insigne, et que je ne demande qu'à m'user les doigts pour lui faire plaisir !

Elle prit un surcot écarlate sur le dessus de la pile, et le tordit comme si c'était le cou d'Austyn. Un parfum désormais familier monta à ses narines. Elle enfouit son visage dans la toile pour respirer avec avidité l'arôme entêtant de cuir, de cheval et de menthe poivrée qu'elle aimait tant.

Le cœur battant, elle tomba à genoux sur la peau d'ours au pied du lit, le vêtement dans les mains.

Nathanaël se moquerait bien d'elle s'il savait dans quelle situation elle s'était mise. Combien de fois n'avait-il pas approuvé ses sarcasmes devant le visage chaviré d'un pauvre homme dont le seul tort était d'avoir succombé à un battement de cils ou à une moue provocante ?

Et elle s'était laissé ensorceler par une fossette enfantine sur une joue virile, par le pli boudeur de lèvres parfaites...

Elle se mentait encore à elle-même, pensa-t-elle. En fait, c'était pendant le tournoi qu'elle était tombée amoureuse d'Austyn. Il avait non seulement prouvé sa bravoure, mais aussi montré qu'il était un homme d'honneur. Durant le voyage, elle s'était conduite comme une insupportable péronnelle, mais au lieu de la punir comme elle le méritait, il lui avait témoigné autant de patience que de compassion.

Il avait sacrifié sa liberté, renoncé à faire sa vie avec la femme qu'il aimait, épousé une inconnue, pour protéger un père rendu fou par le chagrin et incapable d'apprécier à sa juste valeur le geste de son fils. Bizarrement, même la fidélité d'Austyn à cet amour sans visage plaisait à Holly, autant qu'elle la peinait.

Elle était prise à son propre piège, se dit-elle en frottant sa joue contre le surcot usé. Il y a quelques semaines encore, il ne lui aurait fallu qu'un claquement de doigts pour s'attacher l'amour d'un homme viril comme Austyn.

— Oh, père, soupira-t-elle. Qu'est-ce que j'ai fait ?

Ne compte pas uniquement sur ton déguisement pour le tenir loin de toi, contente-toi d'être toi-même.

Le mystérieux avertissement de son père résonnait encore à ses oreilles. Une vague d'espoir la submergea. Si elle pouvait repousser Austyn en se montrant insupportable, pourquoi n'arriverait-elle pas à gagner son amour par la gentillesse ? Ainsi, pour une fois dans sa vie, elle serait sûre de ne pas être aimée uniquement pour sa beauté.

Quand elle aurait gagné l'affection de son mari, elle pourrait enfin confesser sa ruse en toute liberté. Ébloui, il la prendrait dans ses bras et scellerait par le plus tendre des baisers son serment d'amour éternel.

Emportée par la vision de cet avenir radieux, il fallut un long moment à Holly pour se souvenir du surcot cramoisi. D'un bond, elle sauta sur ses pieds. Le vêtement venait de lui donner une idée. Si elle voulait être la plus délicieuse, la plus attentionnée des épouses qu'un Montfort ait jamais eue, elle avait beaucoup de travail.

Elle enfourna une pincée de menthe poivrée dans sa bouche en se dirigeant vers la porte.

— Elspeth ! Elspeth, apporte-moi immédiatement ma boîte à couture !

14

Austyn quitta l'escalier du regard, juste le temps nécessaire pour déplacer sa tour en travers de l'échiquier et protéger sa reine.

— Échec et mat ! triompha son père. Je t'ai déjà dit des centaines de fois de ne pas découvrir ton roi pour courir après une dame. Elles te paraissent fragiles, mais ce sont toutes des garces, et elles sont parfaitement capables de se protéger toutes seules.

D'habitude, Austyn était heureux de voir la joie de son père lorsqu'il le laissait gagner, mais ce soir, il n'était pas d'humeur à écouter les divagations du vieillard sur les méfaits du beau sexe. Il ne connaissait qu'un seul moyen de changer de sujet sans le faire retomber dans son silence mélancolique.

— Tu m'aurais battu de toute façon, répondit-il en étendant ses longues jambes. Ta stratégie pour protéger ton roi est beaucoup plus habile que la mienne.

Austyn n'avait pas besoin d'en dire plus. Immédiatement, Rhys de Montfort se lança dans le récit enthousiaste des hauts faits de ses bien-aimés rois de Galles, Llewelyn ap Gruffyd, Llewelyn le Grand, et même le valeureux roi Arthur, ce guerrier mythique dont personne ne pouvait dire s'il avait vraiment existé. Ensuite, il détailla tous les méfaits d'Édouard, le roi d'Angleterre qu'il exécrait.

Savoir de quel Édouard il s'agissait était sans importance. Dans l'esprit embrumé de Rhys de Montfort, le premier du nom était toujours sur le trône, ce même Édouard dont la visite à l'automne 1304 avait sonné leur ruine à tous. Cet Édouard mort trois ans plus tard, après les avoir dépouillés de leur comté, de leurs vassaux, et de tout ce que les Montfort possédaient. Il ne leur avait rien laissé, qu'un château inachevé dominant une rivière en haut d'une colline désolée où retentissait l'écho moqueur d'un rire féminin.

Depuis longtemps, Austyn n'écoutait plus les divagations de son père. Sans cela, il serait lui-même devenu fou. Mais ce soir, son impatience croissait à chaque minute. Il mourait d'envie de retrouver sa petite fiancée, et ne pouvait détacher son regard de l'escalier. Si elle ne descendait pas dîner avec eux, il lui faudrait bien supposer que ses cadeaux n'avaient pas plu à la jeune fille.

Le dos au foyer qui occupait le centre de la pièce, Carey pinçait nonchalamment les cordes de son luth. Installé dans un coin, frère Nathanaël cassait des noix. Une bien curieuse occupation pour un prêtre... pensa Austyn. Le craquement des coquilles de noix l'agaçait encore plus que les bavardages de son père et les fausses notes de Carey.

En tambourinant sur la table, il souleva un léger nuage de poussière, et il craignit que Holly, élevée dans le luxe de Tewksbury, ne considère Montfort comme un véritable taudis.

De simples brassées d'herbes recouvraient les dalles du sol, et le trou circulaire creusé dans la voûte n'avait pas assez de tirage pour aspirer toute la fumée qui stagnait dans la pièce.

Nathanaël continuait à casser ses noix. Encore un seul craquement, et il casserait la tête du prêtre, songea Austyn en serrant nerveusement les poings.

L'apparition de sa maîtresse en haut de l'escalier épargna à frère Nathanaël ce triste sort. Sans même réfléchir, Austyn sauta sur ses pieds. Les discours enfiévrés de son père se transformèrent à ses oreilles en un joyeux babil.

Lady Holly de Montfort descendait l'escalier avec une grâce souveraine, ses larges hanches oscillant au rythme de ses pas. Un voile de soie arachnéenne masquait ses traits. La traîne de sa robe tombait en cascade derrière elle, protégée de la poussière par la main secourable de sa gouvernante. Elle s'avançait à petits pas assurés... jusqu'à ce qu'elle manque la dernière marche.

Austyn se précipita pour la rattraper. Dans cette semi-pénombre, elle devait être aveuglée par son voile de gaze. Il l'attrapa par les coudes et sentit, sous les larges manches flottantes, la douceur de sa peau. Il avait connu beaucoup de jolies femmes, mais n'avait encore jamais été séduit par les coudes d'une femme...

— Bonsoir, ma dame. Vous souperez avec nous ?

— Si vous le souhaitez, messire, répondit-elle aimablement.

Elle se dirigea du mauvais côté, et Austyn dut la prendre gentiment par les épaules pour la remettre dans le bon chemin. Il mourait d'envie de soulever le voile pour contempler son cou gracile. Quand ils arrivèrent près de la table, son père se rencogna contre la tapisserie fanée, son pion toujours à la main.

— Bonsoir, Carey, lança Holly en s'asseyant. J'espère que le repas n'a pas refroidi pendant que vous m'attendiez.

L'entrée de sa mère, un plateau à la main, dispensa Carey de répondre. Disposés sur des tranchoirs, de gros morceaux de mouton entourés de poireaux bouillants recouvraient d'épaisses tranches de pain.

— C'est le plat préféré de notre maître, ma dame, expliqua Winifred en posant l'un des tranchoirs entre Holly et Austyn. J'espère que ça vous plaira.

— Je suis sûre que oui, Winnie. Il ne faut pas grand-chose pour me faire plaisir.

Tandis que les autres prenaient place à l'autre bout de la grande table à tréteaux, Austyn regarda sa femme avec incrédulité. La veille, rien ne lui convenait, et aujourd'hui... Mais ce voile commençait à l'agacer. Il s'était déjà habitué à deviner son humeur à la manière dont elle fronçait le nez, et les étincelles de ses yeux violets lui manquaient. Lorsqu'elle saisit la salière et la porta à ses lèvres, il écarta le voile de son visage.

— Mon costume vous déplaît, messire ? s'étonna-t-elle en reposant la salière pour prendre son gobelet. Je voulais vous remercier de votre générosité.

Austyn se recula. Elle avait dû mâcher tout le contenu de la tabatière, et l'odeur mentholée était encore plus forte que le puissant arôme des poireaux !

— Mais non, pas du tout, mentit-il. Ce voile appartenait à ma grand-mère.

— J'espère que vous lui avez demandé la permission avant de le lui emprunter, répliqua-t-elle en riant. Je préfère qu'elle ne vienne pas le réclamer à minuit dans ma chambre !

Austyn ne répondit pas, mais il retint un sourire. Aucune femme avant elle n'avait jamais osé plaisanter avec les fantômes de la famille.

Mais aucune femme avant elle n'avait jamais osé manger le même tranchoir que lui sans y avoir été invitée. Aucune n'avait osé le rasséréner en dissertant du charme rustique de Caer Montfort, ni lui donner à becqueter de ses mains les morceaux les plus tendres. Curieusement, c'étaient les mains de Holly, écorchées par le frottement des rênes, avec leurs ongles rongés jusqu'à la chair, qui le troublaient le plus. Elles voletaient devant lui avec une grâce aérienne qui l'enchantait.

Leur mouvement incessant se calma à l'approche de Nathanaël.

— Je vous ai cherchée tout à l'heure, mon enfant, mais Elspeth m'a dit que vous preniez un peu de repos.

— C'était le cas. Il m'appelle « mon enfant », mais il n'a que quelques années de plus que moi, expliqua Holly en se tournant vers Austyn avec un sourire moqueur.

— J'ai passé l'après-midi dans la campagne à cueillir des noix. Celles que vous préférez, ma dame, ajouta le prêtre en lui tendant un bol plein.

— Merci, mon frère, mais je crois que je m'en suis lassée, rétorqua-t-elle d'un ton suave.

— Vous devriez goûter celles-ci, insista le prêtre en posant le bol sur la table, ses doigts encore plus abîmés que ceux de Holly. Elles sont vraiment succulentes.

— Elle n'en veut pas, bon sang ! Vous êtes sourd ? rugit Austyn en balayant le bol d'un revers de main.

Tous les regards se tournèrent vers lui. Son père s'enfonça encore plus profondément dans la tapisserie, comme s'il avait voulu y entrer. Plus que leur étonnement, c'était l'air soucieux d'Emrys, de Winifred et de Carey qui peina Austyn. Il savait bien que c'était pour lui, et non pour eux-mêmes qu'ils s'inquiétaient.

— Pardonnez-moi, messire. Je n'aurais pas dû vous déranger.

Le prêtre s'inclina de mauvaise grâce et se retira en écrasant des morceaux de noix sous ses sandales.

Holly semblait la seule à s'amuser de l'éclat d'Austyn.

— Ne faites pas attention à Nathanaël, il est un peu vexé parce que vous l'avez privé de l'honneur d'entendre mes prières.

— Et pour qui ou pour quoi devriez-vous prier, ma dame ? Pour un mari plus raisonnable ? demanda Austyn en serrant son gobelet à deux mains pour l'empêcher de trembler.

— Mais pour vous, messire, répliqua-t-elle en lui caressant la joue du bout des doigts.

Austyn plongea son regard dans ses yeux brillants, où ne subsistait aucune trace de moquerie. Elle ne savait pas à quel point ses paroles pourraient se révéler prophétiques. Elle était peut-être le dernier espoir de salut pour la maison de Montfort, le seul moyen de rédemption pour son âme tourmentée.

— Belle dame...

Un instant, Austyn craignit d'avoir lui-même laissé échapper ce croassement, mais il vit que son père, sorti de sa cachette, se penchait timidement vers Holly.

— Belle dame, répéta le vieillard en effleurant du bout de son doigt parcheminé le voile de soie.

— Merci, père, répondit-elle avec un sourire. Il faut qu'il fasse attention dans les escaliers, sa vue doit baisser, murmura-t-elle à l'oreille de son mari.

Austyn ne put dissimuler un sourire. Peut-être son père, tout comme lui, était-il étonné non par la beauté de Holly, mais par son manque d'attraits.

La jeune femme adressa un signe discret à Elspeth et se leva. La gouvernante s'approcha et tendit à Austyn un vêtement soigneusement plié.

— Si mon travail vous convient, mon cher mari, expliqua Holly, les mains croisées sur son petit ventre rebondi, peut-être pourrai-je assurer d'autres de ces devoirs qui incombent à une bonne épouse...

Austyn la regarda disparaître dans l'escalier en essayant de chasser les pensées lubriques qui lui venaient à l'esprit. Le seul des devoirs incombant à une bonne épouse qui aurait pu l'intéresser, c'était précisément celui qu'il s'était engagé à ne pas lui demander.

— Voyons ce qu'elle sait faire, déclara Carey. Donnez à une femme la possibilité de se faire remarquer, et elle viendra vite se blottir sur vos genoux en ronronnant comme un petit chat.

— Qu'est-ce que tu connais aux femmes ? Je n'en ai jamais vu aucune se frotter dans tes jambes, rétorqua sa mère.

Austyn déplia le surcot cramoisi et le secoua comme une oriflamme.

— Je ne comprends pas, elle ne l'a pas reprisé ! On peut passer le poing dans la déchirure, commenta

Carey en joignant le geste à la parole, son air triomphant évanoui.

Ils se regardèrent, vaguement inquiets. Austyn retourna le vêtement et leur montra l'autre côté.

Tout autour des épaules, cousue à petits points délicats qui avaient dû exiger une habileté et une patience infinies, courait une bordure de lierre dont les feuilles luisaient d'un éclat sombre.

— Je n'aurais jamais cru que nos conceptions des « travaux d'aiguille » puissent être aussi différentes, pouffa Austyn. Si j'avais su que le mariage était aussi drôle, il y a longtemps que je me serais cherché une épouse !

Serrant le surcot sur son cœur, il partit d'un éclat de rire retentissant.

Ses compagnons le regardèrent, stupéfaits. Austyn avait toujours pris grand soin d'étouffer en lui le tempérament violent des Montfort. Mais s'ils l'avaient rarement vu céder à la colère, cela faisait vingt longues années que personne ne l'avait entendu rire d'aussi bon cœur.

15

À partir de ce jour, ce surcot cramoisi décoré de feuilles de lierre devint le vêtement préféré d'Austyn. Il arborait fièrement sur ses épaules l'étrange ornement délicatement ajouté par Holly. Au grand regret de Winnie, il refusa de la laisser repriser la déchirure que Carey avait faite, pour ne pas offenser sa dame.

Il loua le travail de Holly avec tant de chaleur qu'en moins d'une semaine, la plupart de ses habits, tuniques, manteaux, et même ses bas, s'ornaient de mignonnes guirlandes de pâquerettes, de bouquets de fleurs, ou de papillons jaunes voletant de l'encolure à l'ourlet. Il finit par supplier Carey de l'aider à cacher sa tenue de bataille, de peur que sa femme ne lui brode sur la poitrine un buisson de roses trémières !

Confrontée à ses devoirs de maîtresse de maison, Holly s'aperçut bien vite que son éducation l'avait préparée au mariage, mais pas à la vie conjugale. Elle savait chanter sans fausse note un morceau compliqué de musique de cour ou de chant grégorien, elle excellait à toutes les danses, mais elle était incapable de faire cuire une miche de pain. Tous ses gâteaux étaient brûlés, son vin chaud virait à l'aigre, ses crèmes tournaient.

Winifred gardait toujours un seau d'eau à portée de main pour éteindre les débuts d'incendie provoqués quasi quotidiennement par les tentatives culinaires de Holly. Au jardin, Emrys la suivait pas à pas pour arracher les ciguës et les orties qu'elle plantait au milieu des rangées de sauge et de thym.

Bien loin de lui reprocher sa maladresse, Austyn écoutait avec amusement le récit de tous ses malheurs domestiques.

Carey faillit s'étouffer de rire lorsque, après avoir fait bouillir les hauts-de-chausse d'Austyn, les réduisant à la forme et à la taille d'un saucisson, elle lui expliqua avec candeur que son maître devait être un véritable saint et qu'il était d'une patience angélique, incapable de se mettre en colère.

Finalement Winifred, qui cherchait désespérément un répit, eut l'idée de mettre entre les mains de Holly un seau d'eau et un tas de chiffons. Trop heureuse de pouvoir enfin réussir quelque exploit domestique, Holly passa les premiers beaux jours à redonner au château de Montfort un peu de son éclat passé. Elle astiqua les torchères de cuivre jusqu'à ce qu'elles brillent, arracha toutes les toiles d'araignées et récura les dalles et les planchers.

Il lui fallut une quinzaine de jours avant de trouver le courage de s'attaquer au sinistre escalier qui conduisait à la tour hantée. Le rez-de-chaussée lui parut moins lugubre quand elle eut enfoncé les volets de bois pourri qui obscurcissaient les lieux depuis plus de cinquante ans. Les rayons du soleil inondèrent le palier, et la brise d'été vint adoucir l'air vicié. Holly se fraya un chemin au milieu des nuages de poussière, s'agenouilla pour décrasser le sol, en pensant à la réaction de son père s'il voyait son « petit ange » en cet instant.

Elle ne consacrait plus ses journées à des distractions futiles qui l'ennuyaient à périr, mais à de durs travaux dont elle voyait tout de suite le résultat. Au lieu de passer ses nuits à se retourner sans trouver le repos, taraudée par la mélancolie, elle dormait profondément et rêvait du jour où elle gagnerait enfin le cœur de son mari. Elle ne se sentait plus prisonnière comme un canari dans sa cage dorée, mais pouvait enfin déployer ses ailes et s'envoler à la poursuite de ses rêves, comme les gracieux goélands qui planaient au coucher du soleil au-dessus de la rivière Wye.

Chaque jour, Austyn devenait plus chaleureux envers elle. Il souriait plus souvent, ses silences devenaient moins pesants. De plus, depuis près de deux semaines, elle ne l'avait pas vu chercher sous sa tunique le mystérieux trophée que son « amie » lui avait laissé en gage d'amour...

Holly se redressa pour essuyer la sueur qui inondait son front. L'effort lui avait donné chaud et, dans son dos, le courant d'air glacé se faisait plus vif. Elle se retourna pour contempler les marches. Aucun rayon de soleil ne pouvait venir à bout des miasmes humides qui semblaient se déverser de l'étroit escalier comme un torrent de larmes.

Elle sauta sur ses pieds en se gourmandant intérieurement. Elle n'allait quand même pas s'abandonner à des frayeurs enfantines ! Elle était déjà venue à bout d'un des légendaires fantômes de Montfort, en démontrant que l'horrible bruit de chaînes qui retentissait dans le couloir sud était en fait le grincement d'un candélabre et du système de poulies qui permettait de le lever et de l'abaisser. Elle se dirigea résolument vers l'escalier, refusant de céder à la panique.

Elle posa bravement le pied sur la première marche et tenta de percer l'obscurité. Il devait y avoir une porte juste après la courbe du mur. Soudain, ses cheveux se dressèrent sur sa tête. Elle venait d'entendre un grattement étouffé, comme un bruit d'ongles sur le bois.

— Sûrement des souris, murmura-t-elle.

Elle monta encore une marche, repoussant de son mieux les toiles d'araignées. Un souffle glacé, aussi ténu qu'un soupir, lui apporta des relents de moisissure qui la firent hésiter.

— Ce n'est qu'un courant d'air, se dit-elle en serrant les dents pour les empêcher de claquer.

Elle posait le pied sur la troisième marche lorsque s'éleva un hululement funèbre, qui enfla en une lamentation si lugubre qu'elle sentit son cœur se briser. Elle se boucha les oreilles pour ne plus entendre ce sinistre avertissement, et s'enfuit à toutes jambes en renversant le seau d'eau dans sa course.

Austyn était absorbé dans l'étude d'un parchemin quand il vit Holly passer en trombe dans le couloir, plus pâle que tous les fantômes des Montfort. Il se leva immédiatement, puis se força à se rasseoir et replongea à contrecœur dans les plans d'agrandissement du mur d'enceinte. Il allait bientôt avoir l'esprit aussi dérangé que son père, à courir après sa jeune épouse comme un chien après un os. L'inépuisable énergie de sa femme devait être contagieuse. Tout dans le château était resté en l'état depuis ce sinistre automne de 1304, personne n'avait envisagé un seul instant de finir les travaux, et lui commençait à le faire !

Cependant, il ne pouvait s'empêcher de tourner sans cesse ses regards vers la porte. Il ferait peut-être bien de suivre sa femme et de voir ce qu'elle avait encore inventé. Pas plus tard que la veille, il vérifiait les comptes avec Emrys lorsqu'un vacarme digne de tous les démons de la chrétienté avait retenti au-dessus de leurs têtes. Ils s'étaient précipités dans le corridor sud pour trouver Holly à cheval sur un candélabre rouillé, montant et descendant avec des cris ravis à chaque ascension vers le plafond.

Austyn l'avait rattrapée dès qu'elle était arrivée à portée de main et s'était donné le plus grand mal pour lui expliquer les dangers d'une telle conduite. Elle avait promis d'être plus prudente à l'avenir, mais n'avait pu s'empêcher de faire remarquer qu'elle n'aurait pas eu besoin de traquer le fantôme de la femme de son arrière-arrière-arrière-grand-père si ce vieux malappris ne l'avait pas fait brûler vive.

Austyn posa le parchemin et se leva. Il n'était pas le genre d'homme à espionner mais, après tout, il ne suivait pas Holly pour l'épier. Il ne cherchait pas à observer sa façon désarmante de darder entre ses dents son petit bout de langue rose quand elle accomplissait quelque tâche difficile, ni à contempler les reflets du soleil matinal sur ses cheveux noirs et brillants comme l'aile d'un corbeau...

Mais que faire s'il lui prenait la fantaisie de descendre dans le puits, ou de se blottir au creux d'une catapulte pour faire un somme ? Un homme ayant à cœur de veiller au bien-être de son épouse ne pouvait être accusé de l'épier.

Il lui emboîta le pas.

Instinctivement, Holly trouva refuge dans la chapelle du château. Elle tomba à genoux au pied de l'autel couvert de poussière, joignit ses mains tremblantes et adressa au ciel une prière muette pour l'âme de la grand-mère d'Austyn. Apparemment, se jeter du haut de la tour n'avait pas rendu à la pauvre femme la liberté dont son mari l'avait privée.

Une main s'abattit sur son épaule et la fit sursauter violemment.

— Vous priez pour l'âme de votre païen de mari, mon enfant ?

— Grands dieux, Nathanaël, vous m'avez fait une peur bleue ! Que faites-vous ici ?

— J'aurais dû me douter que ce n'était pas moi que vous veniez chercher, répliqua-t-il en levant les yeux au ciel pour bien lui faire sentir l'absurdité de sa question. Pour un peu, j'aurais l'impression que vous m'évitez.

Il lui coupait toute retraite et ne montrait aucune intention de la laisser passer. Elle détourna les yeux.

— Ne me faites pas la leçon, je vous prie. Je me sens déjà assez coupable comme ça.

— Je n'ai pas eu l'impression que votre conscience vous tourmentait beaucoup, ces derniers temps. Bien au contraire, votre conduite m'a semblé plutôt... impudique.

Holly releva la tête, blessée par l'injustice de cette accusation, mais sa réponse mourut sur ses lèvres devant l'allure pitoyable du prêtre. Le soleil qui filtrait à travers les vitraux de la chapelle éclairait sa robe froissée, les grands cernes noirs sous ses yeux.

— Vous êtes malade, Nathanaël ? Vous avez une mine affreuse, dit-elle en lui prenant le bras, effrayée par sa maigreur.

— Vous, par contre, vous avez meilleure mine, mon enfant. Vos cils repoussent, vos cheveux commencent à boucler. Même vos dents retrouvent leur brillant à chaque sourire béat que vous décochez à votre seigneur et maître... Encore un peu de temps, et je parie que votre poitrine va s'épanouir à nouveau comme un fruit mûr, conclut-il avec un regard sur son corsage suffisamment appuyé pour la faire rougir.

— Ne dites pas de sottises. Mes nouvelles obligations ont accaparé tout mon temps, je n'ai pas eu un instant pour noircir mes dents ou couper mes cils, rétorqua Holly en lâchant son bras.

— « Tu ne mentiras pas ! » tonna Nathanaël. Cessez de mentir, vous n'avez pas besoin d'autre sujet de repentir que votre désir abject pour ce païen de Gallois !

— Que savez-vous du désir, *mon frère,* ou de l'amour ? Des tendres sentiments qui peuvent lier un homme à une femme, ou une épouse à son mari ?

Holly n'avait pas eu l'intention d'en dire autant, mais elle s'était laissé emporter et les mots avaient débordé comme un torrent, mettant son cœur à nu.

— C'est encore pire que ce que je craignais, grommela-t-il. Vous vous imaginez que vous êtes amoureuse de ce rustre ! Mais tout ce que vous désirez, c'est sentir ses mains avides pétrir votre peau nue, et vous abandonner aux plus bas instincts de la chair !

La main de Holly s'abattit sur la figure du prêtre, balayant son expression insolente. Il devint pâle comme un linge, la trace des doigts de la jeune femme imprimée en rouge sur la joue, et resta planté là, les bras ballants, les yeux embués de larmes. Il paraissait complètement désarmé.

— Oh, Nathanaël, murmura-t-elle, saisie de remords et de pitié, en lui caressant le visage comme pour effacer le mal qu'elle avait fait. Pardonnez-moi, je suis sincèrement désolée…

Aucun d'eux ne vit, au fond de la chapelle, l'homme qui se glissait dehors, tel un ange banni du paradis.

16

Austyn galopait.

Les reproches véhéments d'un homme, son ton farouche, des mots passionnés, prononcés à voix trop basse pour être intelligibles. La réponse d'une femme, inaudible, mais vibrant d'une fervente conviction. Le bruit caractéristique d'une main qui s'abat sur une joue...

Il s'était précipité, prêt à défendre sa dame, pour trouver Holly, *sa* petite Holly, la main tendrement posée sur la joue d'un homme. Sa petite Holly implorant le pardon de cet homme. Un homme de Dieu, certes, mais un homme avant tout.

Un voile sombre lui obscurcissait la vue, et il avait sauté à cheval, sans même prendre le temps de seller sa monture.

Il galopa jusqu'à ce que la rage qui bouillonnait en lui s'atténue, jusqu'à ce que ses poings se desserrent et que le besoin de frapper se calme.

Toute sa vie, il avait lutté pour se protéger de la folie qui ravageait les siens, et il s'était évertué à conserver une attitude équilibrée en toute circonstance. Il s'apercevait maintenant que la cuirasse qu'il s'était forgée l'étouffait comme un étau.

Il galopa jusqu'à l'épuisement puis, laissant sa monture hors d'haleine paître à sa guise, sauta à terre et s'abattit dans l'herbe au bord de la rivière.

Le vent piquait ses yeux rougis en mugissant à ses oreilles une complainte funèbre. De gros nuages noirs s'amoncelaient à l'ouest, apportant avec eux le parfum de la mer. Enfant, Austyn venait déjà ici. Il posait la tête sur les genoux de sa mère, pendant qu'elle lui récitait l'un de ces poèmes épiques qu'il aimait tant. Des récits de bataille, des histoires de guerriers valeureux, des histoires d'honneur.

— Un jour, mon fils, tu seras un homme comme eux. Un chevalier, un héros, la fierté des Montfort, avait-elle dit une fois en caressant les cheveux qui lui tombaient sur le front, ses yeux gris débordant d'amour.

Le cœur d'Austyn se serra, taraudé par le poison qui infectait son âme. Il avait cru que Holly, sa drôle de petite femme au physique ingrat, l'en guérirait. Penser qu'elle pouvait provoquer ne serait-ce qu'une once de cette jalousie qui rongeait le cœur des Montfort depuis des générations, était tout simplement ridicule.

Il chercha sous sa tunique le trophée accordé avec tant de réticence par la beauté rencontrée dans le jardin de Tewksbury. Elle, elle était bien le genre de femme à rendre un homme fou, le genre de femme à qui l'on pouvait sacrifier son âme ! Mais quand il ferma les yeux pour se la remémorer, le visage exquis se brouilla et céda la place à un sourire malicieux éclairé par deux yeux violets. La longue chevelure de jais se changea en touffes plus emmêlées qu'un buisson de ronces, mais étrangement soyeuses au toucher.

Et maintenant, que pouvait-il faire ? Retourner au château, attraper cet hypocrite de prêtre par son capuchon, le traîner hors de la chapelle et exiger de connaître la raison de cette querelle passionnée avec sa femme ? Obliger Holly, par n'importe quel moyen, à confesser sa faute ?

Il bondit sur ses pieds, sa décision prise. Il ne donnerait à cette traîtresse de Rhiannon aucune de ces satisfactions. Avec ses preuves d'affection maladroites et ses tentatives ingénues pour lui plaire, Holly avait fait une brèche dans sa cuirasse, mais celle-ci pouvait être compensée par une indifférence à toute épreuve.

Austyn sauta à cheval. Il tourna bride vers le château alors que les premières gouttes de pluie mouillaient son visage ; il s'imagina que sa mère voyait son chagrin et le partageait avec lui.

Le tonnerre grondait derrière les montagnes, un vent frais traversait les fenêtres de la grande salle. Il pleuvait depuis une semaine, et la tristesse du temps commençait à affecter sérieusement l'humeur de Holly. Elle faisait les cent pas devant l'âtre, et les craquements du feu dans la cheminée augmentaient sa nervosité.

Assis sur l'appui de la fenêtre, Carey aiguisait ses flèches, tandis qu'Emrys, Winifred et Elspeth jouaient aux dés dans un coin. Deux grands chiens assoupis devant le feu levaient la tête d'un air chagrin à chaque passage de Holly.

Elle s'arrêta brusquement et se planta devant la table fraîchement cirée.

— J'ai recouvert d'herbes et de fleurs les dalles du hall, messire. Des fleurs et des plantes odorantes, de la lavande, du basilic, de la sauge, de la sarriette, et même un peu de menthe poivrée.

L'homme assis à la table ne lui accorda qu'un grognement indifférent. Depuis une quinzaine de jours, cet homme pratiquement enterré derrière ses registres et ses parchemins lui avait à peine adressé la parole. Visiblement, il ne tolérait sa présence que parce qu'il ne pouvait pas faire autrement.

Holly se tortura l'esprit pour trouver un autre exploit à mettre en valeur.

— J'ai enlevé la rouille de toutes les chaînes et astiqué les cuivres du donjon.

— C'est très bien, marmonna-t-il enfin avec froideur, sans même lui accorder un regard.

Elspeth lança à la jeune femme un regard plein de compassion, alors que Winifred et Emrys s'absorbaient dans leur jeu de dés. Carey fit une grimace de désapprobation dans le dos d'Austyn.

Holly se raidit. Si elle ne trouvait plus le moyen de plaire à son époux, elle arriverait peut-être à le mettre en colère. N'importe quel signe d'émotion sur ce visage impassible constituerait un changement appréciable !

— J'ai demandé à Winifred de vous préparer de la lamproie marinée pour le dîner de ce soir, tenta-t-elle en tripotant entre ses doigts ses cheveux qui commençaient à repousser.

Rien. Même la perspective de son plat favori n'arrivait pas à amener sur les lèvres parfaites d'Austyn l'ombre de ce sourire qu'elle aimait tant. Et dire que ces lèvres, à peine quelques jours plus tôt, ne trouvaient pas assez de louanges pour récompenser le moindre de ses efforts.

— Je crains d'avoir accidentellement renversé dans votre porridge un peu de ciguë. En principe, les convulsions commenceront ce soir, mais vous ne mourrez pas avant la nuit, ajouta-t-elle en tapant du pied.

— C'est très aimable à vous, murmura-t-il en refermant son registre. Je vais dans les pâtures du nord voir combien de temps la pluie va retarder les foins, ajouta-t-il en s'adressant à Carey par-dessus la tête de Holly. Je serai de retour avant la nuit.

Il passa à côté d'elle comme si elle était invisible et la laissa plantée là, les mains ballantes et le cœur serré.

— Ne faites pas trop attention à son humeur morose, ma dame, déclara Carey en quittant l'appui de la fenêtre. Les seigneurs de Montfort ont toujours été enclins à la mélancolie. Ils s'endurcissent le cœur et...

— J'ai bien peur que pour s'endurcir le cœur, l'interrompit Holly avec un sourire tremblant, il ne faille déjà en avoir un.

Holly errait dans le château telle une âme en peine, se demandant comment elle allait pouvoir endurer l'indifférence d'Austyn durant les trente prochaines années. S'il l'avait traitée de cette façon dès son arrivée, elle aurait pu en rejeter la faute sur son physique ingrat ou sur le rude tempérament de son mari, et aurait pu se résoudre à vivre aux côtés d'un étranger jusqu'à ce que la mort les sépare.

Mais il lui avait laissé espérer une autre relation, plus tendre, plus intime. Ils auraient pu échanger des anecdotes devant le feu après une journée de travail épuisante. Un sourire malicieux ou un éclat de rire, d'autant plus précieux qu'ils étaient si rares, serait venu lui réchauffer le cœur. Une caresse sur ses cheveux, comme si elle avait toujours cette masse de boucles tombant en cascade sur ses hanches, lui aurait fait oublier tous ses soucis.

Austyn lui avait laissé entrevoir tout cela pour le reprendre ensuite, sans qu'elle puisse deviner quelle terrible faute elle avait commise pour perdre aussi soudainement son affection.

Si elle avait compris quel péché se reprocher, elle aurait oublié sa fierté et demandé conseil à Nathanaël. Le prêtre s'était excusé de leur querelle et lui avait expliqué que seule sa sollicitude pour elle avait motivé son éclat. Mais leurs relations restaient tendues, empreintes d'un malaise diffus, et il passait le plus clair de son temps à étudier l'histoire des Montfort dans de vieux grimoires trouvés dans la chapelle.

Un timide rayon de soleil à travers une fenêtre l'informa que la pluie avait cessé. Trop tard pour venir à bout de sa tristesse. Dans chaque pièce, elle trouvait trace de ses pathétiques efforts pour se montrer une épouse digne d'Austyn. Ici le revêtement de chaux tout neuf qui recouvrait les murs, là l'arôme entêtant des herbes aromatiques qui crissaient sous ses pieds, ou encore les pots de fleurs qui égayaient les remparts.

Partout dans le château, elle avait imprimé la marque de sa gaieté. Elle avait seulement laissé de côté la tour nord, qu'elle avait abandonnée à ses toiles d'araignées et à ses fantômes.

N'y tenant plus, elle jeta un châle sur ses épaules et quitta le château par un escalier extérieur, traversa la cour et s'engagea sur l'herbe humide de la première enceinte. Elle leva le nez vers les nuages qui masquaient à nouveau le soleil, sans prêter attention aux pas timides derrière elle.

— Gwyneth !

Holly eut un soupir excédé. Elle n'était pas d'humeur à se laisser prendre pour une autre femme, vivante ou morte.

— Non, père, je ne suis pas Gwyneth, je suis Holly. Holly, l'épouse d'Austyn, ajouta-t-elle tristement.

— Gwyneth, répéta le vieil homme avec obstination, en désignant le tertre derrière elle.

Un frisson parcourut la nuque de Holly. D'un pas hésitant, elle se dirigea vers la tombe qui disparaissait presque sous le lierre et les ronces.

— Gwyneth ? interrogea-t-elle timidement en serrant son châle autour de ses épaules.

Le vent lui apportait l'écho de la voix d'Austyn, adoucie par une nostalgie indicible :

— Je me souviens d'elle comme si c'était hier. Sa voix, son sourire... Sa façon de pencher la tête en chantant.

Gwyneth, la femme de Rhys, la mère bien-aimée d'Austyn. Holly sentit l'angoisse lui nouer la gorge.

Elle se retourna vers le château. Elle comprenait maintenant comment Montfort, sans maîtresse de maison pour l'entretenir, était allé à vau-l'eau, mais elle ne s'expliquait pas l'abandon de cette tombe. Celle de sa mère était soigneusement entretenue, pesant de toutes ses forces pour lui faire lâcher prise.

— Ça suffit, vous lui faites peur !

Austyn lâcha son père et se retourna vers elle. Pendant quelques terribles secondes, elle crut qu'il allait la frapper. Elle recula, effrayée non par le mal qu'il pourrait lui faire, mais par les dommages irréparables que ce coup porterait à leurs relations.

Le geste de Holly pour se protéger remplit visiblement de honte Austyn.

Elle lui tendit la main, avec tendresse cette fois-ci, mais il recula hors de portée et s'approcha de la tombe. Il s'agenouilla, enleva ses gants, et entreprit d'arracher le parterre d'anémones et de jeter les mottes de terre le plus loin possible.

À chaque fleur, Holly avait l'impression qu'on lui arrachait le cœur. Elle vint s'agenouiller en face de lui, sans même penser à essuyer les larmes qui ruisselaient sur son visage.

— Je ne comprends pas comment vous pouvez profaner sa mémoire, déclara-t-elle avec douceur. C'était votre mère !

Le regard bleu d'Austyn se mit à flamboyer.

— Elle était infidèle ! rugit-il. C'était une catin !

17

— Il n'y a jamais eu de plus grande putain sur terre ! Elle était aussi rusée qu'Ève, aussi dépravée que Jézabel ! Elle attirait les hommes dans son lit comme une abeille dans un pot de miel.

Holly mit un moment à réaliser que ce n'était pas Austyn, mais son père qui venait de lancer ces imprécations. Le vieil homme s'approcha de la tombe d'un pas assuré. Son regard clair ne montrait plus la moindre trace de démence. D'une certaine façon, cette lucidité retrouvée était plus dangereuse que la folie douce qui l'habitait la plupart du temps. Holly, qui ne l'avait jamais entendu prononcer plus de trois mots à la suite, en resta sans voix.

— C'était une femme faible, entêtée, ma Gwyneth. Elle aimait trop les plaisirs de la chair. Elle n'a jamais pu se contenter d'un seul homme pour satisfaire son désir insatiable. Ni de deux, ni de...

Comme si les vannes d'une écluse venaient de s'ouvrir, le flot de paroles continua. Peu à peu, un petit auditoire se rassembla pour écouter ces tirades enflammées. Emrys, Carey et Winifred, blanche comme un linge, se serraient à la porte du jardin. Nathanaël observait la scène depuis le porche de la chapelle. Les autres occupants du château accouraient du pressoir, des écuries, de la forge, leur curiosité plus forte que leur crainte. Holly n'osait regarder Austyn, pour ne pas l'embarrasser davantage.

Enfin, Carey s'approcha de son vieux maître et le prit gentiment par le bras.

— Venez, messire, il est temps d'aller dîner. Il y a de la lamproie marinée ce soir, votre plat préféré...

Les autres curieux disparurent aussi vite qu'ils étaient apparus, comme si la gentillesse de Carey leur avait fait honte.

— Des catins, ce sont toutes des catins ! continuait Rhys de Montfort en pointant vers le ciel un index accusateur. Tout ce qu'elles veulent, c'est ouvrir les cuisses et boire notre virilité jusqu'à la dernière goutte !

La porte du château se referma sur les diatribes du vieillard. Holly n'osait toujours pas regarder son époux en face.

— Je ne vous avais jamais vue rougir, ma dame. Cela vous va très bien.

Le calme d'Austyn l'étonna. Agacée par cette remarque, elle se mordit les lèvres. Depuis qu'il ne lui accordait plus un regard, elle ne s'était pas beaucoup occupée de son apparence physique, et avait oublié de s'enlaidir.

— Je ne vous avais jamais vu arracher des fleurs, messire. Cela ne vous va pas du tout.

— J'aurais dû vous prévenir. Tous les Montfort sont affligés d'un...

Il chercha le mot juste.

— Ils souffrent d'accès de colère imprévisibles. Selon les critères de notre famille, c'était une saute d'humeur bénigne.

— Je n'aimerais pas être témoin d'une de vos colères véritables.

— Moi non plus.

Mains sur les hanches, il contemplait, par-dessus les tronçons du mur d'enceinte, la rivière gonflée par les pluies. Son profil aquilin se découpa sur le mauve du crépuscule.

— Le patriotisme gallois de mon père n'a pas toujours été aussi ardent qu'il le prétend. Lorsqu'il apprit que le roi d'Angleterre, Édouard, souhaitait consolider la paix avec ses turbulents voisins en bâtissant une série de châteaux pour défendre les rivières et les principales voies de communication du pays de Galles, il proposa Montfort comme un des sites possibles. Il savait bien que le roi récompenserait généreusement ceux qui s'engageraient avec lui dans cette entreprise.

— Nathanaël m'a parlé de ces châteaux.

Elle se garda bien d'ajouter qu'il lui avait aussi expliqué que le rêve d'Édouard ne s'était jamais accompli, que les Gallois continuaient à se rebeller périodiquement contre leur suzerain et, encore à ce jour, contre le fils d'Édouard.

— C'était une époque merveilleuse pour un garçon de neuf ans, continua Austyn avec un sourire rêveur. Les tailleurs de pierre, les maçons, les charpentiers s'affairaient jour et nuit. Carey et moi, nous ne perdions pas une occasion de faire des bêtises. Vous imaginez notre joie quand nous avons appris que le roi Édouard en personne viendrait nous rendre visite. Nous n'avions jamais vu de véritable roi jusque-là. Il est arrivé avec sa suite par un soir d'automne pluvieux, poursuivit-il en se rembrunissant. Édouard n'était plus tout jeune, mais c'était encore un homme vigoureux. J'étais un enfant plutôt grassouillet, mais il m'a soulevé comme une plume.

Holly ne put s'empêcher de sourire. Il n'y avait plus aucune trace de rondeurs enfantines sur le visage ou sur le corps athlétique d'Austyn.

— Mon père, ma mère et le roi restèrent à discuter, à rire et à plaisanter jusque tard dans la nuit. Le roi fut charmé par les chansons qu'interpréta ma mère.

Holly crut entendre l'écho d'une ballade oubliée résonner à ses oreilles.

— Il était près de minuit quand ils se retirèrent. Mon père se réveilla au milieu de la nuit, pour se retrouver seul dans son lit.

La jeune femme n'avait plus envie d'écouter la suite. Elle aurait fait n'importe quoi pour arrêter Austyn, elle se serait jetée à son cou, aurait étouffé les mots sous ses baisers. Mais elle était paralysée, frappée d'horreur par ce qui allait suivre.

— Il a cherché sa Gwyneth dans tout le château, comme il le fait encore, continua Austyn d'une voix sans timbre. Mais cette nuit-là, il l'a trouvée. Dans le lit du roi.

— Qu'a-t-il fait ? demanda-t-elle dans un souffle.

— Que pouvait-il faire ? Il n'était pas rare qu'un seigneur ambitieux offre à son suzerain les faveurs de sa femme. Il a fermé la porte et est retourné dans son lit. Le lendemain, à l'aube, il a aimablement fait ses adieux à Édouard, en lui jurant à nouveau fidélité. Puis il est remonté dans la tour étrangler ma mère.

Le profil d'Austyn était impénétrable, aussi beau et froid que le marbre d'un tombeau.

— Je les ai trouvés tous les deux, sur ce lit en désordre où elle avait couché avec un autre homme. Mon père berçait en pleurant le corps sans vie de ma mère et le couvrait de baisers en la suppliant de se réveiller.

Holly eut un sursaut horrifié en se rappelant combien de fois elle avait pris la défense de Rhys, combien de fois elle l'avait laissé la suivre dans le château comme un petit chien, combien de fois elle avait pris dans les siennes ces mains frêles qui avaient étranglé une femme.

— Quand Édouard a appris la mort de ma mère, il a retiré à mon père sa faveur et ses maçons. Il l'a privé de son titre et dépouillé de tous ses biens. Il a persuadé ses meilleurs guerriers de l'abandonner, jusqu'à ce qu'il ne lui reste plus qu'une poignée de paysans loyaux.

Holly comprenait maintenant pourquoi on ne rencontrait à Montfort aucun seigneur, aucun chevalier s'exerçant dans les lices, pourquoi le château n'était pas gardé par de vrais hommes d'armes, mais par des fermiers, des boulangers et des bergers.

— Le fils d'Édouard a continué à nous persécuter, il a exigé des impôts de plus en plus lourds, tout cela à cause de la félonie d'une femme. Parce qu'elle nous a trahis, parce qu'elle nous a abandonnés.

L'amertume de sa voix apportait à Holly l'écho d'une blessure d'enfant, obligé de grandir trop tôt et d'assumer les responsabilités d'un adulte.

— Elle vous a abandonnés ? Je ne suis pas de cet avis, s'écria-t-elle, emportée par l'indignation. C'est vous, messire, qui l'avez abandonnée.

18

Austyn était prêt à supporter la pitié de sa femme, éventuellement son dégoût ou son mépris envers toute sa famille, mais il était abasourdi par sa véhémence. Il avait affronté sur le champ de bataille des adversaires moins virulents. Si Holly avait été un chat, elle aurait sans aucun doute craché et miaulé avant de le griffer.

— *Elle* vous a abandonnés ? répéta-t-elle. Si j'ai bien compris, la pauvre femme n'a pas vraiment eu le choix !

— Elle n'avait qu'à rester dans le lit de son mari ! Elle pouvait respecter la fidélité conjugale !

— Et votre père n'était pas obligé de l'étrangler ! Je constate qu'il n'a pas étranglé son cher souverain !

Austyn accusa le coup. Depuis des décennies, tout le monde à Montfort évitait soigneusement d'évoquer la mort de sa mère. Ce meurtre avait endeuillé leurs vies entières, mais personne n'osait en parler. Personne, sauf Holly. Sa laide, sa courageuse petite Holly. Son impitoyable petite Holly.

— Est-ce que le crime de votre père est moins terrible que l'infidélité de votre mère ? Vous le dorlotez comme un enfant, mais vous refusez à votre mère une brassée de fleurs pour honorer sa mémoire. Elle n'a droit qu'à un tas de cailloux pour marquer sa tombe.

— C'est moi qui les ai mis, de mes mains ! s'écria-t-il en la saisissant par les épaules et en l'attirant contre lui.

Les yeux violets de la jeune femme jetaient des éclairs. Loin de céder, elle refusait de se laisser intimider. Pas la moindre trace de peur sur son visage farouche.

— Quelle délicate attention ! se moqua-t-elle avec un mépris cinglant. Vous la détestiez à ce point ?

— Je l'adorais ! explosa-t-il, comme si cet aveu l'étouffait depuis plus de vingt ans. Je l'adorais, répéta-t-il en baissant les yeux sur les lèvres de sa femme, si douces, si tendres, si tentantes…

Holly était de taille à affronter la colère d'Austyn, mais elle était désemparée devant le désir timide qu'elle lisait dans ses yeux. Elle aurait voulu se blottir dans ses bras, bercer sur sa poitrine la tête de son mari...

Puis elle se souvint subitement qu'il ne trouverait pas sous sa tête la douceur de ses seins, mais la raideur des bandages qui les enserraient. Effrayée par cette idée, elle le repoussa de toutes ses forces. Pendant un instant, il la retint comme s'il refusait de la lâcher, puis il finit par la laisser s'écarter.

— Alors, votre mère n'était pas la courtisane que décrit votre père ? demanda-t-elle en reculant, de peur de céder à la tentation.

— Elle était très belle, mais elle n'en tirait aucune vanité, répondit-il en cherchant ses mots. Elle ne pouvait pas avoir d'autres enfants, elle savait que je serais son seul fils et l'unique héritier de la famille.

C'est elle qui m'a appris à lire et à écrire. Elle m'a encouragé à acquérir toutes les qualités demandées à un chevalier, pour faire de moi le digne seigneur de ce fief... Elle était très pieuse. C'est elle qui m'a enseigné mes prières. Depuis le jour de sa mort, je n'ai plus récité une seule prière, précisa-t-il en baissant ses longs cils.

— Eh bien, il est peut-être temps de recommencer, rétorqua-t-elle en serrant son châle sur ses épaules.

Elle tourna les talons.

— Holly ?

— Messire ?

— Vous êtes la seule femme qui pourrait gagner mon cœur... murmura-t-il pensivement.

À ces mots, elle sentit ses jambes se dérober sous elle. Mais elle ne pouvait lui répondre sans révéler comment elle lui avait menti, et elle se hâta de regagner le château.

Elle se retourna cependant pour regarder derrière elle et distingua, à la lueur du crépuscule, Austyn à genoux devant la tombe, arrangeant d'un geste maladroit un pied d'anémones.

Holly était perdue. Elle courait dans une sombre forêt, aveuglée par le brouillard et les larmes. Non, comprit-elle, elle n'était pas perdue. Elle avait perdu quelqu'un. Une personne chère. Des branches tordues lui fouettaient le visage, s'accrochaient à sa robe, comme pour l'empêcher de trouver la personne qu'elle cherchait.

Elle se heurta à une porte cerclée de fer et frappa, jusqu'à en avoir les mains en sang. Mais la porte ne cédait pas. Désespérée, elle tomba à genoux en pleurant et en suppliant un invisible ravisseur tapi de l'autre côté de la porte. Ses larmes brûlantes mirent le feu à sa robe. Elle essaya d'éteindre les flammes de ses mains, mais d'autres s'allumaient, jusqu'à ce que ses vêtements s'embrasent entièrement.

Une ombre noire s'abattit sur elle. Les flammes s'éteignirent, mais aussi son dernier espoir de salut. De l'obscurité émergea un visage accusateur, plein de mépris. Ce visage, elle l'avait jadis caressé avec tendresse, elle l'avait couvert de baisers, adoré de tout son cœur.

Le pire, c'était qu'elle l'aimait encore, qu'elle aimait encore cet homme. Elle tendait les bras pour l'enlacer lorsqu'il referma sur son cou ses mains puissantes...

Holly se réveilla et s'assit dans le lit à baldaquin, le cœur battant. La lune s'était cachée, l'obscurité était complète. Elle porta une main tremblante à son visage et, à sa grande surprise, sentit ses joues inondées de larmes.

Elle rejeta les draps en désordre et chercha de quoi allumer la veilleuse à la tête de son lit. La faible lueur ne chassa pas complètement les ombres de toutes les dames de Montfort qui l'avaient précédée, mais au moins les repoussa-t-elle dans les ténèbres. Holly n'aurait su dire si ces malheureuses étaient venues l'avertir, ou si le cauchemar qu'elle venait de faire exprimait les affres de sa conscience tourmentée.

Elle prit dans la commode le petit miroir de sa mère. Elle craignait que le venin de la culpabilité n'ait altéré son visage plus encore que son déguisement.

Mais le reflet qu'elle examina soigneusement à la lueur de la chandelle apaisa ses craintes.

Ses traits avaient perdu toute morgue, le pli de sa bouche s'était adouci. Ses yeux trahissaient une mélancolie qui leur donnait la profondeur de deux lacs violets. Elle porta la main à son cou bruni par le soleil, et descendit jusqu'à la rondeur de ses seins. Ce n'était pas le visage de la plus belle fille d'Angleterre, mais les traits pensifs d'une femme amoureuse.

Elle reposa le miroir, incapable de supporter son reflet plus longtemps. Oserait-elle maintenant aller trouver Austyn, tout lui avouer et s'en remettre à sa générosité ? N'allait-il pas la chasser de sa maison, de son cœur, de sa vie même ? N'allait-il pas penser qu'elle l'avait trahi, comme sa mère avait trahi son père ?

Il valait mieux ne pas se fier à de simples paroles, mais se glisser dans le lit de son mari à la faveur de l'obscurité, se blottir contre sa poitrine et attirer son grand corps chaud sur le sien. La hardiesse de cette idée la terrifia autant qu'elle la tenta.

Après l'amour, il lui ouvrirait son cœur et lui pardonnerait sa tromperie.

Mais qu'aurait-elle prouvé ? Qu'elle pouvait séduire un homme par ses seules caresses ? L'ensorceler par la douceur de sa peau, par l'opulence de ses seins ? Elle n'en avait jamais douté, avant même d'épouser Austyn, et la maîtresse inconnue de son époux ne lui en offrait sans doute pas moins.

Vous êtes la seule femme qui pourrait gagner mon cœur.

À vrai dire, cet aveu d'Austyn, prononcé sous le coup de l'émotion après une querelle violente, comptait plus pour elle que tous les mots doux susurrés dans l'obscurité. Si elle se glissait dans son lit, utilisait toutes les armes que lui donnait sa beauté, elle ne saurait peut-être jamais s'il aurait succombé à la tentation, s'il aurait donné son cœur à un laideron à la poitrine plate, à la tignasse pelée, qui l'adorait plus que tout.

Holly décida de s'accorder une journée de plus, une seule. De *lui* donner un jour de plus. Si elle obtenait de lui un seul geste d'affection, demain soir elle le rejoindrait dans son lit. Elle ferait fi des avertissements de toutes les dames de Montfort, et prendrait le risque de déposer son cœur à ses pieds.

Une fois sa décision prise, elle retourna se coucher, aussi légère qu'une fée du pays de Galles.

— Bonjour, Winnie ! lança-t-elle joyeusement en passant devant la mère de Carey, penchée sur un baquet de lessive. Je vais cueillir des fleurs le long de la rivière.

— Faites une bonne promenade, lady Holly, répliqua Winifred en massant ses reins endoloris, avec un regard plein d'envie sur le pas alerte de sa jeune maîtresse.

Holly fredonnait une mélodie enjouée en balançant son panier au bout de son bras. Des flocons de nuages cotonneux parsemaient l'azur comme des pétales d'aubépine. La pluie des derniers jours avait apporté une promesse d'espoir et de renouveau.

Le beau temps retrouvé avait attiré la plupart des habitants du château hors du sombre donjon, et tous s'absorbaient dans des tâches de plein air. L'un récoltait le miel des ruches, l'autre ferrait un âne, tous surmontaient leur timidité pour saluer gaiement Holly. Les deux grands chiens trottèrent sur ses talons jusqu'à ce que le parfum d'un jambon que l'on fumait leur fasse oublier leur maîtresse.

La jeune femme était soulagée de ne pas apercevoir Rhys de Montfort. Elle ne savait quoi penser du père d'Austyn, et ne souhaitait pas consacrer une aussi belle journée à démêler ses sentiments contradictoires envers son beau-père.

Elle fit un signe amical à Carey en passant devant le champ clos où il s'entraînait au tir à l'arc, et éclata de rire quand sa flèche manqua la cible peinte sur une vieille balle de foin. Il lui montra le poing en feignant la colère, puis lui envoya de la main un baiser.

Elle ralentit le pas devant la tombe de Gwyneth de Montfort. La terre portait encore les cicatrices de la dispute de la veille mais, par endroits, des pieds d'anémones avaient été replantés et parsemaient la sépulture de taches de couleur.

La gorge de Holly se serra en lisant, gravé d'une main hésitante sur une grande pierre plate : *À ma mère bien-aimée, Gwyneth de Montfort.*

Nathanaël vint gâcher ce moment lorsqu'il surgit en croassant comme un corbeau, un rouleau de parchemin jauni à la main.

— Je n'ai pas besoin de vos sermons, ni de faire pénitence ce matin, Nat ! lui cria-t-elle, hâtant le pas en descendant vers la rivière. Je réserve mes prières à Dieu dans l'intimité de ma chambre, et je vous promets que mon âme est aussi nette qu'un sou neuf.

En tout cas, elle le serait dès ce soir, quand elle aurait avoué sa ruse à Austyn, corrigea-t-elle intérieurement.

Nathanaël courut après elle en se tordant les pieds sur la pente caillouteuse.

— Il faut m'écouter, Holly. Ce n'est pas pour votre âme que je me fais du souci, c'est pour vous. Vous êtes en danger. Vous courez un terrible danger !

— Je cours le danger de tomber et de me rompre le cou si vous continuez à trotter sur mes talons comme cela. Vous n'avez pas idée de ce que c'est que marcher avec ces jupes !

— En étudiant attentivement l'histoire des Montfort, j'ai trouvé la preuve irréfutable que votre mari est très probablement ensorcelé, expliqua-t-il en déroulant son parchemin, sans se laisser impressionner par ses rebuffades.

— Ensorcelé ? Damné pour l'éternité et toutes ces sornettes ? persifla Holly. Est-ce qu'il lui pousse des cornes et des pieds fourchus à la pleine lune, dites-moi ? Il va cabrioler dans la forêt avec les démons et sacrifier des jeunes filles sur un autel couvert de sang ?

— C'est bien pire. Écoutez ceci. Ce parchemin rapporte la malédiction de Rhiannon, la reine des fées, après qu'un ancêtre d'Austyn l'a accusée à tort d'infidélité. « Que l'amour vous conduise à votre perte, et que la beauté vous soit fatale ! » lut-il en trébuchant sur le sol caillouteux.

— Pour l'amour de Dieu, Nathanaël, vous êtes prêtre ! s'écria Holly, qui n'était pas d'humeur à laisser gâcher cette belle journée par les exhortations mélodramatiques du chapelain. Vous n'allez tout de même pas croire à des sortilèges païens !

— Il ne s'agit pas seulement de païens ! Le parchemin explique que cette Rhiannon a appelé la colère de Dieu sur la tête de ce malheureux chevalier.

— Eh bien, je vous autorise à brandir un crucifix au-dessus d'Austyn pendant son sommeil, ou à verser de l'eau bénite dans son petit déjeuner.

Le prêtre s'arrêta pour l'obliger à en faire autant et à l'écouter.

— Vous ne trouvez pas étrange que chez les Montfort, tant de femmes aient trouvé la mort des mains de leur époux ?

Mains sur les hanches, Holly le considéra un long moment. Puis elle pointa un doigt sur la poitrine de son ancien précepteur.

— Vous pouvez croire toutes les sornettes qu'il vous plaira, mon bien cher frère, mais moi, je vais vous dire ce que je crois. Je suis convaincue qu'il n'existe aucune malédiction que la magie de l'amour ne puisse briser !

Et elle le planta là, l'air dépité, sa robe de bure voletant dans le vent.

— Que Dieu soit avec vous, Holly. Puisse-t-il, dans son infinie bonté, vous donner raison, murmura-t-il tristement.

La rivière était d'humeur paisible ce jour-là, mais pas sa femme, semblait-il. Debout sous les branches d'un orme, Austyn regardait Holly se frayer énergiquement un chemin dans les hautes graminées et remplir son panier de brassées de fleurs de toutes les couleurs. Elle semblait agitée et marmonnait entre ses dents.

Elle était si drôle, si charmante, si hardie. Sans grâce, mais si pleine de vie qu'il en était ébloui.

La veille au soir, à la lueur du crépuscule, avec ses yeux violets qui lançaient des éclairs et son air de défi, elle lui avait presque paru jolie.

Elle butinait de fleur en fleur comme un papillon, s'arrêtant seulement pour chasser un insecte égaré dans sa chevelure en désordre. Austyn n'en revenait pas, mais elle lui inspirait un violent désir. Le désir d'en faire sa femme, de partager son lit, de la voir porter ses enfants.

La veille, elle lui avait laissé deviner une autre sorte de beauté. Une beauté toute de courage et de franchise, une beauté suffisamment généreuse pour lui rendre le souvenir chéri d'une mère qu'il avait passé les vingt dernières années de sa vie à mépriser. Une beauté qui ne devait rien à un teint de lait ou à une cascade de cheveux d'ébène exigeant cinq cents coups de brosse tous les soirs.

Austyn sortit de sous sa tunique le trophée qu'il avait gagné cette nuit-là dans le jardin de Tewksbury. Il n'y voyait plus maintenant que le souvenir d'une toquade pour une inconnue, une femme qui lui aurait sans aucun doute apporté la damnation, alors que Holly lui apporterait la délivrance.

Il le rangea sans plus y penser et partit d'un pas décidé retrouver sa femme sur la berge…

Agenouillée dans l'herbe, Holly arrachait avec un plaisir évident un bouquet de soucis lorsqu'une voix derrière elle la fit sursauter.

— J'espère que vous ne me prenez pas pour une de ces fleurs !

Le cœur battant, elle leva les yeux. Appuyé à un saule, Austyn lui souriait, tout de noir vêtu à part son surcot cramoisi. Ses yeux bleus étincelaient dans son visage bronzé, et il avait sur la joue cette fossette qu'elle aimait tant. Il était tellement beau qu'elle dut détourner le regard.

— À vrai dire, j'imaginais qu'il s'agissait d'un certain chapelain de ma connaissance, rétorqua-t-elle en éparpillant les morceaux d'une fleur déchiquetée.

— Vous vous êtes encore querellée avec Nathanaël ? demanda Austyn d'un ton qu'il souhaitait mesuré.

— Il se prend pour le frère aîné que je n'ai jamais eu et jamais voulu avoir. Cet homme est tout simplement insupportable. Il s'imagine que parce qu'il a été mon précepteur, il est en droit de me faire la leçon ma vie durant.

— Et en quoi consistait l'enseignement de frère Nathanaël ?

La jeune femme releva les yeux, troublée par la proximité d'Austyn, par la lueur étrange de son regard mi-songeur, mi-amusé. Il ne lui laissa pas le temps de répondre et la saisit par les bras pour l'aider à se relever. Le panier glissa des mains de Holly et l'odorante moisson multicolore se répandit à leurs pieds. Elle se sentait minuscule à côté de lui, aussi fragile et délicate que les jacinthes sauvages qui fleurissaient au pied du saule.

— Il m'a appris à mâcher chaque bouchée cinquante fois, répondit-elle si faiblement que sa propre voix lui parut très lointaine.

Austyn leva un sourcil incrédule, et elle rougit en se rappelant comment elle avait englouti tous les pâtés sur le chemin de Tewksbury.

— Il m'a appris à ne jamais élever la voix au-dessus d'un murmure poli.

Son mari leva encore plus haut le sourcil. Holly savait qu'elle en disait trop, et trop vite, mais elle était incapable de retrouver ses esprits. Elle sentait la chaleur des mains d'Austyn sur ses bras nus.

— Je ne vous ai jamais dit que vous aviez des coudes ensorcelants, ma dame ? lui chuchota-t-il à l'oreille.

— Nathanaël m'a appris à les frotter avec des zestes de citron, expliqua-t-elle d'une voix chancelante.

— Et que vous a-t-il appris d'autre ? demanda-t-il en se rapprochant.

De ses lèvres, aussi légères qu'une plume, aussi séduisantes que l'aile d'un papillon, il effleura celles de la jeune femme. Elle soupira d'aise, attendant davantage. Il lui répondit par une pression plus ferme. D'elle-même, la bouche de Holly s'entrouvrit et s'offrit à lui. Il en prit possession, acceptant cette timide invitation.

Quand elle s'abandonna, Austyn ne refréna plus son désir et saisit avidement sa nuque pour l'embrasser jusqu'à ce qu'elle en ait le souffle coupé, jusqu'à ce que ses jambes se dérobent. Elle serait tombée, sans le soutien de ses bras. Ce baiser était différent de celui qu'il lui avait donné dans le jardin. Moins provocant mais plus possessif, il préludait à d'autres emportements plus délicieux encore. Lorsque finalement il se retira, elle s'accrocha à lui, submergée par le désir ardent mais encore fragile qui les unissait.

Une lueur étincelante brillait dans les yeux d'Austyn.

— Cette nuit, ma dame, lui chuchota-t-il à l'oreille, c'est votre mari qui va vous instruire.

Pour sceller cette promesse, il déposa un baiser sur le bout de son nez, puis il la laissa, tremblante, sans force. Flottant sur un nuage de bonheur, elle vit la mèche d'ébène tomber de la tunique d'Austyn.

— Messire, vous avez perdu quelque chose...

— C'est sans importance, répliqua-t-il avec une pointe de tristesse fugitive.

Il avait à peine atteint le sommet de la colline que Holly fouillait à quatre pattes les hautes graminées. Elle étouffa un cri de triomphe quand elle trouva ce qu'elle cherchait, une broche de fils noirs entrelacés. Étonnée, elle leva le mystérieux objet pour l'examiner en pleine lumière.

Elle tira un premier fil, puis un second. Son cœur battait de plus en plus vite au fur et à mesure qu'elle défaisait le curieux bijou. Enfin, il ne lui resta plus qu'une boucle de cheveux brillants, coupée par la main maladroite du chevalier qui avait gardé ce souvenir avec soin. Elle porta la mèche soyeuse à sa joue et retrouva un flot de sensations oubliées, comme la caresse de ses longs cheveux sur son visage.

Muette de stupéfaction, elle comprit que pendant tout ce temps, elle avait été sa seule rivale dans le cœur de son époux. Sa mystérieuse amie n'était autre que lady Holly de Tewksbury, cette égoïste superficielle qui le considérait comme un barbare parce qu'il parlait avec un accent différent du sien, qui s'était enfuie comme un lapin apeuré plutôt que de reconnaître son désir et de s'attarder au clair de lune pour l'affronter.

Elle imagina l'étonnement et la joie d'Austyn lorsqu'il apprendrait qu'il était marié à la femme de ses rêves. Avec le baiser de son mari comme gage de son affection présente et la broche comme preuve de son adoration passée, elle pouvait envisager l'avenir sous les meilleurs auspices.

Elle se baissa pour ramasser les fleurs éparses et se mit à fredonner, tout doucement d'abord, puis sa voix monta peu à peu et elle finit par chanter la ballade qui avait pour la première fois attiré à ses côtés le chevalier Austyn de Montfort.

Austyn suivait les tronçons du mur d'enceinte en luttant pour se convaincre que sa gentille petite femme méritait mieux qu'une étreinte dans l'herbe au bord d'une rivière. Elle méritait un matelas moelleux, des oreillers profonds, un somptueux lit à baldaquin drapé de soie, des draps du lin le plus fin... Elle méritait du vin épicé dans un gobelet d'argent pour vaincre sa timidité virginale, des brassées de fleurs pour parfumer le nid de leurs amours, des chandelles odorantes pour éclairer doucement leurs corps enlacés.

Mais le désir ardent qui le dévorait était bien plus insistant que toutes les objections de sa raison. Après tout, pourquoi des époux auraient-ils besoin de soie et de plumes alors que le Bon Dieu leur offrait une couche d'herbe tendre ? Il pourrait l'étendre sur son manteau, couvrir son corps nu de pétales de jacinthes et de primevères.

Qu'avait-il besoin de vin pour vaincre sa timidité avant de l'aimer quand il avait le pouvoir, d'un simple frôlement, de la faire vibrer de plaisir ?

Austyn tourna brusquement les talons pour retourner à la rivière.

Il arrivait au sommet de la colline lorsque la brise lui apporta les premières notes d'une mélodie envoûtante qu'il connaissait bien.

Glacé, il ralentit le pas, tandis que la chaude matinée d'été devenait aussi froide et sombre que la plus triste des nuits d'hiver.

19

Holly rangeait la dernière fleur dans son panier lorsqu'une silhouette apparut en haut de la crête. Elle craignit que Nathanaël ne l'ait poursuivie jusque-là pour lui dresser le tableau horrifique des malheurs qui l'attendaient. Puis elle sourit en reconnaissant la carrure impressionnante et la crinière brune de son mari. Apparemment, il était aussi impatient qu'elle de commencer leur vie commune.

Son sourire s'évanouit quand elle vit le regard de son mari flamboyant de colère, sa mine sinistre. Instinctivement, elle fit un pas en arrière. Austyn avançait toujours. Sa grâce féline qui la fascinait d'ordinaire lui parut une menace. Elle recula encore, comme s'il en allait de sa survie, trébucha sur la rive boueuse et glissa dans la rivière. L'eau froide imbiba ses jupes.

La peur évidente de sa femme n'arrêta pas Austyn. Il la rejoignit en deux enjambées, attrapa sa chevelure pelée et scruta son visage, un peu comme il l'avait fait cette fameuse nuit dans le jardin de Tewksbury, il y avait déjà une éternité.

La panique submergea Holly. Elle se sentait déshabillée par ce regard impitoyable, comme s'il arrachait un à un les oripeaux de son déguisement, mettait à nu sa tromperie et flétrissait sa chair au fer rouge. Elle aurait préféré une franche colère à cette rage froide. Le silence d'Austyn la terrifiait plus qu'un torrent d'imprécations.

— Je vous en prie, murmura-t-elle, les yeux débordant de larmes.

Insensible à cette supplication, il lui prit le menton et la força à ouvrir la bouche, sans égard pour ces lèvres qu'il avait embrassées avec tant d'amour quelques instants plus tôt. Du pouce, il frotta énergiquement les dents de Holly.

Examinant le résultat avec attention, il lâcha les cheveux de la jeune femme et essuya sur son surcot son doigt taché de cendres, comme s'il venait de toucher un tas d'ordures repoussantes.

— Je vous en prie, Austyn, implora Holly en essayant de calmer le tremblement qui secouait son corps, je n'ai jamais eu l'intention de vous mentir. Je comptais tout vous dire, je vous le jure. Si vous me laissiez vous expliquer...

Il interrompit cette plaidoirie en lui plongeant brutalement la tête dans la rivière. L'eau glacée envahit la bouche et le nez de Holly. Elle ne doutait pas qu'il voulait la tuer mais, si son esprit aurait pu se résigner à la mort, son corps refusait d'abandonner la lutte. Elle se débattait et le griffait encore quand il la sortit de l'eau.

Pendant qu'elle tentait désespérément de reprendre son souffle, elle vit, dans le gouffre sans fond des yeux d'Austyn, le reflet de ses cheveux mouillés aussi noirs et brillants qu'une aile de corbeau.

Lorsqu'il tira son poignard de sa ceinture, elle comprit qu'il n'avait aucune intention de l'assassiner. La mort aurait été trop rapide, pas assez cruelle, et cet homme n'avait pas le moindre soupçon de compassion. Malgré sa fierté, elle ne put retenir les larmes de regret qui ruisselaient sur ses joues.

Il lacéra les tissus qui rembourraient ses jupes et en arracha les morceaux, la laissant frissonnante dans sa fine chemise de dessous. Sa dague fut encore plus rapide avec son corsage. Il fendit son justaucorps et découvrit les bandages grossiers qui comprimaient sa poitrine. Holly resta aussi immobile qu'une statue. La lame glissa lentement au creux palpitant de ses seins. Puis, d'un seul coup, Austyn, son époux si gentil, si patient, si attentionné, trancha les bandelettes et offrit ses seins nus à la clarté du soleil et à la flamme de son regard.

Avec un sanglot angoissé, Holly essaya de se couvrir, mais il l'attrapa par les poignets pour lui écarter les bras, dévorant des yeux sa nudité. Tremblant sous l'humiliation, elle chercha désespérément sur son visage une trace d'humanité ou d'apaisement.

En vain...

Elle ravala ses sanglots.

— Austyn, faites-moi la grâce de m'écouter. Je n'ai jamais eu l'intention de vous offenser, ni de vous blesser. Je voulais simplement...

— Cessez vos bavardages ! rugit-il.

Austyn sentit la jeune femme trembler comme une feuille devant la violence de cette rebuffade, mais il avait perdu toute mesure en découvrant sa trahison. Elle ne valait pas mieux que sa mère, pensa-t-il avec amertume, que sa grand-mère, que toutes ces femmes belles comme le jour qui avaient causé la ruine de sa famille et de son nom.

Dire qu'il l'avait plainte pour sa laideur, enragea-t-il en contemplant sa poitrine magnifique. Ses seins resplendissaient comme deux fruits mûrs couronnés de mamelons dressés. C'était le signe de sa peur, pas l'effet d'un quelconque désir, il le comprenait bien.

La chemise mouillée de Holly était devenue presque transparente et moulait le moindre détail de son corps de liane. Il baissa les yeux, s'attardant avec une insolence délibérée sur l'ombre suggestive en haut des cuisses. Elle gémit et, au lieu d'apitoyer Austyn, cela ne fit que l'exciter.

Il resserra son étreinte sur ses poignets. Tous les efforts qu'il s'était imposés depuis l'enfance pour dominer la violence de son tempérament devenaient dérisoires. Il aurait voulu la faire s'agenouiller dans l'herbe et lui faire ce qu'aucun homme n'osait infliger à une femme convenable, ce qu'il n'oserait pas même demander à une prostituée.

Austyn sursauta quand une larme tomba sur le dos de sa main. Il leva la tête et croisa le regard implorant de Holly, ces yeux violets qui seraient bientôt ombragés de longs cils noirs. Les yeux de sa femme...

Il la saisit par le bras et l'entraîna vers le château.

Holly fut bien obligée de le suivre comme elle put, en serrant les lambeaux de son corsage sur ses seins nus. Ses joues s'empourprèrent de honte lorsqu'ils passèrent devant un couple de bergers. Ceux-ci restèrent bouche bée devant le spectacle de leur maître tirant une inconnue à peine vêtue.

Ils passèrent sans s'arrêter devant les autres habitants du château. Holly distinguait à peine leurs visages ahuris, jusqu'à ce que retentisse une exclamation consternée :

— Mon Dieu, mais... c'est lady Holly !

Toute la scène prit alors une netteté de cauchemar, leurs cris effarés en comprenant que la créature ravissante trébuchant sur les talons d'Austyn était bien leur châtelaine, leurs regards apeurés sur le visage menaçant de leur maître, leur façon de détailler son corps à moitié nu.

— Qu'est-ce que c'est que ce sortilège ? s'écria un vieillard. C'est sûrement une sorcière !

Tous reculèrent, certains parce qu'ils avaient peur d'elle, d'autres parce qu'ils craignaient la colère d'Austyn. L'étonnement douloureux que perçut Holly sur la figure de Winifred lui fit plus mal que leur muette réprobation. Elle cacha son visage, honteuse de ses mensonges.

Les chiens trottaient en aboyant sur leurs talons. Emrys et Carey accoururent du champ clos, l'épée à la main, pour découvrir la cause de ce remue-ménage. Carey s'arrêta net, bouche bée, tandis que le visage d'Emrys devenait livide.

L'étrange procession arrivait devant la chapelle lorsque le prêtre leur barra le chemin. Holly craignit qu'Austyn ne passe sur le corps de Nathanaël et l'oblige elle aussi à le piétiner. Mais son époux s'arrêta à quelques pas et la tira devant lui, comme pour s'en faire un bouclier. Il lui passa le bras autour de la taille, et elle ressentit cette parodie d'intimité comme une suprême humiliation.

— Écartez-vous, prêtre, intima Austyn, si vous ne voulez pas réciter vos dernières prières.

Le visage de Nathanaël était pâle, de grands cernes cerclaient ses yeux, mais sa voix vibra d'une conviction que Holly ne lui avait jamais connue :

— Je ne vous laisserai pas maltraiter cette dame.

— Ce n'est pas une dame, c'est ma femme. Vous l'avez oublié ? Vous nous avez pourtant unis par ces liens maudits !

— C'est vous qui semblez oublier votre serment, messire, rétorqua avec fermeté Nathanaël.

— N'abusez pas de ma patience, *mon frère,* gronda Austyn en resserrant son étreinte sur la taille de Holly. Êtes-vous à ce point soucieux du bien-être de ma femme, ou cherchez-vous seulement à la protéger, comme tout amant attentionné ?

Holly ne fut pas la seule à sursauter devant une si monstrueuse accusation. Comment pouvait-il la croire capable d'une telle infamie ?

Nathanaël détacha les yeux du visage d'Austyn pour contempler avec douceur celui de la jeune femme.

— Je ne suis pas son amant, répondit-il calmement.

Elle poussa un soupir de soulagement.

— Mais je l'aime ! ajouta-t-il aussitôt.

Holly se mordit la lèvre, désespérée. Depuis toutes ces années, elle s'en était doutée.

— Devant Dieu, c'est la pure vérité ! poursuivit Nathanaël. Je l'aime ! Elle est belle, intelligente, charmante, pétrie de dons, et vous, messire Austyn de Montfort, vous n'êtes pas digne de baiser l'empreinte de ses pas !

Holly tressaillit, attendant la réaction d'Austyn. Elle fut encore pire que tout ce qu'elle aurait pu imaginer. Il éclata d'un rire sardonique, rejeta la jeune femme derrière lui et arracha l'épée des mains de Carey.

Le courage de Nathanaël faiblit quand Austyn s'avança vers lui, le glaive à la main, et sa voix de bronze perdit nettement de son assurance.

— Je n'ai pas peur de vous, dit-il en reculant de deux pas. « Ne crains pas celui qui peut tuer ton corps mais qui ne peut tuer ton âme », ajouta-t-il en appelant l'Évangile à son secours.

Holly le vit trébucher sur sa robe de bure et tomber à la renverse sur les marches de la chapelle. L'ombre d'Austyn le dominait comme un oiseau de mauvais augure. Elle se précipita entre le prêtre et Austyn. Elle n'avait pas le choix. C'était le seul moyen d'aider Nathanaël, qui l'avait secourue, et d'empêcher les deux hommes de s'entre-tuer pour elle.

Austyn brandissait déjà son arme lorsqu'elle se jeta sur le prêtre, serrant toujours les lambeaux de son corsage en tendant l'autre bras, dans un geste protecteur. Nathanaël essaya de l'écarter, mais elle ne bougea pas d'un pouce.

— Dois-je vous rappeler que je vous ai sauvé la vie, messire ? lança-t-elle en regardant son époux droit dans les yeux. Je vous demande en retour la vie de cet humble prêtre.

Pendant un instant, elle sentit au-dessus d'eux le froid de la lame et s'attendit à être embrochée en même temps que Nathanaël.

— « Humble » ne me paraît pas le terme exact, s'exclama-t-il avec un rictus plus proche d'une grimace que d'un sourire. Comme vous êtes émouvante ! Plût à Dieu que j'inspire à une femme un tel dévouement !

Il la prit par le poignet et l'attira vers lui. Elle s'effondra quand le poing d'Austyn fracassa la mâchoire de Nathanaël avec un craquement sinistre. Le chapelain s'affaissa sur les marches comme un paquet de linge.

Dans un brouillard, elle vit Carey penché sur elle. Elle aurait voulu lui dire qu'elle n'avait rien, que seul son cœur avait été blessé, mais la voix cinglante d'Austyn l'arrêta net :

— Ne touche pas cette femme !

Il les dominait de toute sa taille et les considérait sans aucune aménité. On aurait entendu voler une mouche, et l'anxiété générale était presque palpable.

— Elle est tombée, expliqua Carey, je voulais voir...

— Lâche-la !

Carey n'en croyait pas ses oreilles.

— Tout de suite ! intima Austyn en appuyant la pointe de son épée sur la gorge de l'écuyer.

Celui-ci obéit, les dents serrées.

Quand les yeux d'Austyn se détournèrent de Holly, elle eut le pressentiment qu'il ne lui accorderait plus jamais un regard. Une douleur irrépressible lui transperça le cœur.

— Putain ! Jézabel ! cria une voix triomphante, une voix de fou. Que Dieu punisse la catin qui ose séduire l'homme de bien !

Debout sur le chemin de ronde, Rhys de Montfort, les bras levés vers le ciel, appelait sur elle la colère divine.

C'en était trop pour la jeune femme. Elle se débattit comme un beau diable lorsque Austyn la saisit et lui enserra le poignet. Indifférent aux efforts de Holly, il l'entraîna de force à l'intérieur du château, passa devant Elspeth en larmes et grimpa un escalier en la tirant après lui comme un paquet.

Comprenant où il l'emmenait, elle résista de plus belle, martela le dos d'Austyn de ses poings, lui griffa les bras et le visage tandis qu'il restait aussi impassible qu'une statue. Submergée par une terreur panique, ses imprécations se transformèrent en hurlements terrifiés, stridents, proches de la folie. Elle abdiqua toute fierté quand ils arrivèrent devant l'antique porte de chêne, et se mit à supplier Austyn, lui promettant de se plier à toutes ses volontés pourvu qu'il ne l'enferme pas dans cette horrible tour.

Il ouvrit la lourde porte et, sans ménagement, la poussa dans la pièce. Dans la pénombre, elle ne pouvait distinguer son visage. Jusque-là, elle s'était débattue pour lui échapper mais maintenant, elle s'accrochait à lui, le suppliait de ne pas partir, de ne pas la laisser seule. Il se dégagea brutalement et la repoussa.

Elle tomba de tout son long sur le sol et se traîna aussitôt vers la porte. Il la lui claqua brutalement au visage. Le bruit de la clef dans la serrure sonna comme un glas aux oreilles de Holly. Elle se recroquevilla sur le sol, trop épuisée et découragée pour continuer à crier. Le seul effort dont elle était capable, c'était de se rouler en boule sur elle-même, en espérant que si elle se faisait suffisamment petite, elle finirait par disparaître complètement.

DEUXIÈME PARTIE

Et, telle une nouvelle Hélène,
Elle embrasa une nouvelle Troie...
Elle provoquait une fureur mortelle
Ou inspirait le désir le plus tendre.

John DRYDEN

Seuls les braves méritent la beauté.

John DRYDEN

20

Une éternité s'écoula avant que Holly n'émerge de sa torpeur. Tout ce qu'elle éprouvait, c'était une vague surprise d'être encore en vie. Elle ne comprenait pas comment son pauvre cœur pouvait continuer à battre comme si de rien n'était, comme si Austyn l'aimait encore !

Elle déplia ses membres engourdis. Des traces de larmes avaient séché sur ses joues, elle était percluse de courbatures, mais n'y prêta pas attention.

Elle ne se sentait plus capable d'exprimer son chagrin, ni de rechercher une lueur d'espoir, et cette hébétude lui apportait un répit bienvenu.

Finalement, elle se leva pour examiner la pièce. Elle n'aurait pas été surprise si Austyn l'avait laissée dans l'obscurité complète, mais les rayons de la lune filtraient à travers les fentes des volets de bois qui pendaient de guingois sur leurs charnières.

La tour n'était pas à la hauteur de ses craintes les plus folles. On n'y trouvait pas de hordes de rats grignotant une carcasse encore fraîche, ni de squelettes se levant pour danser la gigue, ni même le chœur des dames de Montfort pour la railler de ne pas avoir écouté leurs mises en garde. Elle s'attendait à la rudesse spartiate d'un donjon, et se retrouvait en fait dans la pièce la plus luxueuse du château.

Des décennies d'abandon avaient laissé leurs traces mais, malgré son délabrement, la pièce gardait encore une élégance fanée. Les toiles d'araignées qui pendaient des poutres en longues traînées soyeuses accentuaient cette atmosphère irréelle.

Holly s'aventura plus avant. Les tapisseries qui recouvraient les murs étouffaient tous les bruits. Un immense lit à baldaquin trônait sur une estrade au milieu de la pièce. Même mangé aux mites, le brocart des draperies était encore somptueux. Des rubans de velours tachés étaient accrochés à chacun des quatre piliers richement ouvragés. Holly se demanda en les caressant distraitement quelle pouvait bien être leur utilité. Une splendide commode aux pieds sculptés complétait cet ameublement somptueux.

Elle passa le doigt dans la poussière qui la recouvrait. Un flacon de parfum et un pot de rouge tout desséché voisinaient avec un peigne en argent. C'était tout ce qui restait de la femme qui avait jadis occupé cette luxueuse prison. Une femme que son mari avait accusée d'infidélité, qu'il avait privée de sa présence, à qui il avait seulement laissé ces souvenirs dérisoires de son amour passé.

Elle souleva le couvercle d'un coffret d'argent, pensant y trouver un doigt coupé ou quelque horreur de ce genre. Le souffle lui manqua lorsque la clarté de la lune fit étinceler des joyaux dignes d'un roi.

Elle plongea la main dans ces trésors enchevêtrés et en ressortit un filet d'or incrusté d'émeraudes, une broche de diamants, un pendentif de rubis au bout d'une chaîne plus grosse que son petit doigt. Pourquoi Austyn ne les avait-il pas vendus pour apaiser l'avidité du roi Édouard et de ses collecteurs d'impôts ?

Certainement pas par respect envers la mémoire de sa pauvre grand-mère.

Elle lâcha les bijoux comme s'il s'agissait d'un nœud de vipères et alla ouvrir les volets. Pas d'étroite meurtrière ici, mais une véritable fenêtre encadrée par deux niches pour s'asseoir. Il fallait bien que la fenêtre soit assez large pour permettre à une femme de se jeter dans la cour.

Le vent piqua ses yeux irrités par les larmes. De cette hauteur, elle avait une vue panoramique sur la campagne environnante baignée par le clair de lune, mais elle apercevait à peine un petit bout de la cour au-dessous. Elle se pencha et baissa les yeux sur les dalles en se demandant si des traces de sang marbraient encore le sol.

Elle sentit sur sa nuque un souffle aussi léger qu'un soupir, et ses cheveux se dressèrent sur sa tête. Elle ferma les paupières. Le soupir s'enfla en un véritable sanglot, écho à sa propre douleur, tellement proche qu'elle craignit un instant de l'avoir laissé échapper de sa gorge.

Les volets se mirent à battre violemment et Holly recula, terrorisée. Le cri se transforma en hurlement strident, en protestation sauvage. Elle trébucha sur la margelle de la cheminée et tomba rudement sur le dos. Elle se boucha les oreilles, mais le tapage devenait de plus en plus violent et pénétrait jusqu'à la moelle de ses os.

Elle ôta les mains de ses oreilles et se mit à hurler aussi.

— Arrêtez ! Ça suffit, arrêtez !

Les volets se refermèrent en claquant, et la lamentation cessa aussi brutalement qu'elle avait commencé. Le silence s'installa dans la tour. En tremblant comme une feuille, elle scruta l'obscurité, craignant une autre visite encore plus effrayante.

Les volets s'ouvrirent à nouveau avec un craquement, et un courant d'air ébouriffa ses cheveux. Elle se pencha pour regarder l'intérieur de la cheminée, et n'y trouva qu'un tas de cendres et un squelette de souris.

Un gémissement aigu lui perça les oreilles et s'enfla en hululement strident lorsqu'un méchant vent coulis descendit de la cheminée.

— Le vent, murmura Holly, sidérée. Ce n'est que le vent qui siffle dans le conduit de la cheminée !

Un gloussement effaré lui échappa. Elle posa la main sur sa bouche sans réussir à étouffer son hilarité, et se mit à rire si fort que ses côtes devinrent douloureuses et que de grosses larmes roulèrent sur ses joues.

Elle était vraiment seule maintenant, sans Austyn, sans même le fantôme de sa grand-mère pour partager sa solitude...

Elle se recroquevilla sur elle-même, cherchant sa respiration, et n'aurait pu dire à quel moment son rire se transforma en sanglots.

Carey trouva Austyn accoudé sur une échauguette du mur d'enceinte. Il contemplait le ruban argenté de la rivière étincelant au clair de lune et offrait au vent, qui rejetait en arrière sa crinière brune, un visage impénétrable.

L'écuyer ne reconnaissait plus son ami de toujours, le compagnon des équipées joyeuses et des batailles acharnées. Il ressemblait encore moins au garçon vif et taquin avec lequel il avait passé son enfance.

— Le prêtre est hors d'état de nuire, dit-il en s'asseyant sur le mur, mais je n'arrive pas à calmer la gouvernante. Elle n'arrête pas de pleurer. C'est à se demander si elle ne va pas inonder tout le rez-de-chaussée.

— Aucune importance, répliqua Austyn sans montrer le moindre signe de pitié. Et mon père ?

— Il a fini par s'endormir. Il était dans tous ses états, il a fallu plusieurs cuillerées d'hydromel pour le calmer.

Un long silence s'installa entre eux.

— Elle vous a expliqué pourquoi elle a fait ça ? finit par demander Carey.

— Tu crois vraiment que je me suis donné la peine de l'interroger ? rétorqua Austyn avec un rire sans joie.

— Qu'allez-vous faire d'elle ?

— Qu'est-ce que ça peut te faire ? Tu la veux ? lança-t-il d'un ton tellement véhément que, pendant un instant, Carey se demanda s'il ne parlait pas sérieusement. Tu crois que j'ai le choix ? S'il ne s'était pas donné tellement de mal pour se débarrasser d'elle, je l'aurais renvoyée à son père. Avec son talent pour les déguisements, je ferais mieux de la vendre à une troupe de baladins. Je peux aussi la garder enfermée dans la tour nord jusqu'à ce que ses cheveux blanchissent et qu'elle perde une à une ses jolies dents blanches.

— Et si elle fait comme votre grand-mère ?

— Eh bien, je n'aurai plus de femme, répondit Austyn en haussant les épaules. Quand même, ce serait dommage. Tu sais, poursuivit-il sur le ton de la confidence, qu'elle m'a promis de faire tout ce que je voudrais si je renonçais à l'enfermer ? Il y a de quoi enflammer l'imagination, non ? C'est tout de même tentant d'avoir à ses genoux une telle beauté, disposée à faire vos quatre volontés, tu ne trouves pas ?

— Ça suffit ! s'exclama Carey. Il s'agit de votre femme ! Ce n'est pas une putain des rues ! Vous n'avez pas honte ?

— Bien sûr que si, j'ai honte, rugit Austyn, abandonnant son masque d'indifférence. Je suis mort de honte ! J'ai honte d'avoir été si bête, honte d'avoir été tellement aveuglé par son charme, de ne pas avoir percé à jour son déguisement ridicule ! J'ai honte d'avoir offert mon amour à cette petite menteuse !

Il se détourna et s'agrippa si fort à la muraille que ses phalanges devinrent blanches.

Carey s'approcha. Il aurait voulu avoir un geste de consolation, poser sa main sur l'épaule de son ami, mais il y renonça. Austyn n'aurait pas accepté son réconfort.

— Vous n'avez pas été plus idiot que nous tous, remarqua-t-il avant de s'éloigner.

Austyn attendit que le bruit de ses pas se soit estompé pour aspirer à pleins poumons le vent qui sifflait à ses oreilles. Il avait espéré que sa clameur sauvage étoufferait l'écho des supplications de

Holly, ses cris déchirants tandis qu'elle le suppliait de ne pas la quitter. Il sentait encore ses bras accrochés à son cou, la douceur de sa poitrine contre la sienne.

Il serra les dents pour ne pas hurler. Il aurait voulu la rejoindre, abattre de ses poings la porte qui les séparait, la plaquer contre lui, lui faire sauvagement l'amour, se prouver et lui démontrer qu'il n'était qu'un fauve cruel et ne serait jamais rien d'autre, comme tous les Montfort avant lui.

Mais il n'avait pas voulu confier à Carey ce qui lui faisait le plus honte. Il n'avait pas enfermé sa femme pour la punir, mais pour la protéger de lui-même.

Il scruta le firmament, sans trouver aucun réconfort dans les cieux étoilés, dont la beauté lui glaçait le sang.

— Garce sans cœur, cracha-t-il, sans savoir s'il s'adressait à Rhiannon ou à sa femme.

Des coups discrets à la porte éveillèrent Holly d'une torpeur plus proche de la mort que du sommeil. Elle n'avait aucun souvenir d'être grimpée sur le lit ni de s'être pelotonnée sur la couverture d'hermine. Elle étira ses membres engourdis en éternuant devant le nuage de poussière que soulevaient ses mouvements.

Elle reconnut le bruit caractéristique d'une clef dans la serrure, et se dressa sur son séant. Une petite voix désabusée au fond de son cœur l'avait convaincue qu'Austyn allait déserter le château avec toute la maisonnée, et la laisser mourir de faim. Quand la porte s'ouvrit, elle ne put contenir la vague d'espoir qui la submergea, même si elle s'en voulait de l'éprouver.

Son cœur se serra lorsqu'une couronne de tresses apparut dans l'encadrement de la porte, mais sa déception fit vite place à la joie devant le visage familier de Winifred. Elle sauta à bas du lit et courut à sa rencontre.

— Oh, Winnie, je suis si heureuse de vous voir ! Je savais bien que vous ne m'abandonneriez pas.

Les joues rondes de Winifred avaient perdu leur teinte rubiconde, de larges poches cernaient ses yeux. Elle déposa sur une table le plateau qu'elle tenait et tourna les talons.

Holly ne pouvait croire qu'elle allait partir ainsi, sans un regard, sans un mot !

— S'il vous plaît, Winnie, supplia-t-elle d'une voix désespérée en suivant la femme de charge, toujours muette. Est-ce qu'Austyn vous a interdit de m'adresser la parole ? Vous avez peur qu'il vous punisse ? Si vous pouviez le persuader de venir me voir, de m'accorder un petit moment, pour que je lui explique... Si Austyn refuse de monter, envoyez-moi Carey, continua Holly en s'accrochant au bras de Winifred, qui se dirigeait vers la porte.

Elle avait trop besoin de chaleur, d'une présence amie.

— Austyn l'écoutera, lui. Je sais qu'il l'écoutera !

— Vous avez perdu la tête, ma fille ? siffla Winifred avec un regard noir qui la laissa interdite. Vous voulez que mon fils soit jeté au fond d'un cachot, comme votre écervelé de chapelain ?

Holly se sentit accablée de honte. Elle n'avait même pas eu une pensée pour Nathanaël. Tel qu'elle connaissait Austyn, il était capable de lui avoir tranché la tête sans plus de cérémonie.

— Bien sûr que non. Je ne voudrais jamais de mal à Carey. Il a toujours été très gentil avec moi.

— Ah oui, et c'est comme ça que vous le remerciez ? C'est comme ça que vous nous remerciez tous ?

L'amertume de la brave femme était encore plus difficile à supporter que la rancune d'Austyn. Holly sentit ses lèvres se mettre à trembler et ses yeux se remplir de larmes.

Winifred contempla sa chemise en lambeaux, ses cheveux ébouriffés, ses joues sur lesquelles les larmes avaient laissé de longues traces, et son visage se figea d'horreur.

— Mon Dieu, vous êtes si belle ! s'écria-t-elle en s'effondrant sur un tabouret, la tête dans ses mains.

Holly aurait voulu la prendre dans ses bras pour la consoler, mais elle craignait une rebuffade. Elle s'agenouilla aux pieds de la femme de charge.

— Ne pleurez pas, s'il vous plaît. Je ne veux pas vous voir pleurer...

— Vous ne comprenez pas ce que vous avez fait ? demanda Winifred, son accent gallois encore plus prononcé sous le coup de l'émotion. Nous pensions tous que vous étiez différente, que vous alliez enfin briser le sortilège. Et maintenant, tout recommence. Les mensonges, la jalousie, les accusations... La moitié des gens disent que vous êtes une sorcière qui peut changer d'apparence comme elle veut.

— Et vous, qu'est-ce que vous pensez ?

— Je crois que vous êtes une écervelée qui a joué un vilain tour à un homme qui est comme un second fils pour moi, répondit Winifred après avoir longuement dévisagé Holly. Ne me demandez pas de vous aider, je ne ferai rien pour vous.

— Je l'aime toujours, déclara la jeune femme d'un air de défi tandis que Winifred gagnait la porte.

— Dans ce cas, que Dieu vous vienne en aide, murmura la femme de charge en refermant la porte à clef.

Les jours suivants, Winifred monta deux fois par jour à Holly des repas succulents, des brocs d'eau chaude pour sa toilette et des draps propres, mais jamais plus la prisonnière ne versa la moindre larme ou ne proféra une seule demande d'aide. La plupart du temps, les plateaux repartaient intacts. Les draps de lin restèrent empilés sur la commode et tous les soirs, elle se roulait en boule sur le vieux dessus-de-lit mangé aux mites.

Lorsqu'un jour Winifred lui demanda sèchement, de la part de son maître, si elle avait besoin d'autre chose pour son confort, de couvertures supplémentaires par exemple, ou de feu pour se réchauffer la nuit, elle éclata de rire, et cet accès de gaieté inattendue suffit à faire fuir la domestique.

Holly savait bien qu'aucune couverture ne pourrait la réchauffer, qu'aucun feu de bois ne pourrait chasser le froid qui la glaçait jusqu'aux os.

La grand-mère d'Austyn lui refusait peut-être sa compagnie, mais elle se sentait en communion avec elle.

Elle comprenait enfin que ce n'était pas l'ennui ou la solitude, ni la douleur de se voir accusée à tort qui l'avait poussée à se jeter par la fenêtre, mais le désespoir d'être arrachée aux bras de l'homme qu'elle aimait, de ne plus jamais voir son sourire moqueur, de ne plus jamais croiser son regard, de ne plus voir son visage chéri s'illuminer en l'apercevant.

Mais la comparaison s'arrêtait là. La grand-mère d'Austyn n'avait rien fait de mal, alors que Holly se savait coupable. Coupable de tromperie. Si Austyn l'oubliait là tout un mois, ou même un siècle entier, elle aurait mérité une telle punition.

Elle errait dans la tour avec sa chemise déchirée tandis que les minutes devenaient des heures, et les heures des jours entiers. Le vent continuait sa chanson mélancolique et elle passait de plus en plus de temps à la fenêtre, à contempler le sol de la cour avec une fascination malsaine.

Cela faisait presque une semaine qu'elle était enfermée lorsqu'elle commença à imaginer son corps disloqué sur les dalles, et à se demander comment Austyn réagirait en le découvrant. Est-ce qu'il prendrait son cadavre dans ses bras et se repentirait de sa dureté, comme son père avant lui ? Ou serait-il soulagé d'être débarrassé d'elle définitivement, et de ne pas avoir besoin de demander au roi l'annulation du mariage ?

Holly grimpa sur une des banquettes à côté de la fenêtre, puis sur l'appui même. La pierre rugueuse lui écorchait les mains, le vent plaquait la fine chemise de batiste sur son corps tremblant. Il lui apportait les senteurs de l'été en même temps que le parfum de la vie et de la liberté.

Elle regarda au loin la campagne galloise. Cette beauté pleine de sauvagerie et de douceur à la fois lui déchirait le cœur. Son regard suivit un vol d'hirondelles qui planaient au-dessus de la prairie en pépiant joyeusement. Vers quel avenir radieux se dirigeaient-elles ?

Soudain, ses genoux se dérobèrent. Elle se rattrapa de justesse et s'affala sur l'une des banquettes en étouffant un cri. La pensée de ce qu'elle avait failli faire lui donna la nausée. Elle regarda autour d'elle comme si elle émergeait d'un envoûtement.

Son père pouvait bien se plaindre qu'elle était égoïste et n'en faisait qu'à sa tête, il ne lui aurait jamais souhaité une punition aussi sévère. Malgré tout ce que pouvait dire ou croire Austyn, elle s'était rendue coupable de sottise, pas d'adultère !

Le vent tournoyait en hurlant dans la cheminée, mais Holly n'y trouvait plus aucun réconfort, ce sifflement perpétuel l'irritait. Elle se leva d'un bond, saisit la pile de draps sur la commode et en bourra le conduit de cheminée.

Son estomac protesta, et elle s'aperçut qu'elle mourait de faim. Elle prit un morceau de pain sur la table et le dévora à belles dents, assise en tailleur sur le plancher. Mais tandis qu'elle enfournait de grosses bouchées, elle sentit naître en elle un autre besoin plus impérieux que la faim, plus dangereux et plus gratifiant aussi.

Lentement, elle laissa monter sa colère.

Ce soir-là, lorsque Winifred vint lui apporter son dîner et un broc d'eau chaude pour sa toilette, Holly l'informa qu'elle n'avait besoin que de deux choses : une plume et du papier. Winnie craignit que la jeune femme n'écrive une lettre implorante, mouillée de larmes, qu'Austyn refuserait de lire. Mais, le lendemain matin, elle apporta scrupuleusement les objets requis.

Quand elle revint à la tombée du jour, Holly lui présenta une liste de dix pages énumérant tout ce que Winifred devait demander à son maître pour améliorer son confort. Elle souligna avec emphase les mots « maître » et « confort ».

Au matin, Winnie fit apporter par deux servantes, ployant sous leurs fardeaux, une baignoire, des serviettes de toilette, des draps, des huiles parfumées, du fil et du matériel de broderie, des fruits frais, une harpe, des chandelles de cire, un balai, des couvertures, des livres et autres trésors qui allaient rendre la captivité de Holly tolérable, sinon agréable.

Les deux servantes ne pouvaient s'empêcher de dévisager la prisonnière par en dessous, jusqu'à ce que Winifred les pousse dehors et leur ferme la porte au nez.

— Le maître demande si vous voulez des citrons pour vous masser les coudes, ou un esclave nubien pour donner à vos cheveux cinq cents coups de brosse avant votre coucher, déclara-t-elle avec un toussotement gêné.

— Dites-lui qu'étant donné la longueur de mes cheveux, deux cent cinquante coups de brosse devraient suffire, répliqua Holly en mordant de bon cœur dans une pomme.

Après le départ de Winifred, elle examina attentivement son butin. Tout ce qu'elle avait choisi pouvait lui servir d'arme contre son époux. Elle avait déjà fouillé de fond en comble la commode au pied du lit, et en avait tiré tout ce qui pouvait servir à se fabriquer une armure personnelle : des robes de brocart tissées de fils d'or, deux manteaux doublés de zibeline, des chemises de batiste si fines qu'elles semblaient faites plus pour un harem oriental que pour la chambre d'une noble dame. La plupart n'avaient besoin que d'être aérées et de subir quelques petites réparations.

Holly apporta les manteaux, son fil et ses aiguilles près de la fenêtre et s'installa au soleil. Un sourire diabolique voltigeait sur ses lèvres. Si Austyn croyait pouvoir l'enfermer et l'oublier, il ne savait pas à qui il avait affaire. C'était ici qu'elle allait se préparer pour la bataille et allait faire usage de ses armes les plus dangereuses.

Elle prit sa respiration et se mit à chanter.

21

Holly se mit à chanter.

Elle chanta en essuyant la poussière sur les meubles et en balayant le plancher. Elle chanta en remplaçant le dessus-de-lit mangé aux mites par les deux manteaux cousus ensemble pour former un nid de fourrure douillet. Elle chanta encore quand Winifred et les servantes apportèrent des seaux d'eau bouillante pour son bain. Elle chanta en reposant ses membres endoloris dans la baignoire, en enduisant d'huile de myrrhe sa peau desséchée pour lui redonner tout son éclat. Elle chanta en peignant ses courtes boucles brunes, puis elle chanta une berceuse pour s'endormir.

Jour après jour, elle chanta de joyeuses ritournelles et des ballades mélancoliques, des chants guerriers de l'époque des croisades et de savantes mélodies polyphoniques où elle exécutait chaque voix tour à tour. Elle chantait des airs enfantins et des refrains gaillards, des cantiques, des lais et des complaintes. Un soir au crépuscule, elle se pencha à la fenêtre de la tour et entonna un hymne si beau et si pur que même Nathanaël au fond de son cachot leva les yeux vers le ciel, croyant entendre un ange.

Austyn ne se laissait pas prendre au piège. Il savait bien, lui, que cette voix n'avait rien de céleste. Il y voyait plutôt une manifestation du démon. Chaque note pénétrait sa chair comme si Lucifer en personne le piquait de sa fourche. Il n'avait nulle part où se réfugier pour échapper à la voix ensorcelante de Holly. Il aurait pu chevaucher jusqu'au bout du monde, ce timbre de cristal l'aurait poursuivi.

Il ne savait pas si elle chantait en dormant, mais lui l'entendait dans son sommeil. Elle chantait pour lui seul dans ses rêves enfiévrés.

Ce n'était pas les cantiques ou la musique savante qui le perturbaient le plus, mais les simples berceuses qu'elle chantait le soir lorsque sa voix commençait à se fatiguer et devenait un peu rauque. C'était à ce moment-là qu'il la trouvait vraiment envoûtante, et il lui fallait faire un effort pour se rappeler que, si les sirènes avaient voulu attirer Ulysse par leurs chants, c'était pour mieux le conduire à sa perte.

Puis un soir, au coucher du soleil, alors qu'il était sur le point de demander à Carey de l'attacher à l'un des piliers de la cour, tout comme Ulysse s'était fait attacher à son mât, la mélodie cessa. Elle s'arrêta brusquement. La voix ne semblait pas lasse, le chant ne s'était pas affaibli, il avait tout simplement cessé.

Une chape de silence s'abattit comme un nuage noir sur tout le château.

Quand Austyn traversa le hall, les conversations s'interrompirent brusquement. Il vit tous les regards converger vers lui. Ces derniers temps, il s'était habitué à sentir leur poids peser sur ses épau-

contre une tendresse qui risquait de les détruire tous les deux. Mais Holly, terrifiée, tremblait.

Son corps se tendit comme un arc quand Austyn posa les doigts sur sa toison.

Elle tourna la tête, intimidée par ce geste. Il lui refuserait ses baisers, mais il ne chercherait pas à la brutaliser. Elle haletait, les dents serrées, tandis qu'il caressait le tendre monticule et que ses doigts pénétraient plus profondément pour la préparer à l'accueillir. Des ondes de plaisir la parcouraient. Lorsque, doucement, il ouvrit les lèvres de son sexe, elle ne put s'empêcher de cambrer les reins.

Dès que sa main s'aventura dans cette divine moiteur, Austyn mesura son erreur. Il avait eu l'intention de la prendre sans précautions particulières, comme il l'aurait fait avec la première fille venue, payée pour ses services. Mais les frissons de sa femme, ce calice délicat dont il sentait le nectar sous ses doigts, l'étourdissaient.

Il n'avait pas mérité cette preuve d'amour, pensa-t-il avec amertume.

Il dut résister au désir de mordiller les mamelons ambrés de ses seins magnifiques qui pointaient sous la fine chemise, d'enfouir son visage entre ses cuisses fuselées, de s'y perdre.

Mais comment ne pas se trahir ? comment ne pas murmurer contre ses lèvres, sa gorge, son ventre des mots de tendresse, d'amour, de passion, les paroles interdites qui le conduiraient à sa perte ?

Il était écartelé. Les mains de Holly lui échappèrent pour s'agripper à son cou. Il eut l'impression qu'elles le brûlaient comme un fer rouge.

Étouffant ses pulsions, hormis les plus bestiales, il dégrafa ses chausses, entrelaça ses doigts aux siens et lui maintint les bras de chaque côté de la tête.

Holly s'accrocha aux mains d'Austyn comme elle se serait cramponnée à une planche de salut en pleine tempête. Lorsque la peur l'envahit, elle la chassa en se disant que ce n'était pas un étranger qui pesait sur elle, mais Austyn, avec son corps de dieu antique, son odeur de menthe poivrée et son désir fou.

La foudre illumina la tour. Pendant un instant qui fut presque une éternité, leurs regards se rencontrèrent. Alors, avec un gémissement rauque, il pénétra Holly et brisa la fragile barrière de son innocence.

La jeune femme se crispa tout entière quand cette lance de feu se planta au tréfonds d'elle. Il aurait pu la caresser durant des heures, elle n'aurait pas été prête à recevoir en elle cette chair palpitante, gorgée de vie.

Mais la douleur ne dura pas. Leurs deux corps fusionnaient déjà, s'élançaient dans la danse des amants, comme s'ils avaient été créés l'un pour l'autre depuis la nuit des temps.

Holly serrait les mains d'Austyn, elle voulait qu'ils soient unis le plus étroitement possible. Il allait et venait en elle. Elle était sa captive, il était son prisonnier, la houle de leur passion était si affolante qu'elle ne reconnaissait plus sa propre voix dans les plaintes et les murmures fiévreux qui lui échappaient.

Pour toute réponse, il redoubla ses assauts. Tous deux s'arc-boutèrent, une jouissance inouïe les emporta. À cette seconde, un éclair éclaira la pièce, et Holly entrevit le visage de son époux, si beau, convulsé par l'extase.

Et enfin, il rompit le silence où il s'était muré pour crier son nom comme une incantation.

Il retomba sur elle, la tête au creux de sa gorge. D'une main tremblante, elle caressa ses cheveux humides. Mais il se dégagea et sc rhabilla. Sans un mot, il sortit comme s'il avait une horde de démons sur les talons.

Holly demeura seule dans l'obscurité, pantelante, la chemise de nuit remontée jusqu'à la taille, son corps meurtri débordant de la semence brûlante de son époux.

— Mon Dieu... souffla-t-elle en souriant.

Austyn descendit d'un pas lourd l'escalier en colimaçon. Le grand hall était désert, uniquement éclairé par les braises mourantes du feu dans le foyer. Un pot de bière et un gobelet étaient restés sur la table. L'orage s'éloignait, le tonnerre faiblissait dans le lointain, et seule la pluie battait encore les fenêtres du château.

Il sursauta violemment en entendant quelques accords de luth.

— Qu'est-ce qui vous arrive ? C'est votre conscience qui vous joue des tours ?

Austyn scruta la pénombre et finit par repérer la chevelure de paille de Carey.

— Tu as de la chance que je ne sois pas armé, je t'ai pris pour un rôdeur. Pour un peu, j'aurais coupé ta jolie tête.

— Ça ne vous a pas pris longtemps, commenta Carey en observant attentivement son visage.

Pendant un instant, Austyn détesta son ami qui le connaissait si bien. Son teint empourpré avait suffi pour que Carey comprenne ce qui s'était passé.

Il remplit de bière le gobelet posé sur la table et le vida d'un trait.

— Je ne l'ai pas violée, si c'est ce que tu insinues.

— Je n'aurais jamais eu une idée pareille. Je ne doute pas qu'elle ait immédiatement succombé à votre charme délicat. Comment l'avez-vous séduite ? Vous lui avez récité des poèmes ?

— Je n'ai pas besoin de faire des simagrées avec elle, grogna Austyn entre ses dents. C'est ma femme. J'avais parfaitement le droit de m'assurer qu'elle n'avait jamais couché avec un autre.

— Et alors ? s'enquit Carey d'un ton aussi léger que ses doigts sur les cordes du luth.

— Elle était vierge, avoua son ami à contrecœur.

— Et ça ne vous a pas arrêté ?

Austyn ne pouvait s'empêcher de revivre le moment où il avait brisé le tendre cocon qui protégeait sa virginité. Elle semblait faite pour lui. Même s'il avait honte en se rappelant les gémissements étouffés de la jeune femme, son corps insatiable la réclamait encore.

Il reposa le gobelet sur la table si brutalement qu'il le renversa, sans y prêter la moindre attention.

— Qu'est-ce que j'aurais dû faire ? Repartir en présentant mes excuses ? Lui dire « Pardonnez-moi, ma dame, d'avoir pris votre virginité. Je vous promets que cela ne se reproduira plus » ? Dieu me pardonne, Carey, je l'ai traitée comme une vulgaire catin. Je ne l'ai pas embrassée, je n'ai touché ni sa poitrine ni ses lèvres. Je n'ai même pas eu un mot de tendresse ou de compassion. Je te jure que je n'ai pas voulu lui faire mal. Je ne l'ai pas brutalisée, je n'ai pas fait de marques sur sa peau. En tout cas, pas de celles qu'on voit... ajouta-t-il avec désespoir.

Pour toute réponse, Carey pinça les cordes de son luth.

— J'avais rêvé de tant de délicates attentions pour notre nuit de noces avant de découvrir sa tromperie ! Des bougies parfumées et du vin épicé, de tendres baisers et des mots d'amour. Et tout ce que je lui ai offert cette nuit...

— Et elle a accueilli toutes vos bestiales assiduités à... à bras ouverts ?

Austyn hocha la tête silencieusement.

— Vous devriez peut-être vous demander pourquoi.

Carey se leva et quitta la pièce en pinçant quelques accords pensifs sur son luth.

Austyn resta seul à contempler les braises mourantes. Il avait fait l'amour à Holly sans lui témoigner le moindre égard ni la moindre tendresse parce qu'il craignait, s'il se laissait aller à caresser ses seins ou à goûter le nectar de sa bouche, de perdre son âme pour l'éternité.

Et pourtant, lorsqu'il enfouit le visage dans ses mains encore imprégnées du parfum de myrrhe de la jeune femme, il crut déjà rôtir en enfer.

23

Le lendemain matin, Holly lézardait au soleil sur l'appui de la fenêtre quand elle aperçut un âne. Elle avait dormi tard et était encore prise d'une délicieuse langueur. Elle se pencha à la fenêtre en reconnaissant la silhouette en robe de bure juchée sur l'animal.

Même de la hauteur où elle se trouvait, les épaules voûtées du cavalier étaient bien visibles. Nathanaël savait ce qu'avait coûté sa liberté. Même si Austyn ne le lui avait pas expliqué, le prêtre était suffisamment perspicace pour comprendre que si l'époux de Holly avait encore eu le moindre doute sur leurs relations, il n'aurait pas quitté Caer Montfort sur un âne, mais dans un cercueil.

Il ralentit le pas de sa monture et se retourna pour regarder en arrière.

— Dieu vous accompagne, mon frère, murmura-t-elle en agitant la main.

Nathanaël ne lui rendit pas son salut, mais il resta un long moment à contempler la tour avant de se remettre en route. Pleine de tristesse, Holly le regarda cheminer jusqu'à ce qu'il ne soit plus qu'une toute petite tache sur la lande encore humide de l'orage de la nuit.

— Austyn n'aurait jamais dû le laisser partir seul, marmonna-t-elle. Nathanaël n'a aucun sens de l'orientation. Il va certainement se retrouver sur la côte, ou en Écosse.

Elle n'eut pas le temps de s'appesantir sur le sort du prêtre, car le bruit de la clef dans la serrure lui signifia la fin de sa bienheureuse tranquillité. Elle afficha son air le plus hautain pour mieux dissimuler son trouble.

Mais ce n'était pas son mari, c'était Winifred, accompagnée d'une nuée de servantes apportant des brocs d'eau bouillante. Winnie gardait la tête baissée et demeurait toujours aussi distante, mais Holly remarqua que les joues de la femme de charge avaient retrouvé leurs couleurs. Elle pinçait les lèvres comme si elle voulait s'empêcher de sourire. Ses yeux alertes furetaient partout dans la pièce, mais elle réussit le prodige de toujours éviter soigneusement le lit en désordre.

— Le maître a pensé que vous auriez peut-être envie de prendre un bain chaud ce matin. Il vous a aussi envoyé des draps propres, précisa-t-elle en désignant le paquet dans ses bras.

Les servantes se poussèrent du coude en jetant des regards éloquents vers le lit. Winnie les rappela à l'ordre en assenant à la plus proche une tape sur son derrière rebondi.

Holly les salua avec majesté, comme si elle portait, au lieu d'une chemise de nuit froissée, un manteau d'hermine et un diadème sur ses boucles. Si elles s'imaginaient qu'elle allait rougir et trembler d'embarras parce que son mariage avait enfin été consommé, ces écervelées se trompaient cruellement !

— Comme c'est aimable à lui. Faites-lui part de mes remerciements pour toutes ces attentions.

— Il s'est dit aussi que vous seriez sans doute contente de me voir, ma dame...

Au son de cette voix, les yeux de Holly se remplirent de larmes. Elspeth apparut derrière Winifred. Holly n'avait jamais vu visage plus avenant que la petite figure ratatinée de sa gouvernante. Elles se jetèrent dans les bras l'une de l'autre en sanglotant, tandis que Winnie et les servantes s'éclipsaient discrètement. Le claquement de la clef dans la serrure interrompit leurs effusions et leur rappela que, désormais, Elspeth partageait la captivité de sa maîtresse.

— Oh, ma dame, s'écria Elspeth en pinçant affectueusement ses joues avant de s'essuyer les yeux, vous ne pouvez pas savoir comme j'ai eu peur pour vous, avec messire Austyn qui arpentait tout le château comme un forcené. Il ne dormait plus, ne mangeait plus, pendant des jours entiers. Nous marchions tous sur la pointe des pieds, personne n'osait dire un mot, tellement nous avions peur de lui. Quand il est monté vous retrouver la nuit dernière, je vous jure que j'ai voulu l'en empêcher. Je me serais laissé embrocher, mais Carey m'a retenue et bâillonnée jusqu'à ce qu'il soit trop tard.

Ainsi, pensa Holly, Nathanaël n'avait pas été son seul soutien à Caer Montfort. Même Winnie semblait finalement heureuse que le mariage ait été consommé. Elle n'avait peut-être pas abandonné tout espoir que la jeune femme sauve son maître de la malédiction des Montfort.

— Oh, mon petit, il a dû se conduire comme une bête fauve avec vous, se lamenta Elspeth en considérant le lit d'un air affolé.

— Une vraie bête féroce, acquiesça Holly, en espérant que son sourire espiègle suffirait à rassurer sa gouvernante. Et je suis certaine que ce matin la bête en question est assaillie de remords parfaitement humains, continua-t-elle en allant vérifier l'eau du bain. Il a libéré Nathanaël, il t'envoie pour me dorloter, il me fait monter un bain chaud pour... pour me détendre. Et des draps propres pour effacer toute trace de ses débauches...

— Il est parti avant l'aube, raconta Elspeth. Il avait l'air si farouche que je parierais qu'il ne reviendra pas. Et bon débarras ! Quand je pense qu'il a osé vous toucher !

— Il reviendra, murmura Holly pensivement, avec une calme assurance.

Elle se demandait simplement ce que son mari espérait trouver à son retour. Pensait-il la découvrir en pleurs à sa fenêtre, la peau écorchée par sa brutalité, les yeux rougis et lourds de reproches ? Ou la croyait-il cachée au fond de son lit, la tête enfouie sous les draps ?

Une idée germa au fond de son esprit.

— Elspeth, mon ange, tu veux bien m'aider à faire un peu de lessive ? demanda-t-elle avec un sourire carnassier.

La nuit allait tomber quand sir Austyn de Montfort revint au château. Sa défaite était complète. Il s'était frayé un chemin à travers des gorges abruptes, avait traversé des torrents impétueux et des rivières gonflées par l'orage de la nuit, il avait galopé pendant des lieues sur des landes battues par les vents. Mais cette fois-ci, il ne cherchait pas la bataille pour éprouver son courage, il était en quête du plus précieux et du plus rare des trésors.

La paix.

Sa quête avait été vaine. L'odeur des fleurs sauvages écrasées sous les sabots de son cheval n'était qu'une pâle réplique du parfum de Holly. Le vent soulevait ses cheveux, jouait dans les mèches humides de sa nuque, comme Holly avait voulu le faire la veille. Le souffle de la brise à ses oreilles lui rappelait les gémissements de sa femme lorsque son corps délicat s'était ouvert comme un calice pour le recevoir.

Il ignorait si c'était le plaisir ou la douleur qui l'avait fait gémir ainsi, puisqu'il n'avait pas pris la peine de s'en enquérir.

Austyn ravala un juron en dirigeant son cheval vers une brèche du mur d'enceinte. Comme sa monture, il était en sueur et tremblait de fatigue. En chevauchant jusqu'à l'épuisement, il avait espéré chasser de son corps l'insatiable désir qui le consumait. Sans succès.

Il se demanda si son grand-père éprouvait autant d'appréhension en montant l'escalier de la tour autrefois, s'il devinait comme lui que chaque marche le rapprochait de la damnation.

Austyn passa devant la tombe de sa mère sans même lui accorder un regard. Le souvenir de tous ses retours triomphants à Montfort lui revenait en mémoire. Dans ces moments-là, même la folie de son père n'assombrissait pas sa fierté de rentrer vainqueur d'un tournoi ou d'une bataille acharnée qui lui avait donné l'occasion de prouver sa vaillance. Ses gens s'assemblaient dans la cour pour l'accueillir en agitant des fanions aux couleurs de Montfort, écarlate et vert, et acclamaient sa victoire comme si c'était la leur.

L'écho d'ovations enthousiastes lui parvint aux oreilles. Il se demanda si la folie ne le gagnait pas à son tour, mais les cris de joie et d'approbation, les salves d'applaudissements étaient bien réels.

Austyn ne comprenait pas ce qui se passait. Il y avait eu bien peu de raisons de se réjouir à Caer Montfort depuis qu'il avait démasqué la supercherie de Holly...

Il leva les yeux vers les remparts, mais tout ce qu'il distingua au-dessus de la poterne abandonnée, ce fut une tache blanche, comme une bannière flottant au bout d'une gargouille. Puis, soudain, la « gargouille » s'anima et détala vivement. Taraudé par la curiosité, il hâta le pas de sa monture jusqu'à la cour intérieure. Une foule animée était attroupée au pied des remparts. Dès qu'ils l'aperçurent, leurs clameurs s'enflèrent en acclamations frénétiques.

— Le miel le plus pur vaut toujours la peine qu'on l'attende, messire, s'exclama un apiculteur en lui tapant sur la cuisse.

— Mes respects à messire Longue-Épée, lui susurra une vieille paysanne en esquissant une révérence.

Austyn n'avait pas la moindre idée de qui était ce Longue-Épée, ni de ce qui suscitait un tel remue-ménage.

— Je pourrai en avoir un bout quand vous le découperez, messire ? Ma mère dit que si je le mets sous mon oreiller pour dormir, ça augmentera ma v... virilité, lança un adolescent couvert de taches de rousseur en se précipitant pour prendre son cheval.

Complètement abasourdi, Austyn suivit la direction que lui indiquait le garçon et distingua un linge blanc flottant comme un étendard en haut des remparts. Les ovations se calmèrent et firent place à un silence plein d'expectative.

Il ne s'agissait pas d'une bannière, comme Austyn s'en aperçut avec un désagréable sentiment de dépit, mais d'un drap froissé et maculé de sang, preuve irréfutable de l'innocence de sa femme. Il hésita, devint livide, puis tout son visage s'empourpra.

Depuis dix ans qu'il avait été armé chevalier, il avait acquis suffisamment d'expérience pour comprendre que l'inoffensif morceau de tissu blanc qui claquait au vent n'était pas un signe de reddition, mais une déclaration de guerre.

24

Austyn monta l'escalier de la tour quatre à quatre. Il aurait volontiers enfoncé la porte d'un coup de pied, mais il ne voulait pas trop montrer sa colère. Il s'autorisa néanmoins à cogner violemment la porte contre le mur et comprit seulement à ce moment-là qu'il s'était aventuré sans armes au cœur du camp ennemi.

Holly avait revêtu une robe couleur d'émeraude brochée de fils d'or qui mettait en valeur la sveltesse de sa silhouette. Un pendentif de rubis tremblait comme une goutte de sang au creux de ses seins. Elle avait emprisonné ses boucles rebelles dans une résille d'or, sans pour autant les discipliner complètement.

Debout devant la fenêtre, elle rayonnait de tant de grâce et de beauté qu'Austyn dut se retenir pour ne pas tomber à genoux et lui offrir son cœur et son âme.

Face à cette élégance parfaite, il eut honte de sa tunique trempée de sueur et de ses cheveux en désordre. Les poings serrés, haletant de colère, il avait tout du sauvage pour lequel elle le prenait, et la façon dont il s'était conduit la nuit dernière n'allait pas la détromper. Elle était certainement persuadée que tous les Gallois se conduisaient avec leurs femmes comme des bêtes en rut.

Mal à l'aise, il détourna les yeux et remarqua alors les chandelles de cire parfumée, le couvert dressé pour deux sur une nappe de lin fin, le bain fumant et odorant, la harpe posée sur le sol à côté d'une pile de coussins.

Le grand lit, avec ses draps blancs et sa couverture de fourrure proprement repliés, semblait lui adresser une audacieuse invitation.

— Bonsoir, messire, fit-elle de sa voix mélodieuse. J'ai pris la liberté de faire servir le dîner et de vous préparer un bain.

— Je n'ai pas faim, grogna Austyn.

Comme il aurait apprécié une aussi touchante attention, si sa petite Holly ne l'avait pas berné de façon aussi vile ! Le bain aurait été bienvenu, il ne pouvait vraiment pas prétendre qu'il n'en avait pas besoin.

— Quel dommage ! J'avais demandé à Winifred de préparer tous vos plats préférés, mais il n'y avait pas de lamproie. Je tenais à ce que vous sachiez que vos efforts pour me faire plaisir ont été appréciés à leur juste valeur.

Tout d'abord, Austyn pensa qu'elle faisait allusion à sa dernière visite. Il avait cherché uniquement son propre plaisir, et de la façon la plus bestiale qui soit. Mais la mine angélique de Holly ne montrait aucune trace d'ironie.

— Après tout, vous avez eu la bonté de libérer Nathanaël et de laisser Elspeth passer la journée avec moi.

— C'est probablement la même Elspeth que j'ai aperçue en train de folâtrer sur les remparts...

— Je suis surprise que vous n'ayez pas demandé à Carey de la transpercer d'une flèche, rétorqua-t-elle avec un sourire diabolique en se mettant à table.

— Si j'avais su ce qu'elle faisait, je l'aurais certainement envisagé, répondit Austyn en se laissant tomber sur la chaise en face d'elle. Bien entendu, vous n'étiez au courant de rien. Comme vous ne perdez pas une occasion de me le faire remarquer, vous êtes, en toute circonstance, innocente.

— Pas cette fois-ci, admit-elle sans se troubler.

Elle remplit d'hydromel deux gobelets et lui en tendit un. La voir aussi sereine l'exaspérait.

— J'ai une confession à faire et, puisque vous avez renvoyé le seul prêtre de Montfort, je suis bien obligée de m'en remettre à vous.

Elle but une gorgée tandis qu'il haussait les sourcils d'un air sceptique.

— J'ai pensé, messire, que vous pourriez avoir l'idée de vous débarrasser de moi en faisant annuler notre mariage, et de me renvoyer chez mon père.

— Et pour quelle raison ? Pour que vous puissiez briser d'autres cœurs ? grommela Austyn, au supplice, en la regardant darder un bout de langue rose pour rattraper voluptueusement une goutte d'hydromel sur ses lèvres.

— Vous pouvez utiliser deux sortes d'arguments, continua-t-elle comme s'il n'avait rien dit. Vous pouvez prétexter que notre mariage n'a pas été consommé, ou jurer que je n'étais plus vierge quand je suis arrivée dans votre lit. Voilà pourquoi j'ai profité de cette vieille coutume – un peu barbare, je vous l'accorde, mais parfaitement honorable – pour prouver à tous ma chasteté.

Austyn étudia attentivement sa femme. Il était bien obligé d'admirer sa sagacité, et il se rendit compte que le caractère de Holly le séduisait autant que sa beauté.

— Si j'avais su que vous aviez besoin d'un public, ma dame, nous aurions invité dans notre chambre tous ces manants qui braillaient dans la cour, lança-t-il en faisant tourner le gobelet entre ses doigts. Vous auriez pu jouir de plus près de leur adoration.

— J'ai entendu leurs acclamations. Cela fait plaisir de voir que tous les hommes à Montfort ne confondent pas obligatoirement une jolie femme et une catin.

Austyn voulut protester, mais il savait bien que ses arguments seraient de peu de poids pour excuser sa conduite. Son étreinte brutale avait peut-être enlevé à Holly sa virginité, mais elle irradiait l'innocence comme une jeune mariée. Il reposa violemment le gobelet et se leva en toute hâte.

Elle trembla lorsqu'il passa derrière elle. À vrai dire, elle était heureuse de son refus de prendre un bain, car il apportait avec lui le parfum du soleil, du foin fraîchement coupé et toutes les senteurs de l'été dont elle était privée depuis trop longtemps. Elle mourait d'envie d'enfouir ses lèvres sur la poitrine d'Austyn, à l'échancrure de sa tunique, de lécher sur ses joues les traces salées laissées par la sueur.

— N'imaginez pas que je vous croie légère à cause de votre beauté, tenta-t-il d'expliquer. Mais vous êtes... poursuivit-il sans oser la regarder. Vous n'êtes pas la femme dont j'ai demandé la main. Je suis déçu.

Holly porta son gobelet à ses lèvres pour cacher à quel point ces mots la heurtaient. Elle ne pouvait s'empêcher de se demander s'il avait été également déçu au lit. D'une gorgée d'hydromel, elle chassa la boule douloureuse qui lui montait à la gorge.

— Il me semblait que nous nous entendions bien, avant que vous ne découvriez ma tromperie.

— Parce que je vous prenais pour... pour...

— ... quelqu'un d'autre ? suggéra-t-elle doucement.

— Parfaitement, quelqu'un d'autre ! s'écria-t-il en tapant sur la table, le regard étincelant. Pour une femme ordinaire, sans beauté, qu'aucun autre homme ne tenterait de disputer à son mari. Une dame à qui un chevalier pourrait confier ses gens et son château en partant à la guerre, sans craindre à chaque minute qu'elle ne cède aux avances du premier joli cœur venu. Une femme qui serait toujours là pour m'accueillir à mon retour, une épouse dévouée, la mère de mes enfants.

Apprendre qu'il la trouvait indigne d'une aussi noble mission que la maternité blessa Holly au plus profond d'elle-même.

Elle se leva pour lui faire face.

— Si je suis trop belle pour être votre femme, qu'avez-vous fait hier soir ? C'est une concubine que vous voulez ? Est-ce que les catins des Montfort se portent mieux que leurs femmes ?

— En général, elles vivent plus longtemps, rétorqua-t-il en s'accoudant à la fenêtre. Vous devriez me supplier de vous renvoyer chez votre père, *surtout* après ce qui s'est passé cette nuit.

— Pour qui me prenez-vous, messire ? Je ne suis pas une gamine effarouchée qui va se réfugier dans les bras de son papa parce que son mari a usé de ses droits d'époux !

— Une annulation vous rendrait votre liberté. Elle vous libérerait de cette tour et de mes exigences.

Holly savait parfaitement que si Austyn la bannissait de sa vie, elle ne serait jamais véritablement libérée.

— Vos exigences sont-elles si extravagantes ? demanda-t-elle en s'approchant de lui pour le contempler à son aise, sans oser le toucher. La loyauté, la vérité, la fidélité, croyez-vous que les femmes en sont incapables ? Croyez-vous que j'en suis incapable ?

— Je ne parle pas de ce genre d'exigences, vous le savez parfaitement, répliqua-t-il sèchement, mais en la prenant avec douceur par les épaules. Voulez-vous que je vous renvoie à Tewksbury ou préférez-vous rester enfermée dans cette tour, à la merci du moindre de mes caprices, et endurer ce que ma grand-mère a dû supporter nuit après nuit, pendant des années ?

— Je ne suis pas votre grand-mère, répondit Holly en le regardant droit dans les yeux, et vous n'êtes pas votre grand-père. Vous pouvez fanfaronner et menacer tant que vous voudrez, vous ne m'intimiderez pas. Je n'ai aucune crainte de vous voir me violer. Ni m'étrangler.

Il eut un rire incrédule.

— Vous pensez vraiment que si vous vous étiez refusée à moi la nuit dernière, je vous aurais présenté mes excuses et serais parti sans plus de façons ?

— J'en suis absolument convaincue. C'est pour cette raison que je me refuse à vous cette nuit.

Un long silence suivit ces paroles.

Austyn la lâcha et fit un pas en arrière, comme s'il comprenait trop tard qu'il s'était laissé attirer non pas dans le camp ennemi, mais dans un piège mortel. Du talon, il heurta la harpe, qui tomba par terre avec un couinement discordant.

— Vous voulez dire, demanda-t-il en parcourant la pièce d'un regard stupéfait, que si j'avais partagé votre délicieux souper, vous vous seriez installée à mes pieds pour me chanter une ballade, vous m'auriez déshabillé et lavé des pieds à la tête, mais que vous n'aviez aucune intention de m'accueillir dans votre lit ?

— Absolument.

— Espèce de petite... s'exclama-t-il en faisant un pas vers elle.

— Non, fit-elle avec fermeté.

Il ne s'arrêta qu'à un cheveu de Holly. Elle dut, pour garder son sang-froid, se rappeler l'époux attentionné qui l'avait prise sur ses genoux pour la consoler lorsqu'elle pleurait, le guerrier qui avait épargné Eugène de Legget quand il était en droit de l'achever, celui qui lui avait donné son premier baiser avec tant de douceur. Si elle avait surestimé le sens de l'honneur de cet homme-là, le prix à payer serait très élevé.

Elle lisait dans les yeux d'Austyn, comme dans un livre ouvert, le dilemme dans lequel il se débattait. Un conflit entre la tentation et l'honneur, la concupiscence et la générosité, la passion et la compassion.

Au moment où elle pensait le voir céder à ses plus sombres pulsions, il lui caressa le cou du bout des doigts.

— Vous avez bien choisi vos armes, celles d'une femme. À mon tour de choisir les miennes.

Sur ces paroles sibyllines, il tourna les talons et sortit.

Holly s'assit près de la fenêtre en tremblant comme un roseau secoué par le vent. Austyn ne lui reviendrait peut-être jamais, mais en lui démontrant qu'il n'était pas un monstre comme son grand-père elle lui avait rendu l'estime de lui-même, et il l'avait quittée avec son honneur intact.

Elle, en revanche, avait le cœur en lambeaux.

Le sommeil fuyait Holly. Elle se tournait et se retournait dans ce lit qui lui semblait deux fois plus grand depuis qu'elle l'avait brièvement partagé avec son mari la nuit précédente. Elle avait l'impression que le matelas de plumes allait l'engloutir. Les draps et les couvertures s'enroulaient autour de ses jambes, et elle finit par les repousser. Même la fine chemise de nuit l'étouffait. Elle s'en débarrassa pour dormir nue, ainsi qu'elle le faisait depuis son enfance.

Elle finit par sombrer dans un sommeil agité, peuplé de rêves effrayants. Et elle émergea d'un de ces cauchemars pour discerner une silhouette sombre penchée sur elle. Sa raison lui dictait la prudence, mais un instinct plus primitif la poussa à accueillir cette incarnation de ses désirs secrets.

Son corps vibrait déjà d'impatience lorsque l'ombre, mi-ange, mi-démon, se pencha davantage.

Le fantôme d'Austyn effleura de ses lèvres les tempes de Holly. De sa langue, il dessina le contour d'une oreille. Il mordilla la pointe de son menton, baisa sa gorge où une veine bleutée battait follement.

Mais il s'obstinait à refuser de l'embrasser sur la bouche.

Holly aurait voulu répondre à ces caresses, cependant elle se força à serrer les poings. Elle craignait, si elle cédait à la tentation, qu'il ne se fonde dans la brume d'où son imagination l'avait tiré.

Une onde de plaisir la submergea quand la langue d'Austyn vint lécher le bout de ses seins. Elle s'arc-bouta, incapable de résister à la douceur diabolique de cette bouche, à sa science consommée de l'amour. On avait souvent admiré sa poitrine généreuse, chanté ses seins d'un blanc de neige, mais nul ne leur avait rendu un hommage aussi ardent. Austyn les goûta, les savoura, les taquina jusqu'à ce que Holly s'abandonne totalement.

Mais il ne l'embrassait toujours pas.

Il promena ses lèvres sur le ventre frémissant de la jeune femme, explora son nombril, comme pour lui signifier qu'aucune parcelle de son corps ne lui était interdite. Il n'eut pas besoin de lui écarter les jambes. Lorsqu'elle sentit sa barbe lui chatouiller les genoux, ses cuisses s'ouvrirent d'elles-mêmes, l'invitant à assouvir ses appétits les plus sauvages.

Holly n'oublierait jamais l'instant où il frôla sa toison. Elle serra si fort les poings pour s'empêcher de l'étreindre que des gouttes de sang perlèrent sur ses paumes. Elle gémit de plaisir sous les caresses tour à tour enivrantes et apaisantes de la bouche qui effleurait son sexe avec une habileté diabolique, la plongeait dans une délicieuse tempête, puis la calmait dans l'attente d'autres plaisirs tout aussi grisants.

Il l'amena au bord de l'extase, encore et encore. Les plaintes étouffées de Holly pour demander grâce ne faisaient qu'accentuer le rythme frénétique de sa langue. Elle songea qu'elle allait mourir s'il ne venait pas combler ce vide béant en elle. Mais il la faisait attendre, enchaînait des caresses plus précises et plus vigoureuses de ses mains fermes et si douces.

Tout le corps de la jeune femme se convulsa, elle brûlait d'enrouler ses bras et ses jambes autour de lui. Haletante, entraînée par des vagues de volupté de plus en plus violentes, elle saisit les rubans de velours noués aux colonnes du baldaquin, et s'y cramponna pour ne pas être emportée par ces flots impétueux. Ce fut à ce moment qu'il la souleva et passa le doigt dans la vallée de ses fesses.

Ce geste arracha à Holly une plainte rauque, si sauvage qu'elle en fut presque effrayée.

— Et maintenant, ma dame, vous continuez à vous refuser à moi ? Vous voulez que je vous présente mes excuses et que je vous laisse seule ? demanda-t-il d'une voix étouffée qui paraissait émaner des ténèbres.

Il ne bougeait plus, ne la touchait plus, mais sa présence suffisait à embraser Holly, comme si le souffle qu'exhalait sa bouche sensuelle, ses doigts prêts à la posséder, comme si tout en lui avait le pouvoir de l'enflammer.

Il avait choisi ses armes avec l'habileté d'un ennemi sans scrupule, mais Holly avait suffisamment foi en lui pour savoir qu'il obéirait à ses ordres. Si elle se refusait à lui, il s'en irait sans protester, tandis qu'elle ne découvrirait jamais les vertiges qu'il lui avait permis d'entrevoir.

Elle agrippa les rubans de velours avec tant d'énergie qu'ils lui blessèrent les mains et prononça le mot qui devait sceller leurs destins à tous deux.

— Restez...

Alors il recommença à l'explorer, la mordiller, la savourer, se délectant de ses gémissements, de ses frissons d'extase.

Enfin, il s'insinua entre les pétales de son sexe. Il se mit à aller et venir avec une lenteur affolante, si différente du tumulte dévastateur de la nuit précédente, comme s'il avait tout le temps pour qu'elle lui appartienne corps et âme.

Mais il n'embrassait pas sa bouche.

Holly aurait voulu lui griffer le dos, marteler ses épaules, le frapper. Elle tourna la tête en ravalant un sanglot, s'offrant pourtant à lui sans retenue, criant son amour, comme s'il avait fait d'elle ce qu'il redoutait le plus : une créature pitoyable, prête à tout pour assouvir une dévorante sensualité.

Elle n'aurait su dire combien de fois il la conduisit vers ces sombres tourbillons où elle s'égarait. Après une éternité, elle sentit aux muscles raidis d'Austyn et à sa frénésie qu'il la rejoignait enfin dans l'infini du plaisir. Ensuite il se retira et la quitta, la laissant tremblante, trempée de sueur dans le grand lit vide.

Son époux la fuyait comme si demeurer plus longtemps lui aurait fait perdre son âme. Mais cette nuit, il avait arraché un morceau du cœur de Holly et l'avait emporté avec lui.

Sans jamais embrasser sa bouche.

Une seule porte donnait sur la cour au pied de la tour nord. Austyn l'ouvrit et aspira à grands traits la brise parfumée de la nuit. Il s'appuya contre le mur et offrit son visage enfiévré à la fraîcheur nocturne.

Holly s'était peut-être trompée en évoquant la possibilité de se refuser à lui, mais il s'était trompé encore plus lourdement en relevant le défi...

Il se demandait par quelle aberration il avait cru pouvoir la toucher de toutes les façons dont un époux pouvait approcher sa femme, et rester lui-même insensible. Quand elle l'avait vu penché au-dessus de son lit, elle l'avait accueilli tout naturellement, avec un soupir de bienvenue. Pourtant, il s'était forcé à garder jusqu'au bout cette attitude indifférente, il avait serré les dents pour retenir un hurlement comblé qui aurait trahi sa tromperie.

Austyn soupira. Comment allait-il faire pour tenir Holly à distance alors qu'il sentait encore son parfum sur son visage, qu'il avait encore sur les lèvres le goût de son nectar ? Jamais aucune femme, jolie ou laide, vénale ou amoureuse, n'avait mis son cœur à nu de cette façon. Il se demandait si la reddition de Holly lors de cette première bataille n'allait pas lui faire perdre la guerre.

— Tu es contente de toi, Rhiannon ? C'est comme ça que tout commence ?

Mais au lieu du rire moqueur auquel il s'attendait, il n'eut pour réponse que le bruit étouffé des pleurs de sa femme.

Profondément ému, il leva les yeux vers la fenêtre de la tour où ne brillait aucune lumière, puis il enfouit son visage dans ses mains.

Il ne vit pas la silhouette masculine qui venait d'escalader le mur pour sauter hors de la cour.

25

Les journées de Holly se déroulaient selon une routine bien établie. Il ne lui manquait aucun luxe, sauf la liberté.

Son geôlier désormais invisible lui envoyait par Winifred des brassées de fleurs fraîches, les derniers jasmins, des volubilis, des dahlias et des roses rouge sang qui embaumaient toute la tour de parfums enivrants.

Holly les jetait par la fenêtre et se demandait avec amertume, en regardant leurs somptueuses couleurs, ce qu'il allait lui offrir pendant l'hiver, lorsque la terre gelée serait couverte d'un épais manteau de neige. D'ici là, il se serait peut-être lassé d'elle, et réserverait ses hommages et ses fleurs à une femme plus docile.

Un luth et une flûte rejoignirent sa harpe, suivis de manuscrits enluminés et de précieuses partitions composées pour une voix de soprano comme la sienne.

Les instruments restèrent silencieux, et elle n'ouvrit même pas les partitions.

Dans son insigne générosité, Austyn envoyait même Elspeth lui tenir compagnie durant la journée. La brave femme possédait le don de bavarder gaiement de tout et de rien, mais elle avait du mal à cacher son inquiétude devant la petite mine et les cernes bleuâtres de sa maîtresse.

Avec un peu d'ironie, Holly se disait que ces interminables journées de captivité lui auraient fait perdre la raison, si elle n'avait eu les folles libertés que lui apportait la tombée de la nuit.

Car dès qu'elle avait renvoyé Elspeth et soufflé les chandelles, Austyn se glissait dans son lit pour lui offrir les plus tendres sortilèges de la chair. C'était un fantôme d'amant, surgi des ténèbres pour prendre la place de son mari, et qui emportait chaque matin un petit morceau de son âme.

Il refusait toujours de l'embrasser sur la bouche et de se laisser caresser. Il ne rompait son silence farouche que pour lui murmurer à l'oreille quel nouveau délice il allait lui enseigner et dans quels vertiges il allait l'entraîner.

S'il avait montré ne serait-ce qu'une once de brutalité, Holly en serait peut-être venue à le haïr, mais les mains expertes d'Austyn sur sa peau semblaient accomplir un rituel d'adoration aussi doux qu'une prière. Jamais encore elle n'avait connu une telle extase. Ni un tel supplice.

Il explora toutes les parties les plus secrètes de son corps et pénétra les derniers recoins de son innocence avec une tendresse si poignante que, même en enfouissant la tête dans l'oreiller pour étouffer ses sanglots, Holly s'abandonnait tout entière aux vagues d'extase qui la submergeaient.

Cette nuit-là, lorsqu'il se retira d'elle sans même un soupir de satisfaction et se rhabilla avant de se diriger d'un pas fatigué vers la porte, elle décida de rompre le silence dans lequel elle s'était elle aussi enfermée.

— Allez-vous laisser une parcelle de moi intacte ? Qu'ai-je fait pour mériter tant de haine ? demanda-t-elle en ravalant sa honte.

Il hésita à peine le temps d'un battement de cœur, puis elle entendit la porte se refermer et la clef tourner dans la serrure.

Elle retrouva sa solitude, ses derniers espoirs réduits à néant.

Elspeth regardait avec inquiétude sa maîtresse arpenter la tour, ses grandes manches fendues flottant derrière elle. Chaque fois qu'elle passait devant la fenêtre, elle s'arrêtait pour contempler le jour finissant, comme attirée par un aimant. Ses lèvres délicates arboraient un pli amer, et ses yeux étincelaient d'une lueur sauvage qui ne présageait rien de bon.

— Je n'aime pas le regard que vous avez, mon petit, lui dit Elspeth en posant son ouvrage. Vous aviez le même à six ans, quand votre papa vous a refusé un poney. Vous vous êtes cachée dans la carriole d'un chaudronnier et vous vous êtes enfuie en pleine tempête de neige. Votre pauvre père vous a retrouvée deux jours plus tard, blottie au creux d'un arbre comme un écureuil. Il était fou d'angoisse, mais tout ce qu'il a fait, c'est couvrir de baisers votre petite figure toute sale.

— Peut-être que s'il m'avait donné une bonne fessée, je ne me serais pas mise dans de tels draps, murmura la jeune femme avec un pauvre sourire.

— Il est temps, Elspeth ! lança Winifred en passant la tête dans l'entrebâillement de la porte.

La gouvernante hésita. Elle répugnait à abandonner sa maîtresse à sa lugubre solitude. La pâleur de Holly, le sombre éclat de ses yeux lui donnaient un air fragile mais inquiétant, comme si elle était la proie d'une fièvre lancinante qui allait la consumer tout entière, elle et tous ceux qui l'approchaient.

— Dors bien, lui dit gentiment Holly.

Elspeth jeta à Winifred un regard implorant, mais celle-ci secoua la tête, aussi désolée que la gouvernante. Toutes les deux avaient parlé avec franchise de la situation de Holly, mais elles étaient aussi désemparées l'une que l'autre, et ne savaient pas comment briser cette spirale infernale. Leurs maîtres paraissaient enfermés dans une escalade mortelle où aucun ne céderait.

— Dieu vous garde jusqu'à demain, mon petit, murmura Elspeth en la serrant dans ses bras.

Après son départ, Holly fit le tour de sa chambre. Il lui venait une idée. Au lieu d'éteindre toutes les lumières comme à son habitude, elle alla chercher les chandelles qu'elle avait mises de côté et les alluma, illuminant la pièce comme pour une fête.

Si Austyn venait la voir, qu'il se montre en pleine lumière. Elle ne le laisserait plus cacher ses sentiments en s'abritant dans l'ombre. Elle allait l'affronter sans trembler à la clarté des bougies, même si elle rougissait en se remémorant ce qui s'était passé entre eux dans l'obscurité.

Elle lui arracherait la vérité et, s'il jurait sur son honneur de chevalier qu'il ne pourrait jamais l'aimer, elle s'humilierait une dernière fois devant lui et le supplierait de la renvoyer à Tewksbury. L'angoisse lui serrait le cœur.

Comme tous les autres soirs, il n'y avait pas grand-chose à faire sauf attendre. Elle s'accouda à la fenêtre pour respirer l'odeur douceâtre des fleurs qu'elle avait jetées dans la cour, sans soupçonner un instant que quelqu'un l'observait dans l'ombre…

Au bruit furtif de la porte qu'on ouvrait, Holly se redressa fièrement et s'apprêta à livrer une ultime bataille pour conquérir l'homme qu'elle aimait. Elle eut une exclamation de surprise en découvrant le vieillard appuyé à la porte.

— Père ?

Son beau-père était le premier homme qu'elle voyait, à part son époux, depuis le début de sa captivité. Sa stupeur fit place à la crainte quand elle se rappela les imprécations qu'il lui avait lancées, tapi sur le chemin de ronde, le jour où Austyn avait démasqué sa supercherie.

— Père m'a interdit de monter, chuchota-t-il avec une timidité d'enfant, après avoir réclamé son silence en mettant un doigt sur ses lèvres. Mais je me suis échappé pendant qu'il est avec sa catin.

— *Votre père* vous a interdit de venir ? Je ne comprends pas, répliqua-t-elle en scrutant ses yeux clairs emplis de larmes, qui lui rappelaient si douloureusement Austyn.

— Il m'a dit que tu étais méchante, mais je sais que ce n'est pas vrai, continua-t-il. Tu me manques, maman, tu me manques tellement !

La lumière se fit dans l'esprit de Holly. Elle s'était identifiée à la prisonnière qui l'avait précédée dans la tour, mais elle n'avait jamais pensé à l'enfant de cette femme, à ce garçon privé de l'amour maternel par la cruauté d'un père. Pour la première fois depuis qu'elle avait appris comment Rhys de Montfort avait assassiné sa femme dans un accès de jalousie, Holly se sentit prise de pitié pour le vieil homme.

— Je suis sûre que vous aussi, vous lui avez beaucoup manqué. Mais ce n'est pas moi votre mère.

— Je vous entends tous les deux, la nuit. Père croit que je suis couché, mais je me cache dans la cour et je vous écoute. Je t'entends haleter, précisa-t-il, toute trace de timidité envolée. Quelquefois tu cries comme s'il te faisait mal, mais ensuite tu lui demandes de recommencer. Tu aimes bien toutes les saletés qu'il te fait, n'est-ce pas ? Finalement, peut-être que tu es vraiment mauvaise...

Holly étouffa un cri horrifié. Imaginer un petit garçon surprenant l'intimité de ses parents était une image désolante, mais comprendre qu'il avait dû aussi les écouter, Austyn et elle, depuis le début, lui était encore plus pénible.

— Peut-être que tu n'es qu'une putain effrontée, cria-t-il, abandonnant son ton plaintif. Combien d'hommes se sont vautrés entre tes cuisses ? Combien, Gwyneth ? Une douzaine ? une centaine ?

— Je ne suis ni Gwyneth, ni votre mère ! s'écria Holly en s'écartant de la fenêtre grande ouverte avant de s'apercevoir, mais trop tard, qu'elle se rapprochait dangereusement du lit. C'est moi, Holly ! Vous ne vous souvenez pas de moi, père ? Vous m'avez aidée à porter des bacs de fleurs sur les remparts ! Nous avons planté ensemble des fleurs sur la tombe de Gwyneth ! Je suis la femme de votre fils, la femme d'Austyn !

Mais, même à ses propres oreilles, cette déclaration manquait de conviction. En fait, Austyn ne la considérait plus comme sa femme depuis cette affreuse journée au bord de la rivière. Comment convaincre un vieux fou qu'elle n'était pas une misérable catin si elle n'arrivait pas à s'en persuader elle-même ? Austyn lui avait prouvé qu'elle était bien la créature faible et dépravée que décrivait Rhys, qu'elle vivait uniquement pour se livrer corps et âme à des orgies au cours de nuits torrides.

Il s'avançait vers elle, menaçant. Refoulant ses larmes, elle tâtonna derrière elle à la recherche d'une arme.

— Relève tes jupes, ma chérie, gronda-t-il. Tu vas voir si je suis aussi vigoureux et si je te donne autant de plaisir que le roi.

Il commença à défaire ses chausses avec des mains tremblantes qui trahissaient son âge. Holly saisit le luth et le lui lança à la tête.

L'instrument heurta la tempe du vieillard, qui recula en titubant avec un regard effaré que la jeune femme aurait trouvé comique en d'autres circonstances. Mais elle n'eut pas le temps de savourer son triomphe. Il s'ébroua comme un jeune chiot, se jeta sur elle et déchira sa robe de brocart avec une force décuplée par la folie.

Austyn passa devant la chapelle déserte et pénétra dans la cour intérieure. Il arrivait au pied d'un escalier lorsqu'une silhouette aux cheveux de paille lui barra le chemin.

— Tu aurais moins de temps pour jouer les anges gardiens si tu te cherchais une femme, lança-t-il à Carey, mains sur les hanches.

— Pourquoi voulez-vous que je me donne tant de mal ? rétorqua l'écuyer avec un sourire en coin. J'espère bien que vous finirez par me laisser goûter à la vôtre !

Austyn fronça les sourcils.

— Tu es devenu fou ? gronda-t-il.

— Au contraire, répondit Carey. J'ai bien réfléchi. L'égoïsme, ça ne vous ressemble pas du tout.

— Qu'est-ce que l'égoïsme vient faire là-dedans ?

— Vous n'avez jamais été égoïste. Vous ne m'avez jamais mesuré ma part de gibier et j'ai toujours eu mon content de votre meilleur vin. Alors pourquoi garder pour vous seul un trésor comme Holly ? Ce ne serait pas la première fois que nous partageons la même femme, ajouta-t-il avec un clin d'œil canaille.

Le sang d'Austyn ne fit qu'un tour. Il attrapa Carey par sa tunique et le plaqua contre le mur.

— Comment oses-tu dire une chose pareille ? Tu parles de ma femme, pas d'une putain à deux sous !

— Alors pardonnez mon insolence, rétorqua Carey avec un calme étrange pour un homme qu'Austyn serrait à la gorge. Je ne savais pas qu'on enfermait sa femme, ni qu'on avait besoin de se glisser dans son lit comme un voleur pour obtenir ses faveurs.

— Elle l'a bien cherché ! C'est elle qui m'a trahi !

— Bien sûr, et si vous me tordez le cou, vous trouverez une raison de mettre ça sur le compte de Holly. Après tout, c'est ce que font toutes les garces comme votre mère et elle, non ? Dresser leur mari contre leur roi, le frère contre le frère, l'ami contre l'ami, c'est leur passe-temps favori !

Les dents serrées, Austyn scruta le visage cramoisi de son écuyer. Il avait toujours été pour lui plus qu'un ami, un véritable frère, et voilà qu'il était prêt à risquer sa vie pour lui faire entendre raison. Il se calma peu à peu.

Tout à coup, un hurlement comme il n'en avait entendu qu'une seule fois dans sa vie brisa le silence. Un hurlement si déchirant qu'il se serait bouché les oreilles de terreur, comme lorsqu'il avait neuf ans.

Un hurlement de femme, étouffé par une main implacable.

26

Les mains noueuses de son beau-père se refermaient sur son cou. Holly pensa tristement que, bientôt, les Montfort compteraient un fantôme de plus...

Quel dommage de ne pas croire aux revenants. Elle aurait pris beaucoup de plaisir à surveiller Austyn et à lui jouer des tours pendables, s'il avait osé ramener un petit laideron bien docile pour la remplacer. Elle serait allée chanter dans leur chambre d'une voix de fausset et aurait renversé les jardinières des remparts sur la tête de la jeune femme. Cette idée l'aurait fait éclater de rire si elle avait seulement pu introduire un peu d'air dans ses poumons.

Sa vue commençait à se brouiller, un voile noir s'abattait devant ses yeux. Holly attendait les ténèbres avec impatience. Austyn venait toujours dans l'obscurité. C'était à ce moment-là que ses caresses lui prouvaient son amour, même si ses lèvres s'y refusaient.

Une larme roula sur sa joue, une larme d'attente et de regret, mais elle refusait de repousser tout espoir. Austyn ne l'abandonnerait jamais seule dans le noir.

Mon Dieu, tout recommençait, encore une fois !

Quand il avait entendu ce hurlement terrible, les jambes d'Austyn s'étaient dérobées sous lui et, pendant une fraction de seconde, seule la poigne de Carey l'avait maintenu sur ses pieds. Leurs regards s'étaient croisés, puis Austyn s'était rué vers le château, son ami sur les talons.

Il fit irruption dans le hall, passa en courant devant les serviteurs livides et se fraya un chemin en écartant les hommes qui commençaient à gravir l'escalier de la tour.

Je vous en prie, mon Dieu, faites que je n'arrive pas trop tard. Pas cette fois-ci !

Quatre à quatre, il gravit les marches de l'étroit escalier en colimaçon et, insensible à la douleur, enfonça la porte d'un coup d'épaule.

Une vague de désespoir le submergea lorsqu'il pénétra dans la pièce.

Comme dans un cauchemar, il entrevit les morceaux du luth éparpillés sur le plancher, son père vautré au-dessus de sa femme, dont les bras pendaient, inertes, comme le cou de sa mère quand il avait descendu son corps sans vie avant de l'enterrer.

D'un bond, il traversa la pièce, agrippa son père par sa tunique et le rejeta énergiquement loin du lit. Il saisit Holly dans ses bras, horrifié à l'idée de voir l'ombre de la mort sur son beau visage.

La bouffée d'air qu'elle aspira avec un hoquet résonna aux oreilles d'Austyn comme la mélodie la plus harmonieuse.

— Respire à fond, mon amour, supplia-t-il. Respire, je t'en prie. Respire pour moi !

Il la berça dans ses bras en lui soutenant la tête, jusqu'à ce que le souffle de Holly devienne plus régulier. Sur sa peau livide, la trace des doigts de son père s'était imprimée en rouge.

Rhys, effondré dans un coin comme un tas de chiffons, complètement égaré, tremblait de tous ses membres, les yeux pleins de larmes. Un filet de sang coulait de sa tempe.

— Pardonne-moi, maman, gémit-il plaintivement. Mon Dieu, Gwyneth, continua-t-il avec un désespoir déchirant, qu'est-ce que j'ai fait ? Pardonne-moi, je t'en supplie…

Austyn ne voulait à aucun prix abandonner, même une seconde, son précieux fardeau pour s'occuper de son père.

Le bruit d'un hoquet le ramena à Holly. Ses joues commençaient à reprendre des couleurs. Elle battit des cils et le regarda d'un air malicieux.

— Vous me prenez pour un fantôme, messire ?

— Non, mon amour, mais je me demande si vous n'êtes pas un ange ! murmura-t-il en resserrant son étreinte et en enfouissant sa bouche dans les cheveux de la jeune femme.

— C'est aussi bien comme ça, articula-t-elle d'une voix rauque en se blottissant plus étroitement dans ses bras. J'aurais fait un fantôme très difficile à vivre. J'aurais cousu ensemble les jambes de vos chausses et défait toutes les coutures de vos surcots.

Elle ouvrit de grands yeux et, comme si elle se rappelait soudain que Rhys avait déchiré son corsage, regarda sa poitrine. Le brocart déchiré découvrait complètement un sein de neige. Holly tourna la tête vers la porte et aperçut Carey debout dans l'embrasure, un petit groupe apeuré se pressant derrière lui. En tremblant comme une enfant, elle se dépêcha de rassembler les lambeaux de son vêtement pour cacher sa nudité.

— Je vous en prie, ne vous mettez pas en colère. Ce n'est pas la faute de Rhys…

L'émotion avait été trop forte. Elle se mit à claquer des dents et fondit en larmes.

Ému jusqu'au tréfonds de l'âme, Austyn sentit s'effondrer l'invisible carapace qu'il avait mis vingt ans à construire pour se protéger. Il s'apercevait maintenant qu'il n'avait pas un cœur de pierre, mais de glace, et que la chaleur des larmes de Holly suffisait à le faire fondre.

D'un regard, il implora le secours de Carey. L'écuyer comprit immédiatement et emmena Rhys et tous les autres, laissant le jeune couple à leur intimité.

— Il a voulu vous étrangler. Vous a-t-il fait autre chose ? Vous a-t-il fait du mal ? s'enquit Austyn en massant les bras glacés de sa femme pour essayer de les réchauffer.

— Je n'aurais pas dû le frapper. Ce n'est qu'un vieillard, mais il m'a dit de telles horreurs. Quand il a commencé à défaire ses chausses...

Elle baissa la tête sans oser continuer.

— Il se cachait dans la cour toutes les nuits pour nous écouter, poursuivit-elle si bas qu'il eut du mal à l'entendre. Il pensait que je n'étais qu'une dépravée qui lui accorderait ses faveurs sans difficulté... puisque je vous les accordais, à vous...

Austyn était bourrelé de remords. S'il avait pu, il se serait jeté aux pieds de Holly. Ce n'était pas son père qui avait manqué de respect à cette fière beauté, c'était lui.

— Vous avez raison. Vous n'auriez pas dû le frapper, c'est moi qui suis à battre, dit-il en levant le menton de la jeune femme pour la regarder bien en face.

Le visage de son épouse était plus éclatant que l'aurore, mais Austyn comprit que ce n'était pas son corps magnifique qui l'avait envoûté. Au fil des saisons, sa chevelure de jais pourrait bien se teinter d'argent, sa peau satinée se strier de rides, c'était son âme qui l'avait séduit, et elle ne se fanerait jamais.

C'est la beauté de son âme qu'il avait voulu ignorer quand il avait choisi d'assouvir dans l'obscurité le désir qui le dévorait. Comme s'il avait tenu dans ses bras une autre femme, n'importe quelle femme...

Mais la cambrure inimitable de ses reins, la douceur de son cou qu'il avait tant de fois rêvé de couvrir de baisers, cet abandon fiévreux, tout cela n'appartenait qu'à Holly.

Sa Holly, si généreuse, si entêtée, si ardente à protéger ceux qu'elle aimait, plus courageuse que tous les guerriers qu'il avait affrontés sur le champ de bataille... Assez brave pour casser un luth sur la tête d'un fou lubrique, pour défier l'autorité de son propre père qui voulait lui imposer un mariage qu'elle refusait...

Son amour pour Holly lui donnait la force de vaincre tous les obstacles, de conquérir des royaumes.

Il était pourtant douloureusement conscient de l'ironie de la situation. Tant qu'il avait conservé l'illusion qu'il ne pourrait jamais aimer Holly, il avait toute liberté de vivre avec elle, mais maintenant que son amour éclatait au grand jour...

Holly sentit avec désespoir Austyn lâcher ses épaules. Elle se recroquevilla comme elle l'avait fait les nuits précédentes, lorsqu'il la laissait seule dans le noir.

— Vous voulez partir maintenant ? Vous allez me quitter ?

Mais au lieu de se diriger vers la porte, il alla remplir de vin un gobelet d'argent.

— Où sont les fleurs ? s'étonna-t-il après avoir considéré avec satisfaction les bougies allumées. Je vous avais envoyé des fleurs.

— Elles me faisaient éternuer, mentit Holly. J'ai dû demander à Winifred de les emporter.

Il revint vers le lit et s'agenouilla à son côté, le visage à la même hauteur que le sien.

— À la santé de ma femme ! dit-il en levant son gobelet.

L'expression solennelle d'Austyn la ramena au jour de leur mariage, à Tewksbury, quand il lui avait dédié sa victoire à la fin du tournoi. Avant qu'elle ait eu le temps de lui rappeler ce souvenir poignant, il pressa la coupe contre ses lèvres. Elle but à longs traits et savoura, plus que le vin épicé, la douceur de cet hommage.

Il but à son tour, puis laissa le gobelet rouler sur le sol. Il prit entre ses mains le visage de Holly avec une tendresse ardente et plongea son regard dans le sien.

— Je vous chéris de tout mon corps, lady Holly de Chastel, souffla-t-il.

Sur ces paroles, il embrassa sa bouche.

Dès que les lèvres d'Austyn s'approchèrent des siennes, Holly cessa de claquer des dents. Éblouie, transportée, elle pensa qu'elle était peut-être morte après tout, puisqu'elle venait d'arriver au paradis. Ce baiser consacrait l'union de leurs corps et de leurs âmes beaucoup plus étroitement que tous les plaisirs charnels qu'ils avaient goûtés ensemble dans l'obscurité.

Lorsqu'elle comprit la signification du geste d'Austyn, les yeux de la jeune femme se remplirent de larmes. Il venait de la prendre pour épouse, elle, Holly de Chastel, et pas ce petit laideron capricieux habillé comme l'as de pique avec sa couronne de fleurs fanées. Pourtant, avec sa robe en lambeaux, elle se sentait aussi nue et vulnérable qu'Ève devant Adam, à l'aube du premier jour.

La solennité de ce baiser lui avait redonné la pureté et la fraîcheur d'avant la chute, comme si le geste chevaleresque d'Austyn lui avait rendu son innocence perdue et sa foi en un avenir meilleur. Elle n'aurait pas été surprise si, en se regardant dans son miroir, elle avait découvert que les marques laissées sur son cou par les doigts de Rhys s'étaient évanouies, effacées par le regard débordant d'amour de son époux.

Quand elle se pendit au cou d'Austyn pour l'attirer sur son cœur, comme elle en avait tant de fois rêvé, et que, cette fois-ci, il ne la repoussa pas, elle eut un cri de joie, vite étouffé par l'ardent baiser de son mari.

Austyn aurait pu rester ainsi toute l'éternité, à bercer Holly dans ses bras, à cueillir sur sa bouche la preuve de son amour, et s'interrompre le temps de lui dire encore une fois ses remords et de lui faire les serments les plus véhéments.

C'est elle qui se dégagea la première pour caresser son cou, puis elle glissa la main sous sa tunique pour jouer doucement dans la toison de sa poitrine.

Et ce fut le tour d'Austyn de gémir de désir lorsque les doigts de Holly glissèrent sur son ventre et commencèrent à ouvrir ses chausses.

Il prit le poignet de sa femme et le porta à ses lèvres pour y déposer un baiser.

— Vous n'êtes pas obligée de faire cela, murmura-t-il, affolé par la douceur de sa peau, là où battait son pouls. Ce n'est pas ce que je vous demande...

— Il est peut-être temps de vous préoccuper de ce que *moi,* je demande, remarqua-t-elle. Je vous préviens, mon père m'a toujours dit que j'étais une fille têtue.

Il lui adressa son sourire le plus canaille.

— Alors, loin de moi l'idée de vous contredire...

Il guida la main de Holly sur son bas-ventre et l'appuya sur sa virilité pour lui prouver son désir pour elle. Un désir qui ne lui avait laissé aucun répit depuis qu'il l'avait aperçue pour la première fois dans le jardin de Tewksbury. Tandis qu'elle refermait les doigts sur son sexe, il rejeta la tête en arrière, les dents serrées pour retenir un gémissement.

Il la laissa faire lorsqu'elle le repoussa pour l'allonger sur le dos et le déshabiller comme un enfant. Quand il fut complètement nu sur la couverture de fourrure, il lui tendit la main.

Immédiatement elle recula, les yeux brillants comme des escarboucles.

— Vous avez le droit de regarder, messire, et c'est plus que vous ne m'avez accordé, mais vous n'avez pas le droit de toucher.

— Vous oseriez ? demanda-t-il, grisé par sa hardiesse.

— Vous allez voir, répliqua-t-elle avec un sourire provocant.

La lueur tremblotante des chandelles rendit le spectacle enchanteur. Dressée sur les genoux, elle enleva sa robe et sa chemise d'un même mouvement. Austyn remercia le ciel que la chevelure de sa femme n'ait pas repoussé suffisamment pour masquer ses seins magnifiques. Ses mains le démangeaient, il brûlait de la caresser, de rendre hommage à chaque parcelle de son corps, comme il aurait dû le faire pour leur nuit de noces. Il espérait se faire pardonner de lui avoir ôté sa virginité avec si peu d'égards.

Mais Holly exigeait une pénitence beaucoup plus sévère.

Quand il fit mine de la toucher, elle regarda d'un air moqueur les rubans de velours qui pendaient aux piliers du baldaquin.

— Dominez-vous, messire, ou je me verrai dans l'obligation de prendre des mesures.

— Dois-je demander grâce, ma dame ? s'enquit-il en fermant les poings.

— Économisez votre souffle, lui murmura-t-elle en effleurant à peine ses lèvres.

Austyn n'aurait jamais imaginé qu'une punition puisse être aussi suave. Surtout quand elle était exécutée avec une telle douceur. Holly explora tous les secrets de son corps. À chaque fois, elle revenait l'embrasser sur la bouche, comme pour se rassasier d'un festin qui lui avait été trop longtemps refusé. Lorsque ses lèvres soyeuses s'égarèrent sur son ventre, il dut s'accrocher de toutes ses forces aux couvertures pour ne pas hurler.

Elle se coula contre lui, ses seins généreux frôlèrent sa poitrine. La bouche de Holly effleura la sienne et il gémit sous ce baiser aussi léger et chaste que celui d'une vierge. Mais ce répit n'était que le prélude à d'autres tortures. Elle descendit lentement le long de son torse, puis ses lèvres s'ouvrirent comme un bouton de rose pour s'emparer de son sexe.

— Pitié, je n'en peux plus ! cria-t-il en s'arc-boutant dans un élan animal.

Il ne survécut à cet assaut qu'en imaginant tous les détails de la vengeance qu'il lui infligerait en retour.

— Et maintenant, mon cher mari, dois-je vous présenter mes excuses avant de partir ? demanda-t-elle en mordillant ses lèvres.

À ce rappel de leurs premières nuits, une douleur fulgurante transperça le cœur d'Austyn. En voyant changer son expression, Holly renonça à tout badinage. Elle ne protesta pas quand il l'enveloppa de ses bras et la fit rouler sous lui. Leurs deux corps s'épousèrent si étroitement qu'ils semblaient moulés l'un pour l'autre depuis le jour de leur naissance.

— Restez, implora-t-il langoureusement.

Avec un soupir de satisfaction, Holly se laissa aller. Elle pouvait enfin, comme elle l'avait désiré si souvent, étreindre librement son mari, s'enrouler comme une liane autour de ses reins pour mieux l'accueillir au plus profond d'elle-même.

Austyn savait qu'il avait beaucoup à se faire pardonner, mais jamais il n'avait enduré punition aussi douce et cruelle à la fois. Il maudissait son entêtement qui lui avait fait préférer, toutes les nuits passées, l'obscurité à la lumière des chandelles. Voir le visage angélique de Holly enfin comblé, regarder ses joues laiteuses s'empourprer de fièvre, contempler sa bouche purpurine s'entrouvrant pour un gémissement ravi était un pur délice.

Elle était merveilleusement belle, certes, mais cette nuit sa beauté n'irradiait que pour lui. Son épouse était sienne tout entière. Envoûté par l'ivresse qui troublait ses traits, il glissa la main dans le vallon soyeux où leurs corps se rejoignaient et caressa délicatement le bouton caché sous sa toison. Les soupirs de Holly s'enflèrent en plaintes frénétiques.

Ces premiers transports soulevèrent en lui une vague de plaisir. Il s'abandonna à cette tempête irrésistible, étouffa son cri de triomphe dans un baiser brûlant, et laissa l'amour guider son rythme endiablé.

Les premières lueurs de l'aube se glissaient dans la chambre lorsque Holly s'éveilla. À son côté, le lit était vide. Toute sa gaieté s'évanouit d'un coup. Cette nuit s'achevait comme toutes les autres. Après avoir assouvi son plaisir, Austyn l'avait quittée.

Le cœur lourd, elle passa la main sur le drap froissé. Elle poussa un soupir de soulagement en constatant qu'il était encore chaud.

Riant comme une enfant, elle se roula à la place de son mari et enfouit le visage dans l'oreiller pour retrouver son odeur épicée.

Pensive, elle revécut les événements de la nuit passée. Au lieu de fuir sa compagnie après l'extase de leur première étreinte, Austyn l'avait tendrement blottie au creux de ses bras. En caressant les boucles en désordre de sa femme, il avait imploré son pardon pour toutes les nuits où il l'avait abandonnée à sa solitude, et lui avait juré de se rattraper.

Elle avait perdu le compte de ses hommages, pendant que les heures s'envolaient. Quand leurs corps rassasiés avaient cédé à la fatigue, elle s'était pelotonnée contre la poitrine de son bien-aimé et avait pleinement savouré le plaisir de se sentir protégée autant qu'adorée. Si elle s'écartait un tout petit peu, il se mettait à gémir et à grommeler dans son sommeil, et l'enlaçait bien vite pour la serrer contre lui et appuyer son menton sur ses cheveux. Elle souriait pour elle-même en constatant à quel point il était possessif.

L'estomac de Holly protesta. Austyn était peut-être parti chercher de quoi satisfaire des appétits d'une nature plus prosaïque... Les bougies s'étaient entièrement consumées, la fraîcheur matinale la fit frissonner. Elle se pencha au bord du lit et remarqua que les chausses d'Austyn n'étaient plus là, mais que sa tunique gisait toujours où elle l'avait jetée la veille.

Elle bondit hors du lit, enfila le vêtement et le serra sur sa poitrine pour s'imprégner de l'odeur d'Austyn. Le rude lainage la chatouillait, et elle ne résista pas à la tentation d'esquisser un entrechat.

En virevoltant, elle se cogna contre la table.

Elle dut s'y agripper pour ne pas tomber en voyant la porte grande ouverte.

27

Holly se faufila dans l'escalier qu'elle descendit avec prudence. Inconsciemment, elle n'osait pas trop se montrer, et se coula sans bruit entre les serviteurs qui dormaient sur des bancs ou à même le sol de la grande salle. La porte extérieure entrebâillée laissait filtrer un mince rai de lumière.

Elle se glissa dans la cour intérieure et s'arrêta pour contempler le ciel comme si elle le voyait pour la première fois.

Le soleil ne semblait pas décidé à se montrer, et le temps promettait d'être maussade. Cette journée de l'été finissant annonçait déjà l'automne. Une brise fraîche montait de la rivière, une feuille morte tombait en tourbillonnant, et le panache vert des chênes commençait à se teinter de pourpre. Tout invitait à savourer les derniers feux de l'été pendant qu'il était encore temps.

Holly avait oublié à quel point ce monde était vaste. Derrière les murs qui l'avaient enfermée s'étendait un océan de vertes collines, de pics déchiquetés, de landes mauves et rousses, de forêts impénétrables longées par le ruban argenté de la rivière qui suivait son chemin jusqu'à la mer infinie.

Sa gorge se noua, elle fut saisie d'un tremblement, d'une peur irraisonnée de se voir engloutie dans cette immensité, et se mit à regretter les murs familiers de sa prison, le nid douillet de ses couvertures. Pour un peu, elle serait retournée dans son trou comme une petite souris effrayée par l'odeur du chat. Mais la silhouette masculine qui se dessinait en haut de la crête surplombant la rivière lui donna le courage de poursuivre son chemin.

La vue de son mari, cheveux au vent, négligemment appuyé contre un rocher, lui aurait donné le courage de traverser les flammes de l'enfer.

Chaque pas qui la rapprochait de lui diminuait sa peur et la libérait de ses chaînes invisibles. Elle se sentait plus légère que la brise, et aurait voulu gambader comme un cabri dans l'herbe humide de rosée. Mais l'immobilité d'Austyn finit par l'inquiéter. Il ne l'avait pas entendue approcher, et son regard se perdait au loin dans la brume, au-delà de la rivière, comme s'il cherchait à apercevoir la mer.

Elle posa doucement la main sur son épaule.

Sous cette caresse légère, il se retourna et découvrit Holly qui lui souriait tendrement. Sur elle, cette grossière tunique de laine paraissait plus somptueuse que les atours d'une reine. Pieds nus, les cheveux en désordre, les yeux cernés, les lèvres encore gonflées des baisers voluptueux qu'elle avait reçus et donnés toute la nuit, elle n'avait jamais été aussi belle.

Cela justifiait la décision qu'il venait de prendre, et la rendait encore plus difficile.

Dès qu'elle vit l'expression soucieuse d'Austyn, la jeune femme comprit que quelque chose n'allait pas, et son sourire s'évanouit. Il la prit dans ses bras et l'embrassa, mais avec une tristesse déchirante.

— Il faut rentrer chez vous, murmura-t-il en lui caressant la joue.

— Mais je *suis* chez moi, répliqua-t-elle en reculant légèrement.

— Ici, vous n'êtes pas en sécurité. Vous ne serez jamais à l'abri à Caer Montfort. Ce qui s'est passé hier le montre bien.

Le visage ravagé par l'angoisse, il effleura les traces bleuâtres laissées sur son cou par les doigts de Rhys.

— Votre père ne me fait pas peur. Vous êtes suffisamment fort pour me protéger de lui.

— Mais qui vous protégera de moi ? s'écria Austyn, sentant sa détermination vaciller.

Elle posa une main apaisante sur le cœur de son mari, essayant de faire passer dans son regard tout l'amour et toute la confiance qu'elle éprouvait.

— Je n'ai pas peur de vous non plus.

— Eh bien, vous avez tort !

Le cœur de Holly se serra douloureusement lorsqu'il lui prit les poignets pour la repousser. Il s'assit sur le rocher.

— Vous n'avez pas encore compris que mon amour ne peut vous apporter que le désastre et la mort ? Il suffirait d'un rien. Assise au coin du feu, vous attraperiez une poussière dans l'œil, et je vous accuserais immédiatement d'avoir fait un clin d'œil à Carey. Cinq minutes après, vous seriez tous les deux étendus morts sur le sol.

Holly ne savait pas si elle devait en rire ou en pleurer. Pas plus tard que la veille, elle envisageait de demander à Austyn de la laisser rentrer à Tewksbury s'il ne pouvait pas l'aimer. Et voilà qu'il avait décidé de l'y renvoyer précisément parce qu'il l'aimait !

— Comment vous le faire comprendre ? reprit-il. Cette jalousie est une véritable maladie qui se répand dans mes veines et qui infecte tout. Elle suffit à rendre monstrueux l'amour le plus sincère.

Il leva les yeux.

— Je ne peux même pas vous regarder sans être assailli par l'idée de vous perdre, murmura-t-il d'une voix à peine audible.

— Vous ne me perdrez pas si vous me laissez rester à vos côtés. Je ne vous abandonnerai jamais. Accepter d'aimer, c'est prendre le risque du meilleur comme du pire, vous ne croyez pas ? Je suis bien décidée à courir ce risque.

— Ma mère aussi a pris ce risque, et cela lui a coûté la vie. Je ne veux pas vous mettre en danger.

Holly commençait à se rendre compte qu'elle n'arriverait pas à le faire changer d'avis. Elle avait fait de son mieux, elle avait mis son cœur à nu, mais apparemment ses efforts n'avaient servi à rien. Cette constatation l'emplit de colère et de peur en même temps.

— En fait, ce que vous essayez de me dire, c'est que même si vous m'aimez plus que tout comme vous le prétendez, vous ne me trouverez jamais digne de votre confiance !

— Ce n'est pas en vous que je n'ai pas confiance, c'est en moi, rétorqua-t-il avec amertume.

— Et si cette fameuse malédiction des Montfort n'était rien d'autre qu'une superstition de bonne femme ? insinua-t-elle avec une moue hautaine dont Nathanaël aurait été fier.

— Peu importe que cette malédiction existe ou non, du moment que moi j'y crois, soupira Austyn.

Holly ne trouva rien à lui objecter, même si son raisonnement était parfaitement spécieux.

— Je pourrais rester enfermée dans la tour, si c'est le seul moyen, suggéra-t-elle, abandonnant toute fierté.

Il lui prit le menton et la regarda bien en face, les yeux brillants de ce feu glacé qui l'avait séduite dès leur première rencontre.

— Je préférerais rôtir en enfer, plutôt que de vous mettre à nouveau en cage.

— Alors je m'enfermerai toute seule ! Si vous tenez vraiment à me chasser de votre demeure, je vous conseille de donner l'ordre à Carey de faire préparer le bélier et les catapultes. Je ne mettrai pas les pieds hors de cette tour tant que vous n'aurez pas cessé vos enfantillages !

Sur ce, elle fit demi-tour et se dirigea vers le château d'un pas décidé.

— Si cette Rhiannon est tellement désireuse de vous garder pour elle, elle va d'abord avoir affaire à moi ! ajouta-t-elle. Qu'elle vienne seulement croiser mon chemin ! Je lui arracherai ses jolies petites ailes de fée !

— Si vous refusez de partir pour votre propre salut, alors pensez au mien !

Les paroles d'Austyn résonnèrent comme un glas aux oreilles de Holly. Elle se figea. Il la connaissait si bien ! Il avait trouvé le seul défaut de sa cuirasse, le seul argument qui pouvait la faire fléchir. Il l'avait désarmée avec la même sûreté qu'il montrait sur le champ de bataille, et il ne l'aurait pas blessée plus douloureusement s'il l'avait giflée avec son gantelet de fer.

Elle se rctourna. Il se tenait face à elle, prêt à la bataille.

Holly enrageait de son impuissance.

— Si vous comptiez exiger de moi un aussi noble sacrifice, vous n'auriez pas dû prendre le risque que je sois enceinte. Et si je rentrais chez mon père avec dans le ventre l'héritier des Montfort ?

Austyn baissa la tête, les dents serrées.

— Si vous mettez au monde un garçon, gardez-le loin de moi. Je n'ai rien à lui transmettre, sauf le droit d'être damné.

— Je sais que dans beaucoup de couples les époux ont des résidences séparées. Et si moi, je n'accepte pas ce mariage de façade que vous voulez m'imposer ? le défia-t-elle en essuyant une larme. Si je préfère accorder ma main à un autre homme ?

Elle n'aurait pu lui infliger de plus cruelle blessure, elle le savait bien.

— Si vous préférez vous remarier, je vous jure de mentir devant Dieu et le roi pour que vous obteniez l'annulation de notre union, répondit-il, résigné. Vous n'avez aucune raison de payer mes folies jusqu'à la fin de vos jours. Mais vous êtes, et vous serez toujours, la seule femme dans mon cœur.

Cette promesse solennelle fendit le cœur de Holly.

— Moi, je n'ai jamais commis qu'une seule folie, messire : celle de vous aimer !

Après cette déclaration, elle courut vers le château pour chercher une dernière fois refuge dans la tour.

Le miroir craquelé renvoyait à Holly le reflet d'un visage à l'ovale parfait. L'arc de ses sourcils s'étirait avec légèreté vers les tempes. Seuls ses yeux violets trahissaient sa lassitude.

Elle étala un peu de rouge sur ses lèvres. Le goût en était quand même plus appétissant que celui de la cendre ! Elle passa à son cou le pendentif de rubis et attacha un filet d'or sur ses boucles brunes. Que son époux vienne l'accuser de vol, s'il l'osait. La femme à qui avaient appartenu ces bijoux était plus proche d'elle que d'Austyn.

Elle étouffa sans pitié l'envie de s'approcher une dernière fois du lit en désordre et souligna d'un mince trait de khôl le contour de ses yeux pour mettre en valeur leur éclat.

Il faut cesser de pleurer, maintenant, sinon les traces de larmes vont te barbouiller comme un bateleur, se sermonna-t-elle.

Finalement, c'était une bonne chose qu'Austyn l'envoie à Tewksbury, se dit-elle en passant le doigt sur les cernes qui marquaient son visage. Encore quinze jours de ce régime, et elle serait plus ridée qu'une vieille pomme ! Aucune femme ne pouvait passer constamment du bonheur le plus extatique au désespoir le plus noir sans en porter les marques. Elle n'avait pas passé toutes ces années à éviter le soleil et à protéger sa peau avec les crèmes les plus rares, pour finir aussi fanée qu'Elspeth.

Comme si cette pensée peu charitable avait suffi à l'attirer, la voix de sa gouvernante retentit derrière elle :

— Carey vous fait dire que les chevaux sont prêts, ma dame.

La jeune femme posa son miroir et jeta négligemment sur ses épaules un manteau doublé d'hermine.

Elspeth en eut le souffle coupé. Elle avait assisté à la naissance de Holly, avait vu ce poupon potelé émerger du corps de sa mère, sa tête parfaitement arrondie, ses petits cils noirs aussi fins que les plumes d'un oisillon. Elle avait amené par la main, le jour de son troisième anniversaire, la fillette aux joues roses qu'un prince arabe venait demander en mariage. Lorsque le comte avait refusé, le petit prince de douze ans s'était mis à pleurer et à taper du pied, mais Holly avait secoué dédaigneusement ses boucles soyeuses, et était repartie en se dandinant avec grâce chercher des vers de terre dans le jardin.

La gouvernante connaissait par cœur les charmes et les attraits de sa maîtresse, mais jamais encore elle ne l'avait vue aussi éblouissante, ni aussi fragile.

Elle avait un air de princesse, mais de princesse sculptée dans la glace. Le cœur d'Elspeth se serra d'appréhension. C'était dur, la glace, mais fragile également : cela fondait et se cassait sous les coups...

— Veux-tu prendre ma traîne, Elspeth ? demanda Holly en enfilant une paire de gants doublés de petit-gris. Je ne tiens vraiment pas à ramasser toute la poussière de ce taudis.

Tandis qu'Elspeth lui emboîtait le pas, Holly rejeta les épaules en arrière. Il n'était pas question de quitter Montfort comme une malpropre. Même si elle avait le cœur en lambeaux, sa fierté était intacte. Elle partirait la tête haute ! Elle voulait faire étalage de sa beauté pour l'envoyer comme une gifle à la figure d'Austyn et de tous ses maudits commensaux, vivants ou morts !

La grande salle et la cour intérieure étaient noires de monde. Un murmure émerveillé parcourut l'assistance lorsqu'elle fit son apparition. Certains, comme Winifred, pleuraient ouvertement, d'autres ne prenaient pas la peine de cacher leur soulagement. Maintenant, leur précieux seigneur serait enfin à l'abri des sortilèges maléfiques des femmes trop belles, pensa Holly avec aigreur. Elle avait depuis longtemps l'habitude de se voir dévisagée sans vergogne par les gens, et elle ne cillait pas sous leurs regards insolents.

Carey tenait par la bride les chevaux qui piaffaient, un hongre pie, un petit bai, et un palefroi gris dont la taille convenait parfaitement à Holly. La mine sombre de l'écuyer, les coups d'œil pleins de reproche qu'il adressait en direction du château, ne laissaient aucun doute sur ses sentiments.

Elle suivit le regard de l'écuyer et aperçut Austyn, tout de noir vêtu, debout devant la tombe de sa mère, comme s'il avait choisi cet endroit pour essayer de justifier encore une fois sa décision.

Détournant les yeux, Holly accepta l'aide de Carey, s'assit en amazone sur le palefroi et étala gracieusement ses jupes sur les flancs de sa monture.

Tandis qu'Elspeth se juchait sur le cheval bai, l'écuyer s'apprêta à dire quelque chose, mais devant la morgue aristocratique de Holly, il y renonça.

— Nous sommes prêts, annonça-t-elle avec une majesté souveraine en saisissant les rênes de ses mains gantées.

Leur petite caravane s'ébranla lentement, passa devant les spectateurs ébaubis, devant les corps de garde en ruine et les pans abandonnés du mur d'enceinte. Ils atteignirent la courbe de la route – l'endroit où, si l'on se retournait, on pouvait prendre Caer Montfort pour quelque palais céleste perché en haut d'une montagne.

Mais Holly ne croyait plus aux châteaux enchantés, ni aux princes charmants qui étaient censés les habiter. Elle fit semblant d'arranger ses cheveux et, en passant, s'essuya discrètement les yeux, maculant la soie immaculée de son gant d'une longue trace de khôl.

28

Holly serra plus étroitement les plis de son manteau autour d'elle. Comment l'hiver pouvait-il arriver aussi subitement, et la priver des plaisirs indolents de l'été et de la splendeur de l'automne ? Un vent impétueux semblait s'amuser à arracher par rafales les feuilles des arbres et à lui souffler des bouffées glacées en pleine figure.

Ils avaient déjà perdu plus d'une journée, blottis sous un abri de fortune à regarder l'épais rideau de pluie qui tombait sans discontinuer, et ils auraient pu y rester un jour de plus si Carey n'avait craint de se trouver à court de provisions. Ils avaient donc émergé de leur trou détrempé et repris leur route vers Tewksbury, l'humeur aussi morose que le temps.

Même Elspeth semblait avoir perdu sa langue.

Après avoir massé énergiquement les mains de sa gouvernante enflées par l'humidité, Holly avait insisté pour lui donner, malgré ses protestations véhémentes, les gants fourrés qui avaient appartenu à la grand-mère d'Austyn, et elle-même ne sentait plus ses doigts gourds sur les rênes.

Elle aurait voulu voir la douleur lancinante qui lui rongeait la poitrine s'engourdir de la même façon. Pendant des années, elle avait craint de n'être qu'une jolie coquille vide. Elle avait enfin découvert qu'elle possédait un cœur aussi vulnérable que n'importe quelle femme, pour le voir aussitôt arraché et piétiné impitoyablement.

C'était peut-être aussi bien. Elle n'en aurait plus besoin, après tout. Son destin était d'être adorée de loin sa vie entière, et de ne plus jamais connaître la tendre intimité des caresses d'un époux.

Vous êtes, et vous serez toujours, la seule femme dans mon cœur.

Le serment d'Austyn lui revenait sans cesse à l'esprit comme un refrain ironique. Il était certainement sincère quand il lui avait fait cette promesse, mais elle était convaincue que quelques mois de solitude en viendraient à bout. Sous le prétexte de lui rendre sa liberté, il demanderait l'annulation de leur mariage et s'empresserait de mettre dans son lit la première jouvencelle venue, au regard bovin et à la mâchoire chevaline, qui se plierait sans discussion à ses quatre volontés. Holly les croiserait lors d'un tournoi ou à l'occasion d'une fête, leur sourirait gracieusement pour cacher sa peine et les féliciterait de la file de bambins trottinant sur leurs talons.

Elle porta la main à son ventre, comme pour dire adieu à l'espoir qu'elle avait un instant nourri. Austyn le lui avait clairement fait comprendre : l'enfant qu'elle aurait pu lui donner ne l'intéressait en aucune façon. Elle ne pouvait pourtant pas chasser l'idée qu'elle parviendrait à le fléchir si elle venait le retrouver, son fils dans les bras. Un petit homme en miniature, avec des boucles sombres, une fossette malicieuse sur sa joue potelée...

La douleur qui la taraudait fit place à un regret angoissé.

— Cesse de te torturer, murmura-t-elle, s'attirant un coup d'œil inquiet de Carey et d'Elspeth.

La pluie s'était calmée. Une épaisse voûte de branchages recouvrait le sentier, assombrissant encore cette grise journée. Holly se retourna, saisie d'un malaise. Elle se sentait épiée à travers les fourrés.

Elle prit une profonde inspiration pour apaiser son angoisse. C'était en cédant à ce genre de craintes imaginaires qu'elle s'était ridiculisée lors du voyage aller, se remémora-t-elle. Cette fois-ci, Austyn ne serait pas là pour la prendre sur ses genoux et sécher ses larmes. Il ne serait pas là pour la hisser sur son cheval et l'abriter de son impressionnante carrure.

Elle n'était pas la seule à ressentir la lugubre atmosphère de cette forêt. La main de Carey s'égarait de plus en plus souvent sur son épaule pour vérifier que son arc et ses flèches étaient prêts à servir. Elspeth rabaissait sa capuche sur ses yeux en regardant de tous côtés d'un air apeuré. Ils poussèrent tous un soupir de soulagement lorsque le tunnel de verdure déboucha sur une clairière.

Holly laissa échapper un cri de stupéfaction en découvrant, à l'entrée de la clairière, une silhouette encapuchonnée. Ignorant le cri d'alarme de Carey, elle sauta à bas de son palefroi et se précipita.

— C'est Nathanaël ! s'écria-t-elle en repoussant la capuche du prêtre pour dévoiler ses traits familiers.

L'écuyer se carra sur sa monture avec une moue de réprobation que n'aurait pas reniée Austyn.

— Dieu merci, vous allez bien ! s'écria Nathanaël en la serrant dans ses bras d'une façon qui n'avait rien de fraternel.

— Bien sûr que je vais bien, répondit Holly en se dégageant, gênée par ces débordements d'affection. Mais que faites-vous tout seul ici, au milieu de nulle part ? Vous n'êtes pas à Tewksbury ?

— Je suis venu à votre secours, répliqua le chapelain en s'empourprant. Il fallait bien vous délivrer de ce tyran. Vous n'imaginez pas les tortures que j'ai redoutées ! J'ai craint le pire !

La jeune femme s'apprêtait à défendre son mari, mais elle craignit de se trahir en rougissant, et de dévoiler ainsi quelles délicieuses *tortures* Austyn lui avait infligées. Elle savait que, de toute façon, Nathanaël ne la croirait jamais. À ses yeux, secourir une femme enfermée dans une tour par un ogre cruel n'était pas moins noble que la quête du Saint-Graal.

— Comment êtes-vous arrivé jusqu'ici ? Mon père n'est pas avec vous ? demanda-t-elle en scrutant les arbres derrière lui.

— Nous avons pensé qu'il était préférable de ne pas l'inquiéter sans raison. Nous nous proposions d'assiéger Montfort. Une fois que nous vous aurions délivrée des griffes de ce rustaud, nous serions...

— Nous ? Qui ça, nous ? l'interrompit Holly, soudain inquiète devant l'air suffisant du prêtre.

Ils surgirent du sous-bois comme un nœud de vipères. Avant que Carey ait le temps de tirer une seule flèche, la pointe d'une épée se pressa sur sa pomme d'Adam. Le cri d'Elspeth pour l'avertir fut étouffé par la main sale qui s'abattit sur sa bouche. En moins de temps qu'il n'en faut pour le dire, Holly et ses compagnons se virent entourés par une douzaine d'hommes à la mine patibulaire.

La jeune femme avait entendu parler de ce genre de soudards. On en avait plus d'une fois surpris à rôder à la lisière des terres de son père. Ils terrorisaient les paysans, les dépouillaient de leurs maigres biens, battaient les vieillards, entraînaient les jeunes filles dans la forêt pour les violer. On lisait dans leurs petits yeux un goût inné du vice et de la dépravation.

Mais en comparaison de l'homme élégamment vêtu de noir, à la coiffure impeccable, au sourire plaqué sur un visage aux traits harmonieux qui surgit de leurs rangs, ils paraissaient aussi inoffensifs qu'une bande de pages.

— Mais c'est notre damoiselle en détresse ! Comme c'est aimable à vous de nous épargner la peine de vous secourir ! Assiéger un château, c'est tellement ennuyeux !

Sans s'en rendre compte, Holly avait agrippé le bras de Nathanaël. Elle relâcha son étreinte, répugnant à montrer un quelconque signe de faiblesse devant l'homme qui s'avançait vers elle.

— Nathanaël, qu'est-ce qu'il fait ici ?

— Il m'a sauvé la vie. Je m'étais perdu dans la forêt, expliqua le chapelain. Sans la bonté et l'hospitalité du baron, je serais sans doute mort à l'heure qu'il est.

— Nous l'avons trouvé errant, abruti par la faim et la soif, marmonnant des prières sans queue ni tête, précisa Eugène de Legget d'un air méprisant.

Il était pourtant à deux pas des terres de votre père.

— Vous vous êtes bien gardé de me le dire ! s'écria Nathanaël, indigné. Je me croyais encore au pays de Galles.

— Mais si, je vous l'ai dit. Vous étiez dans un tel état que vous ne vous en souvenez pas. Quand le bien cher frère nous a raconté dans quelle situation délicate vous vous trouviez, poursuivit Eugène en se tournant vers Holly, nous lui avons bien entendu proposé notre aide. Je dois dire qu'à en croire vos atours, vous ne semblez pas aller si mal. Cela me plaît beaucoup, ajouta-t-il en effleurant ses cheveux courts. Vous ressemblez... à un adolescent.

Il semblait savourer le terme, et Holly vit d'un œil tout différent son penchant pour les jeunes filles impubères. En réprimant un frisson dégoûté, elle se dégagea prestement.

— Est-ce que ces ruffians vous paraissent capables de conduire un siège ? s'écria-t-elle en agrippant Nathanaël par le devant de sa robe. Je ne vois ni arbalète ni bélier. Où sont les échelles, les catapultes, les archers ?

Il affichait la mine ahurie d'un homme qui vient de se réveiller au moment où son beau rêve tourne au cauchemar.

— Je... je ne sais pas... Je me suis dit que le baron savait ce qu'il faisait. Il m'avait promis de vous libérer !

— Oui, en se glissant à Montfort au milieu de la nuit et en coupant la gorge de ses habitants dans leur sommeil ! Mais comment peut-on être aussi naïf ?

— Voyons, Holly, ne le rudoyez pas de cette façon. Je trouve son innocence plutôt touchante, intervint Eugène d'un ton mielleux.

Elle se retourna et, pour la première fois, consentit à lui adresser la parole directement.

— Dans ce cas, tenez votre promesse, messire. Escortez-moi jusque chez mon père.

— Mais je ne demande que cela, ma dame.

Holly se détendit. Après tout, elle avait peut-être exagéré la scélératesse d'Eugène de Legget...

— Mais je crains que ce ne soit pas possible, précisa-t-il avec une moue d'excuse.

De sa ceinture, il tira une dague à manche d'argent.

Instinctivement, Holly s'écarta. Tandis que le baron la suivait, deux des brigands saisirent les bras du prêtre.

— Lâchez-moi immédiatement ! protesta-t-il.

Le dos de Holly heurta un arbre. Eugène jouait avec sa dague d'une main experte.

— Si vous touchez un seul cheveu de sa tête... gronda Carey.

Elspeth gémit, les yeux dilatés de terreur.

Seule Holly resta silencieuse, bien décidée à opposer à Eugène tout le mépris dont elle était capable. Elle se força à demeurer impassible lorsqu'il pressa ses lèvres contre son oreille.

— Vous ferez moins la fière quand j'en aurai fini avec vous, ma dame. Je compte bien vous mettre à genoux, par n'importe quel moyen.

La lame de la dague se fit insistante sur la joue de Holly. Du coin de l'œil, elle vit Carey essayer de se dégager, l'épée entailler son cou et lui arracher un lambeau de chair, puis le sang couler sur la tunique du jeune homme.

— Vous me mettrez peut-être à genoux, siffla-t-elle, mais vous ne me ferez jamais ramper comme le serpent que vous êtes.

Elle ravala un cri de douleur quand il la saisit par les cheveux et lui arracha sans sourciller une boucle entière. Il sortit de l'aumônière qu'il portait à la ceinture un morceau de parchemin et y plia méthodiquement la mèche.

— Cela devrait suffire comme preuve pour appuyer mes exigences. Si je n'étais pas si chevaleresque, j'y ajouterais votre langue. Je suis convaincu que votre époux a suffisamment enduré vos bavardages pour la reconnaître immédiatement.

Holly se retint de répliquer et préféra, pour une fois dans sa vie, la discrétion à l'insolence. L'un des sbires d'Eugène la saisit à bras-le-corps, si brutalement qu'elle en eut le souffle coupé. Cette canaille édentée dégageait une odeur nauséabonde.

— Avancez les chevaux, ordonna Eugène de Legget.

— J'avais confiance en vous, messire, gémit Nathanaël avec une stupéfaction enfantine devant le brusque changement d'attitude du baron.

Eugène parut se rappeler tout à coup son existence. Une angoisse irrépressible étreignit Holly. Gaven s'approcha du prêtre en jouant toujours avec sa dague. La lame étincelait comme un éclair d'argent. À ce spectacle, la jeune femme se débattit.

— C'est l'une de nos plus tragiques défaillances, à nous autres humains. Nous sommes une source de déception perpétuelle les uns pour les autres… Vous ne croyez pas, mon cher frère ? demanda le baron avec un soupir à fendre l'âme. Mais vous avez toujours foi en Dieu, j'espère ?

— Bien sûr, acquiesça Nathanaël d'un air sombre.

— Eh bien, saluez-le de ma part, rétorqua Eugène avec un sourire sardonique.

Il plongea son poignard dans la poitrine du prêtre, qui s'effondra aussitôt.

Un cri de terreur jaillit de la gorge de Holly. Carey s'abattit sous une volée de coups de poing et de pied. La main qui bâillonnait Elspeth n'arriva plus à retenir ses hurlements affolés.

Holly parvint à s'échapper et s'élança vers son précepteur couvert de sang. Malgré sa faiblesse, il parvint à tendre la main vers elle.

— Pardonnez-moi, murmura-t-il, le regard déjà si vague qu'elle n'aurait pu dire s'il adressait à elle ou à Dieu. Pardonnez-moi, je vous en prie…

Elle lui caressa le front, mais le sbire d'Eugène la tira en arrière. Elle poussa une plainte déchirante en voyant le prêtre retomber sur le dos, les yeux fermés.

Eugène retira son poignard de la poitrine du malheureux et l'essuya sur le parchemin qu'il tenait encore à la main.

— Que Dieu ait pitié de sa bêtise.

Sans prêter la moindre attention au regard noir que lui jetait Holly, il se dirigea vers Carey, cloué au sol par quatre vigoureux bandits. Les lèvres de l'écuyer avaient doublé de volume, et l'un de ses yeux aussi.

— Ne le tuez pas et ne lui cassez pas la jambe, commanda Eugène en glissant le parchemin dans la ceinture de Carey. Dans les deux cas, il faudrait trouver un autre messager, et je n'en ai pas la patience.

Il saisit Holly par le bras et l'entraîna sans ménagement vers les chevaux. Impuissante, elle entendit avec horreur le bruit des poings qui s'abattaient sur l'écuyer et les gémissements qu'il ne pouvait retenir.

— Ordure, siffla-t-elle, aveuglée par les larmes.

— Je vous apprendrai à me parler avec plus de respect quand je serai votre époux, gronda-t-il en la pinçant brutalement.

— J'ai déjà un mari !

— Plus pour longtemps, ma dame. Plus pour longtemps.

Devant son sourire sardonique, Holly frémit de terreur.

La jeune femme apprit vite à ses dépens que voyager assise en amazone sur un palefroi n'était pas la façon la plus pénible de se déplacer, même sous une pluie battante. Jetée pieds et poings liés comme un sac en travers d'un immense destrier, par exemple, était bien pire. Chaque pas du cheval la secouait impitoyablement et ses dents en claquaient. Elle recevait en pleine figure des éclaboussures de boue glacée. Elle n'osait pas imaginer comment la frêle Elspeth supportait le voyage.

Au fur et à mesure que passaient les heures, elle se laissait aller à une méditation mélancolique. Un flot de chagrin et de regrets l'assaillait. Si seulement son amour avait été assez fort pour gagner la confiance d'Austyn... Si seulement elle n'avait pas provoqué Eugène... Si seulement elle n'avait pas enrôlé Nathanaël dans sa ridicule supercherie. Il serait en sécurité à Tewksbury, en train de harceler les servantes sur leur manque de piété, et de chapitrer son père parce qu'il partait à la chasse au lieu d'aller à la messe.

Elle laissa couler ses larmes sans retenue.

Elle essaya de réciter une prière pour le repos de l'âme du pauvre Nathanaël. Mais à chaque fois qu'elle fermait les yeux, ce n'était pas le visage blême du prêtre qui lui venait à l'esprit, mais celui d'Austyn. D'Austyn gisant dans une flaque de sang, ses longs cils noirs refermés à jamais. Austyn, malheureuse victime de l'obsession d'un autre homme... La traîtrise d'Eugène était-elle un effet de la fameuse malédiction des Montfort ? La beauté de Holly avait-elle scellé la perte de son mari ?

Elle n'eut pas le temps de trouver la réponse à ces questions. Le cheval s'arrêta brusquement et les mains maladroites du géant l'empoignèrent. Il la jeta sur son épaule comme un quartier de bœuf, et elle entrevit leur destination.

Elle aurait dû deviner qu'Eugène était trop rusé pour la séquestrer dans son château, où la rumeur de sa captivité aurait pu filtrer et parvenir aux oreilles de son père. Il avait choisi comme repaire une vieille tour de guet à moitié en ruine, qui disparaissait sous le lierre. De loin, on devait avoir du mal à la distinguer des arbres environnants. Ici, il n'y aurait pas de paysans trop curieux, pas de servantes furetant dans tous les coins, pas de pages bavards, personne pour répandre des commérages ou se mettre en travers de ses manigances diaboliques.

Ici, Austyn et elle se trouveraient entièrement à la merci d'Eugène et de ses hommes de main, pensa-t-elle en frémissant.

Une étrange idée lui vint à l'esprit.

Elle savait que Nathanaël aurait blâmé ses invocations au bon vouloir d'une fée païenne, mais c'était le seul espoir qui lui restait.

— Je t'en prie, Rhiannon, tu es peut-être une fée, mais si tu as un cœur de femme, garde Austyn loin, très loin d'ici, murmura-t-elle, les yeux clos, en cahotant sur l'épaule du colosse.

29

Le seigneur Austyn de Montfort n'était plus que l'ombre de lui-même. Debout sur les remparts du château de ses ancêtres, il ne quittait pas des yeux la direction de l'est, celle de Tewksbury. Son surcot écarlate était plaqué contre son corps par la pluie battante, et la bordure de lierre brodée avec tant de soin par Holly pesait comme du plomb sur ses épaules.

La vengeance de Rhiannon n'était qu'une plaisanterie en comparaison de la punition infligée par sa femme. La reine des fées ne pouvait hanter qu'un seul endroit à la fois. Partout, il se heurtait au fantôme de Holly.

Elle cueillait des soucis sur les berges de la rivière, replantait des anémones sur la tombe de sa mère, levait vers lui ses yeux violets brillant de malice et son petit nez mutin. Austyn la croisait dans l'escalier, montant des bacs de fleurs sur les remparts.

Machinalement, il enleva une fleur fanée dans une jardinière.

La première apparition avait eu lieu quelques heures à peine après le départ de Holly. Il faisait les comptes avec Winifred et Emrys en rangeant les plans d'agrandissement du château. Ils calculaient combien avait déjà été dépensé pour les commandes de pierres, d'ardoises et de mortier. Cet argent provenait de la dot de Holly, et il tenait absolument à rembourser le comte jusqu'au dernier sou, dès qu'il le pourrait.

Dans quelques semaines tout au plus, les collecteurs d'impôts du roi viendraient frapper à leur porte et menacer de saisir le château et les terres qui leur restaient s'ils ne pouvaient pas payer. Cette perspective ne l'alarmait plus comme avant, avait-il constaté en roulant soigneusement un parchemin dans son étui. Sans Holly, Montfort n'était plus qu'une coquille vide, le tombeau de tous ses rêves.

Sans prêter attention à l'air inquiet de Winifred, il réfléchissait, le front dans ses mains, lorsque était parvenu à ses oreilles un cliquetis discordant. Il avait levé la tête.

— Vous avez entendu ?

— Entendu quoi ? s'était étonné Emrys.

Bousculant son intendant effaré, Austyn s'était rué hors de la pièce et avait couru jusqu'au corridor sud, pensant y trouver le vieux candélabre de fer forgé montant et descendant en grinçant sur ses chaînes.

Mais il pendait silencieusement, parfaitement immobile, et le joyeux tapage de métal rouillé n'était qu'une illusion.

Austyn s'était assis sur le sol. Peu importait que le fantôme de Holly refuse de se montrer, puisqu'il entendait partout l'écho de son rire joyeux.

Il s'était attardé jusqu'à la nuit tombée dans ce corridor obscur, puis ses pas l'avaient conduit à la porte de la tour nord. Quand il avait réalisé où il se trouvait, il avait tourné les talons et cherché refuge dans la solitude de son lit. Il s'était tourné et retourné pendant des heures, avant d'émerger brusquement d'un cauchemar, réveillé en sursaut par la voix d'ange de sa femme.

Il avait sauté du lit et gravi en courant l'escalier en colimaçon. Mais derrière la porte de la tour, seul un morne silence l'avait accueilli. Renonçant au sommeil, Austyn s'était assis près de la fenêtre et avait passé la nuit à contempler le lit en se remémorant les heures qu'il avait partagées ici avec Holly, comment elle s'était si généreusement donnée à lui.

Le lendemain matin, Winifred l'avait trouvé prostré au même endroit. Il avait refusé de la laisser faire la chambre, de peur de voir disparaître le parfum de myrrhe de Holly qui flottait encore sur les draps.

Il comprenait maintenant pourquoi son grand-père avait interdit qu'on touche à quoi que ce soit après la mort de sa grand-mère. Il n'avait sans doute jamais renoncé à l'espoir de voir revenir un jour sa femme.

Au bout de quatre nuits passées près de la fenêtre, il avait demandé à Emrys de faire murer la porte de la tour. Ainsi, à l'avenir, aucun Montfort ne pourrait avoir la tentation de faire payer à son épouse ses propres péchés. La malédiction lui avait non seulement enlevé sa femme, mais elle l'avait aussi privé d'enfants...

Les mains d'Austyn se crispèrent sur le parapet en imaginant quels fils magnifiques il aurait eus avec Holly. Il secoua la pluie qui mouillait ses cheveux et, poussé par la solitude, s'en alla chercher la compagnie du seul homme au monde qui partageait la même blessure.

Austyn avança son cavalier et vit sans le moindre regret la main de son père se saisir du pion. Depuis qu'il avait agressé Holly, Rhys était resté parfaitement paisible, comme si l'accès de violence sauvage qui l'avait submergé avait exorcisé les démons qui le taraudaient. Le premier mouvement d'Austyn avait été d'enfermer le vieil homme dans le donjon, mais la compassion l'avait emporté, et il l'avait confié à l'attention vigilante d'Emrys, bien décidé à ce que plus jamais il ne fasse de mal à quiconque.

Emrys tisonnait le feu, tandis que Winifred, de ses mains alertes, plumait un poulet. Elle faisait des efforts méritoires pour ne pas tourner trop fréquemment la tête vers la porte. Austyn n'était pas tranquille, lui non plus. Carey aurait dû être de retour depuis deux jours au moins. Il avait peut-être décidé de s'attarder à Tewksbury en attendant que la pluie cesse, pensa-t-il sans grande conviction. Lui non plus ne voulait pas regarder la porte à tout bout de champ, craignant de révéler son impatience d'avoir des nouvelles de Holly.

Le mutisme de son père convenait si bien à son humeur morose qu'il sursauta en l'entendant s'écrier :

— Échec !

Austyn mit son roi hors de portée du fou de son père, découvrant du même coup sa reine.

— Échec et mat !

Le vieillard venait de s'emparer de la reine de son adversaire, et d'acculer le roi dans un coin pour compléter sa victoire.

— Le meilleur a gagné, admit Austyn avec un pâle sourire, en replaçant les pions sur l'échiquier.

— Ce n'est pas vrai, et tu le sais aussi bien que moi, mon fils.

Austyn sursauta et leva la tête. Les yeux clairs de Rhys avaient perdu leur expression égarée. Austyn ne lui avait pas vu l'air aussi lucide depuis des années. Cela lui rappela douloureusement l'époque où son père était son seul héros, l'époque où ils étaient heureux tous les trois.

— J'étais dans la cour, reprit calmement le vieillard.

Austyn continua d'aligner ses pions en faisant de son mieux pour garder son calme.

— Holly me l'a dit. C'était très grossier de ta part. On n'a pas idée d'espionner son propre fils alors qu'il est avec... avec sa femme, termina-t-il en butant sur le mot.

— Quand ma mère s'est jetée par la fenêtre...

Austyn se figea.

— Je ne l'avais pas vue depuis des années, depuis que j'étais tout petit, et je me suis glissé dans la tour, poursuivit Rhys. C'est moi qui lui ai appris que mon père était avec sa catin. Elle s'est mise à pleurer en me serrant très fort dans ses bras. Elle m'a dit que j'étais un gentil petit garçon, et qu'elle m'aimait de tout son cœur, puis elle m'a dit d'aller me coucher. Peut-être que si j'étais resté, si je ne lui avais pas dit pour l'autre femme...

— Ce n'était pas ta faute. Tu n'étais qu'un pion entre les mains de ton père, un instrument de sa vengeance, répondit Austyn.

Il s'étonnait de trouver encore dans son cœur des trésors de compassion.

— Elle m'aimait vraiment, tu sais. C'était une épouse loyale et dévouée.

— Tu as de la chance de pouvoir garder un souvenir sans tache de ta mère, remarqua Austyn avec amertume.

— Je ne parle pas de ma mère, je parle de *la tienne*. De Gwyneth.

Austyn n'en revenait pas. C'était la première fois, depuis qu'il l'avait tuée, que son père parlait de sa femme sans en dire du mal. Peut-être Rhys s'était-il retranché dans le passé, peut-être se croyait-il revenu à ces bienheureuses journées d'été, avant ce fatal automne qui avait vu leurs vies fracassées ?

Le vieillard caressa du pouce sa reine d'ivoire. Sa main était étrangement ferme.

— Elle m'a supplié de ne pas exiger cela d'elle.

— Exiger quoi ? demanda Austyn, le cœur battant.

Son père plaça soigneusement sur l'échiquier la reine blanche à côté du roi noir.

— Édouard n'était pas venu à Montfort pour donner sa bénédiction à la construction du nouveau château. Il était venu m'informer qu'il nous retirait son soutien. Il avait décidé que les Gallois n'étaient que des sauvages et des ingrats. Leurs rébellions incessantes l'avaient convaincu que l'édification de ces places fortes était une folie. Oh, il m'a exprimé ses regrets et m'a remercié de ma loyauté, mais il a refusé de revenir sur sa décision. Même quand je l'ai supplié...

Austyn s'aperçut qu'Emrys ne s'occupait plus du feu et que Winifred s'était figée, son poulet à moitié plumé à la main.

— Je croyais que j'arriverais à le faire changer d'avis, à en appeler au respect de la parole donnée. Quand j'ai vu comment il regardait Gwyneth...

Austyn bondit sur ses pieds et renversa l'échiquier. Les oreilles bourdonnantes, il entendit les pions s'éparpiller sur les dalles.

— C'est toi qui l'as envoyée ? Tu as exigé de ta femme qu'elle couche avec un autre ?

Les larmes se mirent à ruisseler sur les joues parcheminées de Rhys, mais sa voix garda l'assurance de l'adulte, pas le ton plaintif de l'enfant.

— Elle m'a supplié de ne pas exiger d'elle une chose pareille. Je lui ai répondu que, si elle m'aimait vraiment, elle ferait ce petit sacrifice pour notre bien à tous. Le lendemain matin, quand Édouard m'a encore une fois exprimé ses regrets en prenant congé, j'ai compris que tout avait été inutile...

Austyn poussa un rugissement, attrapa son père au collet et le secoua de toutes ses forces.

— Tu l'as assassinée parce qu'elle avait fait ce que tu lui avais demandé ? Tu l'as étranglée parce qu'elle s'était sacrifiée pour satisfaire ton ambition et ton avidité ?

Aveuglé par la colère, il entendit les supplications de Winifred, sentit Emrys s'accrocher à son bras, mais il ne pouvait détacher son regard de celui de son père. Ce n'était pas la peur qu'Austyn lisait dans les yeux délavés de Rhys, mais le soulagement. Il s'était enfin débarrassé du secret qui l'étouffait depuis tant d'années, et il n'avait plus qu'un souhait : que son fils le tue... que la mort de sa femme soit enfin vengée... Lui n'avait pas le courage de s'en charger.

Tout à coup, Austyn se sentit délivré d'un immense fardeau. Il n'avait plus besoin d'expier les fautes de son père.

Lentement, il desserra les poings, et le vieillard s'affaissa sur sa chaise comme une poupée de chiffon. Austyn considéra sa tête baissée avec une pitié sincère.

— Désolé, mais je ne t'enverrai pas en enfer. Tu vas continuer à vivre avec le souvenir de ton crime, c'est une punition bien plus dure.

Austyn repoussa Emrys et se dirigea vers l'escalier. Il avait besoin de s'éloigner de cette pièce et de tous les souvenirs qu'elle renfermait.

— Et toi, tu peux vivre avec le souvenir de ce que *tu* as fait ?

L'autorité dont vibrait la voix de Rhys figea Austyn sur place. Le temps marchait à reculons. Il redevenait un petit garçon de neuf ans qui craignait les remontrances de son père. Il se retourna, s'attendant presque à le voir repousser sa chaise avec la vigueur de la jeunesse retrouvée.

Mais c'était un vieillard qui le dévisageait, la tête inclinée sur le côté, les yeux brillants, fragile comme un moineau.

— Tu ne demandais qu'à croire tout le mal que je t'ai raconté à propos de ta mère.

— Je n'étais qu'un enfant. J'ai cru qu'elle nous avait abandonnés.

L'ombre de Holly vint lui donner une tape sur l'épaule :

— *Elle vous a abandonnés ? Je ne suis pas de votre avis. C'est vous, messire, qui l'avez abandonnée.*

— Tu as entendu ? demanda Austyn en bondissant sur Winifred qui sursauta et laissa échapper une volée de plumes de poulet.

— Euh... non. Je n'ai rien entendu du tout.

— Moi non plus, renchérit Emrys en jetant à sa femme un regard lourd de sens.

Rhys éclata de rire, ce qui porta à son comble l'agacement d'Austyn. Il finirait par regretter de ne pas avoir tué ce vieux fou !

— Cesse de te moquer de moi, implora-t-il. C'est encore cette sorcière qui s'amuse à me martyriser. Elle finira par me rendre fou.

— Moi aussi, elle venait me harceler. Et puis un jour, j'ai compris que ses reproches étaient tout simplement l'écho de ma conscience.

— Je ne savais pas que tu en avais une.

— Parfaitement, c'était ma conscience qui me tourmentait, poursuivit Rhys en ignorant le sarcasme. Je savais bien au fond de mon cœur que ta mère ne m'avait pas trahi. C'est moi qui l'ai trahie. Ma mère non plus n'a jamais sali le nom des Montfort. C'est ton grand-père qui nous a déshonorés en emprisonnant une innocente et en la privant de son fils unique pendant qu'il couchait avec une putain. Et la jeune épouse du vieux Caradawg n'avait sans doute rien à se reprocher. Elle a fini sur le bûcher parce que son mari n'avait pas confiance en sa fidélité.

— *Si un homme refuse de faire confiance à la femme qu'il prétend aimer, dites-moi donc, mon cher mari, quel est celui qui manque de foi ?* souffla le fantôme de Holly en jouant gracieusement avec une mèche des cheveux d'Austyn.

— Arrête de caqueter, péronnelle ! hurla-t-il en se passant la main dans les cheveux.

Winifred se hâta en direction de la cuisine, effrayée.

Son père avait raison au moins sur un point, songea-t-il. Il aurait dû mourir de honte pour avoir cru toutes ces horreurs sur sa mère. Mais, au fond de son désespoir, un fol espoir se faisait jour.

— La malédiction… balbutia-t-il.

— Ce sont des sornettes, mon fils ! coupa son père. Il n'y a jamais eu de malédiction. C'était une prophétie qui ne peut être accomplie que si l'on est assez superstitieux pour y croire. La beauté n'a jamais conduit les Montfort à leur perte, ils étaient parfaitement capables d'y aller tout seuls !

— *Je ne vous abandonnerai jamais,* chuchota tendrement Holly dans le creux de son oreille.

Austyn s'appuya sur la table. Il se sentait soudain plus léger. Que les autres l'entendent ou non, cela n'avait aucune importance. C'était la voix de la vérité qui lui parlait. Holly était innocente. C'était lui qui l'avait trahie en préférant ajouter foi à un conte de bonne femme plutôt que croire en la force de son amour. Si elle cherchait refuge dans les bras d'un autre, ce serait lui qui l'y aurait amenée par son manque de confiance.

Il saisit son manteau et traversa la grande salle. Il n'avait pas atteint la porte lorsqu'elle s'ouvrit à la volée. Une rafale de vent glacial et une pluie battante le giflèrent en plein visage. Un homme tituba dans la pièce mais, sans le cri horrifié de Winifred, Austyn ne l'aurait peut-être pas reconnu.

Les yeux de Carey n'étaient plus que deux fentes entre ses paupières monstrueusement enflées. Il avait une pommette éclatée, et son bras gauche pendait lamentablement. De son autre main, il se tenait le côté à travers les lambeaux trempés qui lui avaient autrefois servi de tunique.

— Bon Dieu, que s'est-il passé ? demanda Austyn en le rattrapant juste à temps.

Carey fit de son mieux pour lui répondre, mais ses lèvres gonflées rendaient ses explications inintelligibles. De son bras valide, il fourragea dans sa ceinture et sortit un morceau de parchemin. Austyn refréna son inquiétude et prit le temps de confier l'écuyer à ses parents avant de déplier la missive froissée.

Ce ne fut pas tant le message et la carte griffonnés d'une écriture quasi féminine qui lui arrachèrent un gémissement de crainte, ni même la tache brune qui maculait le papier, mais la boucle de jais qui s'enroula autour de son doigt comme un reproche silencieux.

30

Holly arpentait sans relâche sa cellule.

Ici, plus de grand lit à baldaquin protégé de rideaux de mousseline, mais une couverture mangée aux mites roulée en bouchon sous une étroite fenêtre. Plus de somptueuse baignoire, mais une bassine d'eau saumâtre posée à même le sol, pour faire sa toilette et pour se désaltérer. Devant l'âtre, une souris grignotait les miettes tombées du quignon de pain noir qui avait servi au petit déjeuner et au déjeuner de la jeune femme, et qui devait également lui servir de dîner. Son ravisseur lui avait refusé le réconfort de la présence d'Elspeth. Dès leur arrivée dans son repaire, il avait écarté la gouvernante en pleurs.

Le regard de Holly revenait toujours à la paire de menottes rouillées fixées au mur en face de la fenêtre. Elle était soulagée qu'Eugène ne l'ait pas attachée, mais ces fers qui semblaient attendre leur proie l'angoissaient.

Lasse de faire les cent pas, elle s'agenouilla et se mit à gratter un morceau de mortier branlant derrière l'une des chaînes, sans se préoccuper de l'état dans lequel elle allait mettre ses ongles, déjà bien abîmés.

— J'espère que vous vous plaisez ici, ma dame, et que l'ameublement vous convient...

Holly se releva au son de cette voix affectée. Eugène était appuyé contre la porte, un sourire adoucissant son éternel rictus.

— D'après les descriptions du prêtre, j'ai déduit que vos appartements à Montfort étaient dans le même style.

— Oh, non, messire, répliqua-t-elle en plongeant dans une profonde révérence. Je n'avais un croûton de pain moisi que deux fois par semaine, et les rats étaient beaucoup plus gros.

— Quel dommage. Je vais faire fouiller le donjon et voir ce que je peux trouver, répondit-il en refermant la porte.

Holly prit sur elle-même pour ne pas reculer à son approche. C'était la première fois qu'il daignait lui rendre visite depuis qu'il l'avait prise en otage trois jours plus tôt, et elle n'attendait rien de bon de sa présence.

Elle eut du mal à ne pas broncher quand la main d'Eugène enserra son cou fragile et qu'il suivit du doigt les taches noires qui le marquaient encore.

— Je dois reconnaître que votre mari a un goût exquis pour les bijoux. Si vous aviez accepté de m'épouser, je vous aurais couverte de perles et de diamants, pas de bleus.

Elle renonça à prendre la défense d'Austyn, craignant de laisser transparaître une passion qui ne ferait qu'attiser la haine d'Eugène pour son époux. Elle préférait détourner sur elle l'agressivité de son ravisseur.

— Je n'accepterai jamais de vous épouser, même si vous assassinez mon mari et tous les autres hommes sur terre.

Eugène resserra sa pression sur son cou.

— Je suis désolé de vous décevoir, ma chère, rétorqua-t-il en la relâchant lentement, mais je retire ma demande en mariage. Vous vous doutez bien que vos charmes sont un peu ternis depuis que vous les avez offerts si généreusement à ce sauvage. Vous ne faites plus une épouse convenable.

— Tiens donc, en voilà un petit capricieux ! Depuis notre première rencontre, quand j'avais douze ans à peine, combien de fois êtes-vous tombé à mes genoux en me jurant un amour éternel ?

— J'essayais de regarder sous vos jupes.

— Ce n'est pas maintenant que vous y arriverez.

— Cela ne va plus tarder, assura Eugène d'une voix doucereuse, avec un sourire de plus en plus inquiétant.

— Vous venez de dire que je n'étais plus digne de vos attentions, s'étonna Holly.

— J'ai dit que je ne souhaitais plus vous épouser, mais coucher avec vous est une tout autre affaire.

Elle recula, horrifiée.

— N'ayez pas peur, ma chère. Je comprends que les étreintes maladroites de ce lourdaud ne vous aient donné aucun goût pour la chose. Mais je vous garantis que je possède une science de l'étreinte qui vous amènera très vite à en redemander.

Holly dut se retenir de railler cette arrogance en se rappelant le corps splendide d'Austyn penché sur elle, son autorité pleine de grâce et de tendresse, l'irrésistible habileté avec laquelle il l'avait initiée à l'amour.

— Tout ce que je demande de vous, messire, c'est ma liberté, riposta-t-elle en le toisant.

— N'y comptez pas, ma dame. Et si vous persistez à me défier, c'est ma pitié que vous implorerez bientôt.

Le courage de Holly s'évanouit lorsque la porte claqua derrière Eugène. Elle s'effondra sur le sol et serra autour de ses épaules la couverture qui empestait le moisi. L'obscurité envahit peu à peu ces lieux inhospitaliers, mais ici, il n'y avait pas de chandelles parfumées pour la dissiper, et Austyn n'était pas là pour la rassurer en la serrant dans ses bras.

Le chevalier chevauchait au plus profond d'une forêt impénétrable. La maigre clarté de la lune qui filtrait péniblement à travers la ramure rendait le sol couvert de mousses et de fougères difficilement praticable, mais il éperonna les flancs de son cheval. Il n'y avait pas une seconde à perdre ! Son loyal destrier renâcla, à bout de souffle, mais rassembla toutes ses forces pour galoper encore un peu plus vite.

Jadis, un seigneur de Montfort aurait entraîné à sa suite toute une troupe de chevaliers puissamment armés, mais Austyn n'avait que sa hâte et son honneur pour le seconder. Il priait le ciel pour qu'ils ne lui fassent pas défaut face à un adversaire aussi habile qu'Eugène de Legget, baron de Gaven.

Pas une seule fois, depuis que Carey lui avait remis le message du baron, il ne s'était torturé l'esprit en imaginant sa bien-aimée dans les bras d'un autre. Seule le tourmentait la peur de ce qui avait pu lui arriver. Était-elle blessée ? Avait-elle froid ? Avait-elle faim ? Avait-elle peur ? Ce qui l'effrayait le plus, c'était l'intrépidité de Holly.

Il ne savait que trop combien son insolence et son goût du défi pouvaient pousser à bout n'importe quel homme.

Holly déplia ses membres engourdis. Elle regrettait presque d'avoir cédé au sommeil à même ce plancher glacial et poussiéreux. En se frottant les yeux, elle se dirigea d'un pas mal assuré vers la fenêtre. Un instant, elle s'attendit à trouver à ses pieds les boucles sinueuses de la rivière Wye, dominée par les pics altiers des montagnes.

Mais de tous côtés, à perte de vue, elle ne distingua que le moutonnement émeraude des arbres. En Angleterre, l'été était encore là, et le soleil matinal l'aveugla. Elle enrageait à la pensée que non loin, juste à l'orée de cette forêt, se trouvaient Tewksbury et son père.

Elle secoua sa léthargie, se pencha à la fenêtre et essaya de tirer à elle une branche du lierre qui recouvrait les murs de la tour. Celle-ci lui resta dans la main. Elle la jeta avec un soupir de dépit, et s'attira un regard mauvais d'un des sbires d'Eugène. Cinq soudards patrouillaient dans la clairière, armés de piques bien aiguisées.

Le grincement de la porte qui s'ouvrait l'avertit qu'elle n'était plus seule. L'air plein d'entrain d'Eugène de Legget ne fit qu'augmenter son inquiétude.

— Vous vous languissez à la fenêtre, ma chère ? Vous tendez vos mains implorantes vers l'horizon d'où votre noble chevalier surgira pour vous délivrer ?

Holly éclata d'un rire sonore.

Le sourire de son ravisseur s'effaça, et elle ne fut pas peu fière de l'avoir, ne fût-ce qu'un instant, désarçonné.

— Pardonnez ma gaieté, messire, commença-t-elle, mais après toute une saison de vie commune avec ce rustre gallois, je trouve vos élans romantiques quelque peu naïfs. Je peux vous assurer que Montfort est aussi heureux d'être débarrassé de moi que moi de lui. Il ne gaspillera pas un sou de ma dot pour me tirer de vos griffes.

— Oh, mais je ne lui ai jamais demandé un sou de rançon. Je lui ai tout simplement demandé... une audience.

Entre les lèvres d'Eugène, le mot prenait un sous-entendu inquiétant.

— Là aussi, vous risquez d'être déçu. Mon mari est aussi avare de son temps que de son argent, surtout si je suis en cause. Nathanaël vous a certainement raconté dans quelle situation sans issue nous nous sommes trouvés lorsqu'il a découvert mon subterfuge.

— Laissez-moi me rappeler, ironisa Eugène avec une moue pensive. J'ai entendu parler d'une petite altercation. Beaucoup de cris et de menaces, des paysans réclamant qu'on vous envoie au bûcher... Montfort vous traînant à demi nue dans le château. Quel spectacle enchanteur ! Je regrette de l'avoir manqué.

— Il m'a traitée de mégère, de menteuse, de sorcière, expliqua Holly d'un air vexé, et il m'a dit que je n'étais pas digne de porter ses enfants.

— Mais ce sont précisément ces qualités qui font une bonne mère ! Vous n'allez pas me faire avaler que vous n'avez pas réussi, d'un battement de cils, à rentrer dans ses bonnes grâces. À en croire votre radoteur de prêtre, poursuivit-il en lui prenant le menton avec une douceur terrifiante, les Montfort sont célèbres pour leur faible, souvent mortel, envers les jolies femmes.

Holly baissa les yeux, horrifiée à la pensée que Nathanaël avait peut-être involontairement mis entre les mains d'Eugène la seule arme qui pouvait les détruire, Austyn et elle. Elle n'avait plus qu'un seul moyen de défense : la vérité. Ou quelque chose qui s'en approchait suffisamment pour abuser un esprit aussi averti que celui du baron.

Elle traversa la pièce, se retourna pour faire face à Eugène et, pour la première fois depuis qu'Austyn lui avait dit adieu, donna libre cours à son amertume.

— C'est exact, les Montfort ont un faible pour les jolies femmes. Ils les consomment comme d'autres consomment le pain ou la bière. Ils n'en ont jamais assez. Nathanaël vous a certainement dit que j'ai dû sacrifier ma vertu en échange de sa liberté. Mon époux ne demandait qu'à profiter de ma beauté nuit après nuit, tant que cela l'amusait.

— Je le comprends, murmura Eugène avec un regard insistant sur sa poitrine.

— Et maintenant qu'il s'est lassé de moi, que fait-il ? Il me répudie au vu et au su de tous. Il m'humilie en me renvoyant chez mon père. À l'heure qu'il est, il est probablement en train de courtiser une servante accorte et peu farouche ! Je peux vous jurer que cet homme se moque bien de moi, acheva-t-elle en laissant couler une larme sur sa joue.

Holly avait joué une comédie si convaincante qu'elle-même aurait fini par y croire, si le bruit d'un galop effréné n'était venu la contredire. Une voix de tonnerre leur parvint au milieu des cris d'alerte :

— Gaven ! Qu'as-tu fait de ma femme ?

31

Holly étouffa un cri tandis qu'Eugène la saisissait à bras-le-corps et la traînait jusqu'à la fenêtre. Le spectacle qu'elle découvrit au-dessous d'eux la réconforta et la désespéra à la fois. Deux des hommes de main d'Eugène gisaient inertes à l'entrée de la tour. Le colosse, recroquevillé dans l'herbe, tenait douloureusement sa tête couverte de sang.

Dressé fièrement sur son destrier, Austyn, sans égratignure visible, ne semblait prêter aucune attention aux deux soudards restants. Le premier avait attrapé l'épée du Gallois et les rênes de son cheval, le second appuyait la pointe de sa lance dans son dos.

La gorge de Holly se serra, une vague d'amour la submergea. C'était tout Austyn ! Se précipiter au cœur du danger pour voler à son secours sans se préoccuper des conséquences. Elle se rappela comment il était crânement arrivé à Tewksbury accompagné d'un seul écuyer, armé de son honneur irréprochable. Il était reparti avec le prix le plus étonnant qu'il ait jamais remporté dans un tournoi... Une épouse.

Son visage courroucé ne laissait rien présager de bon. Était-ce l'effet de la jalousie ou de l'inquiétude, elle n'aurait su le dire. Il croyait peut-être qu'elle avait elle-même provoqué son enlèvement pour le punir, et il allait y voir une nouvelle preuve de l'infidélité féminine.

— Je veux ma femme !

Soudain, Eugène attrapa le dos de sa robe et la maintint au-dessus du vide. La fenêtre était beaucoup plus étroite que celle de Montfort, mais suffisamment large pour le corps gracile de Holly. Son cœur chavira en voyant le ciel bleu et la verdure du sol tournoyer de tous côtés.

— Voulez-vous monter, ou préférez-vous que je vous l'envoie ? se moqua Eugène.

— Je vais monter, répondit Austyn après une hésitation.

— Parfait. Mes hommes vont vous escorter.

La voix d'Eugène, vibrant d'une jubilation contenue, alerta Holly. Elle poussa un cri lorsque la lance s'abattit sur la nuque d'Austyn et qu'il tomba de tout son long sur les marches.

Les lèvres d'Austyn esquissaient un sourire béat. Il rêvait. Il était allongé dans une prairie semée de pâquerettes, la tête sur les genoux de Holly. Il sentait contre sa nuque la chaleur de ses seins. Ses cheveux venaient lui chatouiller le nez chaque fois qu'elle se penchait pour déposer de légers baisers sur son front, ses joues, ses lèvres, en murmurant tendrement de sa voix mélodieuse des louanges à son courage...

— Debout, idiot !

Austyn reçut en pleine figure un seau d'eau glacée. Il ouvrit les yeux et découvrit Holly penchée sur lui, son adorable petite bouche plissée non pour un baiser, mais dans une moue méprisante. Il s'aperçut également qu'elle tenait à la main une bassine vide, qu'il était trempé, vêtu uniquement de ses chausses, et que ses mains étaient enchaînées au mur. À en juger par la position du soleil qui l'aveuglait impitoyablement, ils étaient déjà au début de l'après-midi.

Une ombre obscurcit le soleil, et il distingua la silhouette d'Eugène de Legget qui l'observait avec une sollicitude feinte.

— J'étais prêt à vous réveiller, messire, mais votre femme a tenu à s'en charger elle-même.

Le regard d'Austyn quitta Eugène pour se tourner vers Holly. Dans les yeux étincelants de sa femme, il lut un avertissement silencieux.

Il s'ébroua comme un dogue en envoyant des gouttes d'eau tout autour de lui. Holly lâcha la bassine et bondit en arrière avec une protestation outragée.

— C'est bien la seule façon dont cette mégère peut réveiller un homme, articula-t-il avec un grognement de dédain.

— Je doute que tous les hommes soient aussi difficiles que vous à réveiller, messire. Ni aussi facilement épuisés, répliqua Holly, mains sur les hanches, avec un sourire acide.

— Pourquoi se fatiguer pour satisfaire une femme aussi attrayante qu'un hareng ?

— Un hareng vivant ou mort, messire ? plaisanta Eugène en s'essuyant le front avec son mouchoir et en les regardant tour à tour.

— Tout ce qu'il y a de plus mort. Un hareng vivant remuerait de temps en temps.

— Ni vivant ni mort, mais paralysé de dégoût par la maladresse de vos étreintes, continua Holly avec toute la hauteur dont elle était capable.

— « Paralysé », c'est le mot. J'ai bien cru que vous alliez « paralyser » M. Longue-Épée à tout jamais.

— « M. Longue-Épée » ! Il vaut mieux entendre ça que d'être sourde !

Austyn n'eut pas trop d'efforts à faire pour afficher un air menaçant, lourd de promesses de revanche.

Eugène s'interposa entre eux de peur qu'ils ne se jettent à la gorge l'un de l'autre et le privent du plaisir de les tourmenter lui-même.

— Si vous détestez votre femme autant que vous le dites, Montfort, comment se fait-il que vous ayez volé à son secours avec tant d'ardeur ?

— Je suis venu avec la même ardeur que j'ai mise à l'épouser. Pour son or. Croyez-vous que le comte me laisserait garder sa dot, si sa petite péronnelle adorée se faisait tuer ? Et j'ai bien gagné chaque once de cet or, à supporter cette mégère !

Holly se colla tout contre Eugène et tira la langue à Austyn, qui retint sa respiration un instant. Ce n'était vraiment pas le moment d'évoquer les tourments délicieux que cette langue rose évoquait.

Pour mieux masquer ses sentiments, il tira violemment sur ses chaînes, comme s'il n'avait d'autre désir que de les enrouler autour du cou de sa femme. Il eut l'heureuse surprise de sentir l'une des entraves céder légèrement.

— Permettez-moi de vous rassurer, messire, ironisa Eugène en tirant sa dague de sa ceinture. Je n'ai aucune intention de tuer votre chère et tendre épouse.

Le soulagement d'Austyn fut si intense que la tête lui tourna.

Du pouce, Eugène tâta la pointe de la lame acérée, avec un rictus sardonique.

— C'est vous qui m'avez humilié devant tout le monde pendant le tournoi, et c'est vous que je vais tuer.

Le sursaut horrifié de Holly faillit les trahir, mais elle se reprit à temps et se mit à battre des mains comme une enfant.

— Parfait ! Et moi qui craignais de passer le restant de mes jours avec ce rustaud !

— Rappelez-moi de garder les chandelles allumées quand je vous mettrai dans mon lit, ma belle, remarqua Eugène, l'air songeur devant cette haine farouche.

Austyn continuait à tirer patiemment sur la chaîne qui donnait du jeu. Il la sentait venir peu à peu, mais avec une lenteur exaspérante. Il lui fallait absolument gagner encore quelques minutes avant qu'Eugène ne vienne le poignarder.

— Si vous êtes assez bête pour coucher avec cette garce, vous verrez que vous ne tarderez pas à supplier le premier venu de vous égorger dans votre sommeil. Pour un peu, je préférerais la mort à l'enfer d'une vie passée à supporter ses sarcasmes.

— Donnez-moi votre dague et laissez-moi m'occuper de lui ! s'écria Holly en s'élançant vers son mari, toutes griffes dehors. Je vais lui donner satisfaction !

— Pas si vite, mon amour, l'arrêta Eugène en la prenant par la taille. Vous n'avez pas envie de le faire souffrir un peu ?

— Vous voulez m'obliger à coucher avec elle encore une fois ? grogna Austyn.

— Plutôt mourir ! rétorqua Holly.

Elle réprima, non sans mal, un frisson de dégoût tandis qu'Eugène resserrait son étreinte en feignant la tendresse.

— Bien au contraire, répondit-il en caressant avec sa joue la tempe de Holly. J'ai pensé que cela pourrait vous amuser de nous regarder faire l'amour...

Sans quitter Austyn des yeux, ses doigts glissèrent jusqu'à la poitrine de Holly pour emprisonner la rondeur d'un sein.

Le regard de la jeune femme restait rivé au visage de son mari. Elle n'osait même plus respirer. Qu'elle donne seulement un signe d'émotion, qu'elle laisse échapper l'ombre d'un gémissement, et elle signait leur perte à tous les deux.

Les traits d'Austyn, d'habitude si mobiles, si prompts à s'assombrir de colère ou à s'éclairer de bonheur, demeuraient impassibles. Sa beauté sublime paraissait sculptée dans la pierre.

Il l'enveloppa d'un regard méprisant, sans prêter la moindre attention à la main d'Eugène posée sur son sein. Tout en accentuant la pression sur la chaîne, il bâilla comme un ours sur le point d'hiberner.

— Mais je vous en prie, Gaven. N'oubliez pas de me réveiller quand vous aurez terminé.

Vert de rage, Eugène repoussa brutalement Holly, qui s'effondra sur le sol. Elle était trop heureuse pour prêter attention à la douleur.

— Vous vous méritez, gronda le baron. Une harpie vaniteuse et un cocu satisfait de son sort !

La jeune femme exulta devant la rage d'Eugène, mais son sourire s'évanouit lorsqu'il marcha sur Austyn cn brandissant son poignard.

— Si vous saviez à quel point cela me désole de vous tuer aussi rapidement...

Austyn redoubla d'efforts pour arracher la chaîne et adressa à Holly un regard implorant. Elle le connaissait suffisamment pour comprendre qu'il ne lui demandait pas de l'aide, mais qu'il la suppliait de ne pas intervenir.

Elle n'avait pas le temps de chercher une arme, pas le temps de hurler ni de prier : Eugène levait déjà sa dague sur la poitrine nue d'Austyn. Comme l'éclair, elle se glissa sous le bras du baron, se jeta sur son mari pour l'enlacer et enfouir son visage sur sa poitrine, attendant de sentir le poignard s'enfoncer dans son dos.

Mais, à part le cœur battant d'Austyn, Holly ne sentit rien. Un silence de mort régnait maintenant dans la pièce.

Un ricanement la ramena soudain à la réalité. Sans cesser d'enlacer Austyn, elle tourna la tête et se trouva face à Eugène qui souriait triomphalement.

— Comme c'est étrange ! Vous prétendez que vous n'aimez pas votre époux, mais vous êtes prête à donner votre vie pour lui, persifla-t-il. Eh bien, il ne sera pas dit que le baron de Gaven n'a pas de cœur. Je vais récompenser la noblesse de votre sacrifice et lui accorder la vie sauve !

Les larmes que Holly retenait depuis trop longtemps débordèrent. Du menton, Austyn lui caressa les cheveux tendrement. Il ne pouvait guère faire plus !

— Tu vas vivre, Montfort, continua Gaven d'une voix pleine de fiel. Tu vas vivre, et toute ta vie, chaque fois que tu regarderas ta femme, tu la reverras étendue sur le sol, un autre homme entre les jambes ! Tu vas vivre avec la crainte qu'au fond d'elle-même, elle ait accueilli avec joie mes attentions, qu'elle y ait pris plaisir, que ses soupirs et ses gémissements n'aient pas été arrachés par la souffrance, mais par l'extase. Tu vas vivre avec la peur que l'enfant qu'elle mettra au monde dans neuf mois ne soit pas le véritable héritier des Montfort, mais le bâtard d'un homme que tu méprises !

Abasourdie d'horreur, Holly sentit le corps tout entier d'Austyn se contracter et devenir plus rigide que la pierre. Eugène appuya la pointe de sa dague sur la gorge de la jeune femme et l'arracha à son époux. Celui-ci, bouillant d'anxiété et de colère, banda ses muscles pour arracher ses chaînes.

Holly se débattait de toutes ses forces, griffait, mordait, donnait des coups de pied, sans se soucier de risquer sa vie. Elle préférait mourir plutôt qu'obliger Austyn à endurer ce qui, pour tous les Montfort, constituait un sort pire que la mort. Déjà, la lame pénétrait légèrement dans sa chair.

— Holly, regarde-moi !

Le rugissement de son époux était si impérieux que même Eugène se figea sur place.

Le regard d'Austyn débordait d'amour.

— Écoute-moi, mon ange ! Ne le laisse pas te faire de mal. Fais tout ce qu'il te demande. Ta vie est plus précieuse pour moi que ta vertu, continua-t-il, les larmes aux yeux. Il ne pourra jamais atteindre ce que j'aime le plus en toi. À mes yeux, tu resteras toujours aussi belle et pure...

— C'est ridicule ! cracha Eugène.

Les jambes de Holly se dérobèrent sous elle. Son mari venait de lui offrir la plus grande preuve d'amour.

Elle donna dans l'entrejambe du baron un coup de genou si vigoureux qu'il se plia en deux en jurant. D'un bond, elle se dégagea et courut se hisser sur l'appui de la fenêtre.

Le vent plaqua sa robe contre ses jambes, comme lors de cette soirée estivale à Montfort, lorsque la beauté poignante du jour finissant lui avait rappelé que, malgré toutes ses embûches, la vie était un bien trop précieux pour qu'on y renonce sans combattre.

Elle se força à ne pas regarder au-dessous d'elle et se retourna à demi pour sourire une dernière fois à travers ses larmes à l'homme dont la confiance et l'amour lui avaient donné le courage de ne pas renoncer à se battre.

— Non, murmura Austyn, ensorcelé par le sourire de sa femme. Mon Dieu, je vous en prie, non...

— Ne faites pas l'idiote, espèce de péronnelle ! aboya Legget en se relevant.

Mais Austyn savait bien qu'Eugène n'arriverait pas à temps.

Saisi d'une peur panique, il pesa de tout son poids pour se libérer de ses chaînes, insensible aux gouttes de sang qui perlaient à ses poignets.

Gaven poussa un hurlement. Le temps s'arrêta une fraction de seconde tandis que, du bout des doigts, Holly envoyait un baiser avant de basculer de l'autre côté.

32

De toute la force de ses poumons, Austyn cria le nom de Holly. La souffrance décupla ses forces et il réussit enfin à arracher du mur les fers qui l'entravaient. Eugène eut à peine le temps d'émettre un hoquet de surprise que la chaîne s'enroulait autour de son cou avec un craquement sinistre.

Austyn laissa tomber le corps inerte du baron et se précipita vers la fenêtre. En chancelant, il prit appui sur le rebord et inspira profondément, sans trouver le courage de regarder en bas.

— Austyn ?

Il tressaillit en entendant ce murmure désespéré. Dieu tout-puissant, n'avait-il pas droit à un instant de répit pour pleurer à loisir son épouse bien-aimée avant que son fantôme ne vienne le hanter ?

— Austyn !

Le second appel sonna de façon beaucoup plus distincte, et plus réelle. Le ton en était également plus pressant. Austyn baissa les yeux et découvrit Holly accrochée au rideau de lierre qui recouvrait les murs, à portée de main. L'une des branches se détacha avec un bruit sec.

N'en croyant pas ses yeux, il se pencha, la main tendue. La vigueur avec laquelle Holly la saisit acheva de le convaincre qu'il n'avait pas affaire à un fantôme. Avec un cri de triomphe, il la hissa jusqu'à lui et la serra dans ses bras. Tremblant, riant et pleurant, ils roulèrent sur le plancher, étroitement enlacés.

— Je me demandais si tu allais me laisser suspendue là toute la journée, murmura-t-elle en enfouissant les lèvres dans son cou, comme si elle avait été privée de lui trop longtemps. Je ne savais pas combien de temps je pouvais tenir. Si tu avais tardé davantage, je m'écrasais en dessous comme les puddings aux fruits de Winnie.

— C'est fini, chuchota-t-il en couvrant de baisers son front d'albâtre, ses oreilles délicates, le bout de son nez mutin.

— Je savais bien que si j'arrivais à grignoter un instant, tu pouvais venir à bout de ce traître. J'ai toujours eu confiance en toi, assura-t-elle avec un sourire.

— Et moi en toi, ma bien-aimée, ajouta Austyn.

Il repoussa ses cheveux en désordre pour dégager son visage adoré. Et ce n'était pas seulement la beauté éblouissante de ce visage qu'il adorait...

Leurs lèvres se rapprochèrent, puis se joignirent dans une tendre communion. Tandis qu'ils s'écartaient l'un de l'autre, une brume dorée envahit la tour. Sans l'éclat de rire cristallin qui retentit à leurs oreilles, Austyn aurait pu confondre cette lueur avec les derniers feux du soleil couchant.

Les contours d'une silhouette féminine se dessinèrent devant leurs yeux. La beauté radieuse de ce visage encadré d'un flot de cheveux d'or était si éblouissante que Holly se sentit aussi avenante qu'un gnome. Sans s'en rendre compte, elle resserra son étreinte autour de la taille de son mari.

Austyn aurait reconnu cette voix entre mille, mélodieuse, légèrement moqueuse.

— *Je ne t'en demandais pas plus, Austyn de Montfort. Il te suffisait d'avoir foi dans la constance d'une femme.*

La vision se brouilla, mais avant qu'elle ne s'évanouisse complètement dans les ténèbres, il eut le temps de croiser le regard empli de douceur de sa mère. Son cœur se gonfla de gratitude lorsqu'il comprit qu'elle lui avait depuis longtemps pardonné.

Le halo céleste disparut. Une souris s'assit sur son arrière-train pour mieux renifler l'endroit où Rhiannon venait de disparaître.

Holly échangea avec Austyn un regard perplexe.

— Tu étais vraiment ensorcelé, chuchota-t-elle, comme si la fée les écoutait encore.

— Oui, mais grâce à toi, et à ta confiance en moi, répondit-il en lui caressant la joue, maintenant je suis béni des dieux.

Holly se jeta dans ses bras en sanglotant de joie. Austyn la serra contre lui et ferma les paupières pour retenir ses larmes. Leurs lèvres se joignaient quand retentit une sonnerie de trompettes éclatante.

Comme ils finirent par s'en rendre compte, cette musique triomphale ne tombait pas du ciel pour célébrer leur amour : c'était l'appel à la bataille d'une armée en marche.

La clairière retentissait de clameurs guerrières et de cris sauvages. Main dans la main, Austyn et Holly se relevèrent et se penchèrent à la fenêtre.

Deux troupes armées, venues de deux directions opposées, avaient envahi la clairière et repoussaient les hommes d'Eugène de Gaven, qui fuyaient comme des rats dans la profondeur de la forêt.

De l'est, un groupe de chevaliers brillamment harnachés, leurs bannières pourpre et safran claquant au vent, leurs armures argentées étincelant au soleil, avançaient en rangs bien ordonnés. À leur tête chevauchait un petit homme monté sur un splendide étalon gris. Il brandissait fièrement l'étendard de Tewksbury.

— C'est mon père qui vient à mon secours ! s'écria Holly en sautant de joie.

— Je n'aurais pas vieilli de dix ans s'il était arrivé un tout petit peu plus tôt, avec un équipage plus discret, grommela Austyn.

De l'ouest, arrivait une assemblée bigarrée montée sur de lourds chevaux de labour, des bidets titubants, des ânes harassés. Pour toutes armes, ils n'avaient que des faux rouillées, des balais, des marteaux de forgeron, mais leurs farouches figures de paysans gallois n'étaient pas moins déterminées que celles des chevaliers anglais. Leur chef était un grand Viking aux cheveux de paille, couvert de pansements, le bras en écharpe, qui s'accrochait de toutes ses forces au pommeau de sa selle.

— Quelle tête de mule ! s'exclama Austyn. Emrys m'avait promis de l'enfermer pour l'empêcher de me suivre.

— Mais justement, n'est-ce pas Emrys, là, derrière lui ? demanda Holly. Son crâne est presque aussi luisant que l'armure de mon père. Et regarde, voilà Winifred qui tape sur une casserole avec une cuillère. Elle aurait fait une véritable Amazone !

Les deux armées firent leur jonction au milieu de la clairière. Immédiatement, des signes de discorde apparurent.

— Il vaudrait mieux se dépêcher de descendre avant qu'ils ne s'étripent, soupira Austyn.

Faisant fi des protestations de Holly, il la souleva comme une plume.

— Je ne te lâcherai pas. J'aurais bien trop peur que quelqu'un t'enlève dès que j'aurai les yeux tournés.

— Maintenant que tu m'as prouvé ta confiance en moi, remarqua Holly en jouant avec une mèche de ses cheveux, tu ne seras plus jamais la proie de la jalousie.

— Rhiannon ne nous l'a pas promis, répliqua-t-il avec un clin d'œil en enjambant le corps d'Eugène de Legget.

— C'est *ma* fille ! C'est moi qui vais mener l'assaut ! rugissait le comte de Tewksbury lorsque Austyn sortit de la tour, Holly dans les bras, une Elspeth rayonnante trottant sur leurs talons.

— C'est ce qu'on va voir ! hurlait Carey d'une voix à peine compréhensible entre ses lèvres enflées. C'est ma châtelaine ! C'est *moi* qui vais donner l'assaut !

— Donner l'assaut ? Vous tenez à peine debout !

Austyn tapota l'épaule de son beau-père.

— Pas maintenant, mon garçon. Vous voyez bien que je suis occupé, tonna le comte en se retournant à peine.

Austyn attendit patiemment qu'il se retourne à nouveau. Ses petits yeux d'oiseau de proie s'arrondirent en voyant sa fille chérie dans les bras de son mari.

— Mon trésor ! s'écria-t-il, un sourire angélique illuminant sa figure rougeaude. Mon tout-petit !

À la grande joie de Holly, et à son grand embarras, il se jeta sur elle pour la couvrir de baisers. Austyn n'était apparemment pas décidé à l'abandonner aux bras de son père. La jeune femme commençait à craindre, si l'un des deux avait l'idée de manifester son affection de façon encore plus démonstrative, de se voir coupée en deux.

— Comment l'avez-vous appris ? s'enquit-elle en se carrant dans les bras d'Austyn pour caresser la joue de son père. Comment avez-vous su que j'avais besoin de vous ?

Les chevaliers s'écartèrent pour laisser passer une litière portée par quatre fantassins grommelant. Péniblement, son occupant parvint à s'asseoir, les mains crispées sur sa poitrine entourée d'un épais bandage.

— C'est moi qui l'ai prévenu !

— Nathanaël ! s'écria Holly. Grands dieux, je vous croyais mort !

— Moi aussi. Mais mon crucifix a détourné le coup, répliqua le prêtre en montrant la lourde chaîne. J'espère que je ne vous ai pas fait trop peur. J'ai dû m'évanouir de douleur. C'était une douleur intolérable ! glapit-il à l'adresse d'un de ses porteurs qui arborait un sourire sceptique.

— Nous serions arrivés beaucoup plus tôt s'il ne nous avait pas égarés. Nous serions en Écosse si je ne m'étais pas aperçu que nous partions dans la mauvaise direction, expliqua le comte en regardant le chapelain de travers.

— Vous savez bien, monseigneur, que je n'ai aucun sens de l'orientation. Et le baron ? demanda Nathanaël en désignant la tour.

— Il ne fera plus de mal à personne, rétorqua Austyn.

Nathanaël et le comte montrèrent leur satisfaction, tandis que Carey boitillait pour assener à Austyn une grande tape dans le dos.

Le comte regarda impérieusement sa fille, puis son gendre.

— Viens, mon petit. Il est temps de rentrer chez toi, dit-il d'un ton qui ne souffrait pas d'objection.

Holly passa le bras autour du cou de son mari et posa la tête sur son épaule.

— Mais je suis chez moi, père.

— Nous n'allons pas refuser l'invitation de ton père, intervint Austyn en déposant un baiser sur ses cheveux. Une bonne nuit de repos sur un lit de plumes me paraît tout à fait appropriée.

En remarquant son sourire taquin et la fossette qui creusait sa joue, Holly comprit qu'une nuit de repos n'était pas vraiment ce qu'il avait à l'esprit.

— Ça me paraît une très bonne idée, grommela Carey en se massant le bras.

— À moi aussi, renchérit Nathanaël en s'allongeant sur la litière, épuisé.

Comme Austyn s'avançait vers les chevaux, le prêtre saisit au passage le bras de Holly. Elle sentit son mari se raidir, mais le visage désenchanté de Nathanaël s'éclaira d'un sourire timide.

— J'espère que vous accepterez ma plus sincère bénédiction... pour vous deux.

Tandis qu'Austyn marchait vers son destrier, Holly dans les bras, avec la bénédiction de son beau père et de Nathanaël, il se pencha vers elle.

— Tu auras peut-être le temps cette nuit de refaire connaissance avec l'un de mes amis, un certain M. Longue-Épée, qui ne demande qu'à laver un affront que tu as publiquement fait à sa réputation.

— Je serai ravie de contenter la vanité chatouilleuse de cet individu, lui chuchota Holly.

Elle éclata d'un rire argentin. Un jeune chevalier releva en rougissant la visière de son casque et brandit sa lance pour la saluer.

— Vive lady Holly, qui possède le plus beau visage d'Angleterre !

Les acclamations s'apaisèrent lorsque Austyn enveloppa la foule d'un regard pensif. La jeune femme retint son souffle quand il baissa les yeux sur son visage avec une tendresse indicible.

— Vive lady Holly, qui possède le cœur le plus généreux d'Angleterre ! corrigea-t-il d'une voix de stentor.

Cette fois-ci, rien ne vint calmer les vivats qui retentirent dans la forêt tandis que Gallois et Anglais unissaient leurs voix.

ÉPILOGUE

— Holly Félicia Bernadette de Chastel !

Holly cacha son sourire dans la minuscule coiffe qu'elle était en train de broder et regarda son époux traverser la prairie à grandes enjambées. Son beau visage était grave, mais il aurait paru plus intimidant s'il n'avait pas porté, juchée sur ses larges épaules, une petite fille de trois ans qui s'accrochait à ses oreilles.

Il s'arrêta pour ne pas piétiner le bébé qui dormait dans une corbeille, son petit pouce rose enfoui dans sa bouche, et brandit un parchemin devant Holly.

— Tu sais ce que c'est ?

Elle posa sa broderie et fit semblant de réfléchir, en jouant machinalement avec une mèche de la petite fille de six ans qui dormait sur ses genoux.

— Une lettre du baron de Gloucester, qui se plaint du temps, cancane sur la dernière maîtresse du roi, se lamente sur la taille de son goitre...

Austyn ouvrit la missive, mais dut écarter les mains de sa fille pour pouvoir lire.

— « Ne me croyez pas impertinent, Montfort, mais j'ai eu à plusieurs reprises l'occasion de constater que votre fille aînée ferait une épouse parfaite pour un veuf esseulé comme moi », lut-il avec indignation. Un veuf esseulé ! Dis plutôt un vieux barbon ! s'exclama-t-il en roulant rageusement en boule le parchemin.

— Papa est un ours grognon, décréta la petite fille en tirant les cheveux de son père.

— Papa n'est pas un ours grognon, Gwynnie. Depuis que le roi lui a rendu son titre, c'est un comte grognon.

Austyn posa sur le sol la petite fille, avec une tape sur son derrière rebondi. Elle courut jouer dans l'herbe d'un pas mal assuré, tandis qu'il se laissait tomber au côté de Holly.

— Ça commence déjà ! Je pensais que nous avions quelques années de paix devant nous !

— C'était inévitable, remarqua Holly en posant la tête sur l'épaule de son mari. Félicia et Bernadette vont bientôt avoir huit ans...

— Où sont les jumelles ? demanda-t-il, subitement inquiet.

— Elles apprennent à tirer à l'arc avec Carey.

— J'espère qu'il a mis sa cuirasse, frémit Austyn.

— Je suis bien tranquille. Il a compris la leçon quand elles ont laissé tomber le pot de fleurs sur sa tête. Depuis, il ne quitte plus son casque. C'était juste avant ce petit incident, lorsqu'elles ont mis le feu à la tour nord en grillant des châtaignes...

— Je n'ai jamais compris comment ce drap était arrivé dans le conduit de cheminée, grommela Austyn d'un air perplexe.

Holly murmura quelques mots inintelligibles en cassant un morceau de fil avec les dents. Elle préférait de beaucoup les spacieux appartements qu'Austyn avait fait construire à la place de la tour.

La porte n'était jamais fermée à clef, sauf quand ils voulaient se réserver quelques heures d'intimité loin des regards de leur progéniture.

Austyn caressa doucement les cheveux de la fillette endormie, puis la joue potelée du bébé.

— Elles sont si belles, toutes !

Quelques années plus tôt, la beauté de ses filles l'aurait empli de désespoir, mais il pouvait maintenant donner libre cours à sa fierté, et s'émerveiller que leur amour ait apporté au monde tant de grâce. Même son père avait eu le temps d'en profiter. Il avait tendrement bercé dans ses bras l'aînée de ses petites-filles avant de s'éteindre dans son sommeil. Il reposait maintenant à côté de sa femme, sous un tapis d'anémones, enfin apaisé.

Holly se pencha pour caresser les fils d'argent qui commençaient à parsemer les tempes d'Austyn et ne faisaient qu'ajouter à son charme.

— J'ai peur que, dans les années à venir, tu ne découvres qu'il y a des charges plus pesantes que celle d'avoir une jolie femme. Écarter les soupirants de six filles ravissantes, par exemple. J'espère que tu ne crois plus à cette malédiction ?

— Toi et les filles, vous serez toujours une véritable bénédiction pour moi, répondit-il en la serrant dans ses bras.

Il effleura ses lèvres des siennes, avec la même ardente passion qu'au début de leur mariage.

Le bruit d'un galop effréné interrompit ce tendre intermède.

— Oh, Austyn ! Tu n'as pas fait ça ! s'exclama Holly à l'approche d'un cavalier en armure, dont la silhouette gracieuse se profilait sur les fines tourelles et les arches élégantes du château neuf, enfin achevé.

— C'est ton père qui a offert l'armure, mais c'est moi qui ai eu l'idée. J'ai pensé qu'au moins une de nos filles devait être capable de repousser elle-même ses soupirants, expliqua-t-il avec ce sourire en coin auquel elle n'avait jamais pu résister.

Le cavalier arrêta sa fringante monture et détacha son casque, d'où s'échappa un torrent de boucles d'ébène.

— Maman, je t'ai vue embrasser papa, gloussa-t-elle. C'est dégoûtant ! Je n'accorderai jamais un baiser à un homme, en tout cas pas à n'importe qui ! précisa-t-elle avec un froncement de nez mutin.

— Je reconnais ma fille, pouffa Austyn.

La cavalière tourna bride et repartit au trot. Étroitement enlacés, Austyn et Holly la regardèrent galoper audacieusement autour des remparts qui protégeaient leur demeure.

De sa mère, elle avait hérité la grâce et l'esprit malicieux, de son père le don des armes et son courage intrépide. Plusieurs ménestrels et quelques poètes avaient déjà décrété ce farfadet à la chevelure de jais et aux yeux d'azur, plus belle dame d'Angleterre.

Holly ne demandait qu'à abandonner le titre à sa bien-aimée fille aînée, qui avait été conçue douze ans plus tôt dans l'un des lits les plus moelleux de Tewksbury.

— À lady Ivy de Montfort ! s'écria-t-elle joyeusement.

Découvrez les prochaines nouveautés de la collection

Aventures et Passions

Le 3 novembre

Retour au ranch

de Elaine Barbieri (n° 7402)

Texas, XIXᵉ siècle. Après avoir passé cinq années à combattre les Indiens, Quince rentre enfin chez lui. Au ranch, rien n'a changé. Son père, à peine sorti de prison, redevient alcoolique, son frère demeure son plus grand rival et l'énigme de la mort de sa mère n'est pas résolue. Et puis il y a Glory, cette jeune femme qu'il a rencontrée sur la route. Héritière d'un ranch, elle tente de le remettre sur pied. Quince, fuyant ses problèmes familiaux, aide la belle...

Le 10 novembre

La fortune de Virginia

de Claire Delacroix (n° 7403)

Angleterre, XIVᵉ siècle. Depuis cinq ans, Ysabella a quitté le domicile conjugal pour vivre dans un petit village. Mais voilà que son mari, négociant en reliques, apparaît sur le seuil de sa porte et tente de la convaincre de revenir. En vain. Le lendemain, Ysabella apprend que son époux est mort. En tant que seule héritière, elle se doit de revenir au château et de prendre les rênes du domaine. Ce qui n'est pas pour plaire à sa belle-famille, qui lui réserve un accueil glacial...

Le 19 novembre

La séductrice inattendue

de Amanda Quick (n° 3491)

Angleterre, XIXᵉ siècle. On murmure qu'il aurait assassiné sa première femme parce qu'elle le trompait. Et il est vrai que le comte Julian de Ravenwood est un homme étrange. Comme hanté par un terrible secret. Si Sophy accepte de l'épouser, c'est à une seule condition : pendant trois mois, Julian ne la touchera pas. Trois mois, le temps d'accomplir sa vengeance... Mais ses plus fermes résolutions résisteront-elles aux attaques de Julian ?

Le 26 novembre

Seule contre tous

de Joan Johnston (n° 7415)

Wyoming, XIXᵉ siècle. Kinyan Halloway, mère de trois enfants, se retrouve seule à la tête d'un ranch à la mort de son mari. Débarque alors Benjamin Colter, qui lui propose d'acheter son terrain. Kinyan refuse : elle y vit depuis son adolescence et compte bien le léguer à ses enfants. Elle accepte alors un étrange compromis : si elle épouse Benjamin, il lui apprendra à s'occuper des terres...

ainsi que les titres de la collection

Escale Romance

De nouveaux horizons pour plus d'émotion

Le 1er octobre

Les amants du séisme

de Jonathan Pacula (n° 7458)

Laurençe, Simon et Fabien se sont connus lorsqu'ils étaient étudiants. À la mort de Fabien, celui qu'elle avait épousé, dans un accident de moto, Laurence est effondrée. Pour se changer les idées, elle rejoint Simon, propriétaire d'un hôtel en Grèce, en ignorant qu'il l'a toujours secrètement aimée. Le soleil, la mer lui font du bien, mais le village est bientôt frappé par un tremblement de terre. Au cœur du danger, Simon et la jeune femme tissent des liens plus intimes...

Le retour de Shahira

de Géraldine Keiflin (n° 7525)

Antoine Borel n'en croit pas ses yeux : le décor de son film, implanté en Égypte, a été complètement saccagé. Mais pour lui, pas question de renoncer : il va faire avec les moyens du bord. Ce film est l'œuvre de sa vie, et la perspective de travailler avec Shahira, la célèbre actrice égyptienne militante pour les droits de la femme, le ravit au plus haut point...

Aidez-nous à mieux vous connaître.
Répondez à ce questionnaire et pour vous remercier, nous vous enverrons un livre de votre collection préférée.
Choisissez la collection que vous souhaitez recevoir en cadeau :

Aventures & Passions	1
Amour & Destin	2
Barbara Cartland	3
Escale Romance	4

Si vous êtes parmi les 100 premières, vous recevrez deux livres !
Pour répondre, il vous suffit d'entourer le ou les codes correspondants et de retourner ce questionnaire à l'adresse suivante :
Editions J'ai lu
Service Marketing
84, rue de Grenelle
75007 Paris

1. Depuis combien de temps lisez-vous des livres de la collection Aventures et Passions ?

* C'est le premier volume que je lis dans cette collection	1
* Depuis moins d'1 an	2
* De 1 à 2 ans	3
* De 3 à 5 ans	4
* Depuis plus de 5 ans	5

2. Combien de livres de la collection Aventures et Passions lisez vous en une année (y compris celui-ci) ?

* 1 à 5	1
* 6 à 10	2
* 11 à 20	3
* 21 à 30	4
* 31 et plus	5

3. Comment avez-vous connu la collection Aventures et Passions ?

* Par des amis/relations	1
* Par des publicités/articles	2
* Par la radio	3
* Par la télévision	4
* Dans une librairie	5
* Dans un hypermarché	6
* Par un auteur édité dans une autre collection	7
* Sur Internet	8
* Autre (précisez) :	9

4. Quelle note globale de 1 à 10 donneriez-vous :

* A la collection	_ _ _
* Aux couvertures	_ _ _
* Aux histoires	_ _ _

5. Lisez-vous des livres des 3 autres collections sentimentales de J'ai lu ?

* OUI	1
* NON	2

Si oui :

*** Livres de la collection Amour et Destin ?**

* OUI	1
* NON	2

Si oui, combien de livres par an pour chacune des sous-collections suivantes :

	Intrigue	Romance d'aujourd'hui	Comédie
* 1 à 5	1	1	1
* 6 à 10	2	2	2
* 11 à 20	3	3	3
* 21 à 30	4	4	4
* 31 et plus	5	5	5

*** Livres de la collection Barbara Cartland ?**

* OUI	1
* NON	2

Si oui, combien de livres par an :

* 1 à 5	1
* 6 à 10	2
* 11 à 20	3
* 21 à 30	4
* 31 et plus	5

*** Livres de la collection Escale Romance ?**

* OUI	1
* NON	2

Si oui, combien de livres au total ?

* 1 à 5	1
* 6 à 10	2
* 11 à 20	3
* 21 et plus	4

6. Lisez-vous d'autres collections de romans sentimentaux que les romans des collections J'ai lu que l'on vient de citer ?

* OUI	1
* NON	2

Si oui, combien de livres au total ?

* 1 à 5	1
* 6 à 10	2
* 11 à 20	3
* 21 à 30	4
* 31 et plus	5

7397

Composition Nord Compo
Achevé d'imprimer en France (Manchecourt)
par Maury-Eurolivres
le 1er septembre 2004.
Dépôt légal septembre 2004. ISBN 2-290-34020-0

Éditions J'ai lu
84, rue de Grenelle, 75007 Paris
Diffusion France et étranger : Flammarion

Si oui, quelle(s) collection(s) et quel(s) éditeur(s) lisez-vous ?

Nom de la (des) collection(s)	Nom du (des) éditeur(s)
....	....
....	....
....	....

7. Qu'est-ce qui est le plus important pour vous lorsque vous achetez un roman sentimental (donnez deux réponses) ?

* La couverture	1
* L'auteur	2
* Le titre	3
* Le résumé au dos du livre	4
* Le prix	5
* La collection	6
* L'éditeur	7

8. Etes-vous :

* Un homme	1
* Une femme	2

9. Quel est votre âge ? _ _ _

10. Quelle est votre profession / votre activité ?

* Agriculteur, exploitant(e)	1
* Artisan, commerçant(e)	2
* Chef d'entreprise	3
* Cadre supérieur	4
* Profession libérale	5
* Enseignant(e)	6
* Cadre moyen, technicien(ne)	7
* Employé(e)	8
* Ouvrier(e)	9
* Etudiant(e)/élève	10
* Retraité(e)	11
* Autre inactif	12
* Autre (précisez)	13

11. Quel est le code postal de votre lieu de résidence ? _ _ _ _ _

12. Etes-vous :

* Marié(e)	1
* Vivant maritalement	2
* Célibataire	3
* Divorcé(e)	4
* Veuf(ve)	5

13. Combien y a-t-il d'enfants de moins de 16 ans dans votre foyer ? _ _ _

Nom : .... Prénom : ....

Adresse : ....

....

Code postal : .... Ville : ....

Vos réponses sont confidentielles et uniquement destinées à notre service clientèle